JOHANNA RAU

WHERE THE HEART IS

Nelly & Fynn

IMPRESS

© privat

Johanna Rau wurde 1995 im Ruhrgebiet geboren, wo sie zusammen mit ihrer Familie lebt. Zurzeit studiert sie Jura an der Ruhr-Universität Bochum. Schon immer hat sie gerne gelesen und sich kleinere Geschichten ausgedacht. Während der Arbeit an ihrem Debütroman ist ihr Feuer fürs Schreiben dann endgültig entfacht. Wenn sie nicht gerade Musik macht, rezensiert sie außerdem gerne Bücher auf ihrem Buch-Blog »Unendliche Geschichte«.

Für meine Schwester, die immer an die Geschichte von Nelly und Fynn geglaubt hat

1. Kapitel
Irgendwo im Nirgendwo

Die Junisonne steht hoch oben am tiefblauen Himmel und strahlt, als gäbe es irgendeinen Anlass zum Strahlen. Durch die Stöpsel in meinen Ohren singt Ed Sheeran ein schmalziges Liebeslied, das den Irrtum, dieser Tag wäre *nicht* mein persönlich wahr gewordener Albtraum, auf trügerische Weise verstärkt.

Wie einen Schirm halte ich eine Hand über meine Augen, um trotz des Gegenlichts meine Umgebung genauer wahrnehmen zu können. Unweigerlich entfährt mir ein theatralischer Seufzer. Kaum zu glauben, dass das hier gerade wirklich passiert, dass ich nun wirklich hier bin. Es sieht einfach alles viel zu klischeehaft aus, um echt zu sein. Viel zu nah dran an den zahlreichen Romanen und Filmen, in denen es die Protagonistin auf schicksalhafte Weise in irgendein Kaff auf dem Land verschlägt. Und diese Protagonistin soll nun plötzlich *ich* sein? Ich sehe schon den Titel in geschwungenen Lettern vor mir: *Ein Kuhdorf für Nelly* – oder so ähnlich.

Erschöpft von der langen Fahrt in einem furchtbar stickigen Fernbus, der mich hierher ans Ende der Welt gebracht hat, stelle ich meinen Koffer neben mir auf dem Bürgersteig ab. Entweder muss ich mich in einem früheren Leben schwer versündigt haben, wofür das Universum sich nun lebenslänglich mit defekten Klimaanlagen auf Bus- und Bahnreisen rächt, oder aber meine pure körperliche Anwesenheit sendet bereits irgendein Störsignal. Anders kann ich mir jedenfalls nicht erklären, warum ich Klimaanlagen im Sommer grundsätzlich nicht an- und im Winter nicht ausstellen kann, sodass ich mein Reiseziel regelmäßig entweder schweißüberströmt oder mit Eiszapfen an der Nase erreiche.

Durch meinen Laptop und – zugegeben – ein oder zwei Paar Schuhe und Bücher zu viel ist mein Koffer so schwer, als hätte ich gerade eine Bank überfallen und wäre mit fünfzig Goldbarren auf der Flucht. Was den endlos lang erscheinenden Fußweg von der Bushaltestelle bis hierher nicht gerade angenehmer gestaltet hat. Zu meiner Verteidigung kann ich jedoch anbringen, dass mich die Frage, welche Art von Outfit ich in den nächsten Wochen brauchen werde, auch erheblich überfordert hat. Schließlich habe ich noch mit Barbiepuppen gespielt, als ich mit meinen Eltern Urlaub auf dem Land gemacht habe und das letzte Mal für längere Zeit so weit ab von der Zivilisation und funktionierenden Handymasten war. Dieser Urlaub war auch der letzte gemeinsame mit meinen Eltern. Aber darüber lohnt es sich nicht mehr nachzudenken.

Viel schlimmer: Ich habe schon auf der Fahrt hierher das Schwinden der Empfangsbalken beobachten können, je näher ich meinem Reiseziel gekommen bin.

Das ist also Roseville. Mein vorübergehendes Zuhause, bis meine Chefin Erbarmen mit mir hat und mich von diesem Albtraum erlöst. Doch damit brauche ich, selbst mit ganz viel Optimismus, nicht vor Ende Juli zu rechnen, sodass ich definitiv für eine viel zu lange Zeit hier festsitzen werde.

Kein Wunder, dass sich niemand um diesen Job gerissen hat, denn hier scheint nicht einmal der Hund begraben zu sein. Wahrscheinlich weil in Roseville selbst für die letzte Ruhestätte zu wenig los ist. Und wer kommt für einen Job infrage, den kein anderer machen will? Klar, die Praktikantin, die einem eh ein Klotz am Bein ist. Denn so weiß man diese wenigstens für die nächsten Wochen beschäftigt und ist sie zunächst einmal wieder los.

Dem ersten Eindruck nach zu urteilen, hat die Redaktion bei Google nach dem Dorf mit den wenigsten Einwohnern und dem höchsten Altersdurchschnitt gesucht. Für einen Artikel über das Leben auf dem Land hätten sie wohl keinen besseren Ort finden können, denn augenscheinlich steht alles hier in einem krassen Kontrast zu der Großstadt, in deren schicken klimatisierten Büros meine Kollegen gerade kaffeeschlürfend sitzen.

Die kleine Straße, auf der ich stehe, verdient diese Bezeichnung kaum, weil ich bezweifele, dass je schon einmal ein Fahrzeug über ihren steinigen Untergrund gerattert ist. Sie wird von mehreren kleinen Häuschen gesäumt. Manche sind in die Jahre gekommene, aber gut erhaltene rot oder weiß gestrichene Holzhäuser, andere wurden aus Stein gebaut mit hübschen kleinen Veranden. Und dabei sieht keines aus wie das andere. Insgesamt wirkt alles viel sauberer als in der Stadt und ein bisschen wie eine nett dekorierte Spielzeugwelt.

Von der Bewahrheitung meiner schlimmsten Befürchtungen ziemlich gefrustet wische ich mir den Schweiß von der Stirn. Die Tage werden immer heißer und auch wenn ich den Sommer mag, bin ich von meinen körperlichen Voraussetzungen wohl eher der Frühlings- und Herbsttyp. Mit meinem schicken weißen Sonnenhut wedele ich mir etwas Luft zu, setze ihn jedoch direkt wieder auf, denn dank meiner hellen, sommersprossigen Haut und meiner rotblonden Haare bin ich ansonsten erfahrungsgemäß binnen kürzester Zeit nicht nur innen gar, sondern auch außen schön knusprig.

»Lehrjahre sind keine Herrenjahre«, würde meine Grandma jetzt sagen, könnte sie mein Sieben-Tage-Regenwetter-Gesicht sehen. Natürlich ist da ein Fünkchen Wahrheit dran und ich will mich auch gar nicht beschweren, dennoch bin ich mir ziemlich sicher, dass dieser Spruch auch wirklich noch niemandem geholfen hat. Ich für meinen Teil habe mir den Einstieg in die große weite Redaktionswelt jedenfalls deutlich glamouröser vorgestellt.

Der Plan war, den Sommer über in einer angesagten Metropole Latte Macchiato und Cocktails zu schlürfen und den Duft des Erfolgs zu schnuppern. Stattdessen sitze ich nun hier in einem winzigen Dorf irgendwo im Nirgendwo fest, wo man sich die Milch für den Kaffee wahrscheinlich direkt von der Kuh zapft und methanverpestete Landluft atmet. Gut, wahrscheinlich ist der Großstadtmief für die Ozonschicht deutlich schädlicher, aber Autoabgase sind mir wenigstens vertraut und zehnmal lieber als die tierischen Düfte, die hier meine Sinne vernebeln, seit ich aus dem Bus gestiegen bin.

Aber wenn ich ganz ehrlich sein darf: Wann hat bisher überhaupt je einer meiner Pläne funktioniert? Eigentlich wäre dieser wirklich der erste. Herzlich willkommen in meinem Leben!

Gerade jetzt in diesem Moment, da mir die ganze Tragweite meines Dilemmas bildlich vor Augen geführt wird, bin ich nur noch ein einziges Ausweichmanöver um mitten auf der Straße liegende Pferdeäpfel von einem dramatischen Heulkrampf entfernt. Doch ich entscheide mich dagegen. Die Fliege, die seit einigen Minuten penetrant um meine Nasenspitze kreist und trotz der deutlichen Signale meiner defensiv wedelnden Hand weiter beharrlich Kontakt zu mir herzustellen versucht, wäre dafür einfach kein würdiges Publikum.

Plötzlich ertönt unmittelbar hinter mir der ohrenbetäubend laute Klang einer Hupe und reißt mich aus meinem Selbstmitleid. Erschrocken drehe ich mich um und kann mich nur mit einem olympiareifen Hechtsprung zur linken Seite rechtzeitig vor einem riesigen Traktor auf den schmalen Bürgersteig retten.

Unsanft lande ich auf meinem Hinterteil und beim Versuch, mich abzufangen, schrappen meine Handinnenflächen schmerzhaft über den heißen Asphalt.

Als ich mich vom ersten Schock erholt habe und genauso ungalant wie ein Käfer, der auf dem Rücken liegt, versuche vom Boden aufzustehen, rauscht das Blut wild in meinen Ohren. Durch die Schnappatmung hebt und senkt sich meine Brust hektisch und unregelmäßig. Ein Blick auf meine zitternden Hände verrät mir, dass meine Haut, abgesehen von ein paar feinen Kratzern, weitestgehend verschont geblieben ist.

Ein paar Meter weiter kommen die gigantischen Räder des Traktors schließlich zum Stehen und ein junger Typ ungefähr in meinem Alter springt schwungvoll vom Fahrersitz.

Mit zügigen Schritten kommt er auf mich zu. Er trägt kniehohe dunkelgrüne Gummistiefel, eine ausgewaschene Jeans und ein groß kariertes rotes Hemd, für das er von der Fashion-Polizei eigentlich verhaftet gehörte. Sicher hat er ein schlechtes Gewissen und macht sich Sorgen, ob bei mir alles in Ordnung ist. Und das sollte er auch. So mörderisch, wie er hier um die Ecke gebogen ist, muss er sich jetzt schon eine echt gute Entschuldigung einfallen lassen.

»Sag mal, geht's noch?«, fragt er stattdessen wider meinen Erwartungen, als er schließlich vor mir steht, und ich muss aufpassen, dass mir nicht vor Verblüffung meine Augen aus dem Kopf fallen.

Der hat sie ja wohl nicht mehr alle!

»Wie bitte? Wenn mich nicht alles täuscht, hast du mich gerade beinahe platt gefahren!« Ich kann förmlich spüren, wie sich hektische Flecken gigantischen Ausmaßes an meinem Hals bilden, so wie sie es leider immer tun, wenn ich richtig sauer bin.

»Keine Ahnung, wo du herkommst, Mädchen …«, beginnt er mit einem derart selbstgefälligen Tonfall, dass ich den Drang verspüre, ihm mit viel Schwung auf den Fuß zu treten.

Allein wie er das Wort »Mädchen« betont hat, lässt die emanzipierten Alarmglocken in meinem Kopf energisch Sturm läuten. »… aber hier bei uns benutzen Fahrzeuge die Straße und Fußgänger den Gehweg … oder sie laufen zumindest am Rand.« Lässig pustet er sich eine Strähne seines dunklen, leicht welligen Haares aus der Stirn, das perfekt zu seinen kastanienbraunen Augen passt. »Außerdem …« Er schnippt mit seinen Fingern das Kabel meiner Ohrstöpsel durch die Luft. Die Dinger müssen mir bei meiner halsbrecherischen Stunt-Einlage aus den Ohren gefallen sein.

Verärgert weiche ich einen Schritt von ihm zurück.

»Außerdem ist mein 6-Zylinder nicht gerade ein Elektroauto.«

Einfach unglaublich. Jetzt kommt der mir auch noch mit irgendwelchen technischen Details. Sehe ich so aus, als würde ich regelmäßig Autoquartett spielen?

»Soll heißen, der Traktor ist selbst für meine schwerhörige Grandma kaum zu überhören«, fügt er erklärend hinzu, wahrscheinlich weil ich ihn mit hochgezogenen Augenbrauen verständnislos anstarre.

Mit Verrenkungen, auf die sicher jede Ballerina neidisch wäre, versuche ich vergeblich einen Blick auf meinen Po zu erhaschen. Mit den Fingern kann ich tatsächlich an einer Stelle meine bloße Haut fühlen. Verfluchter Mist!

»Schau dir an, was du angerichtet hast!«, rufe ich frustriert und strecke ihm demonstrativ mein Hinterteil entgegen.

Dämlich grinsend runzelt er die Stirn und betrachtet völlig ungeniert ausgiebig meinen Po, als könne er sich diese Chance nicht entgehen lassen.

»Mann!« Genervt davon, dass er meinen vielleicht nicht ganz eindeutig formulierten Befehl so bereitwillig als Angebot zum Abscannen meines Hinterns missverstanden hat, rolle ich mit den Augen und deute auf das eigentlich unübersehbare Loch.

»Wenn mich nicht alles täuscht, sind Cut-Outs doch gerade total modern, oder? Meine Schwester schneidet sich ihre Hosen jedenfalls immer extra kaputt.«

Mit Daumen und Zeigefinger umfasse ich meinen Nasenrücken, nicht sicher, wie weit meine Nerven heute noch strapazierbar sind.

Am liebsten würde ich mir meinen Koffer schnappen, auf dem Absatz kehrtmachen und diesem Dorf mit seinen offenbar nicht bloß geschmacksverirrten, sondern auch gemeingefährlichen Einwohnern »Ciao«, »Goodbye« und »Auf Nimmerwiedersehen« sagen. Aber der Gedanke daran, dass ich damit auch meine Karrierechancen in den Wind schießen würde, lässt mich meine gesamte Energie bündeln, um es nicht zu tun.

Offensichtlich missdeutet er mein verzweifeltes Schweigen als Gesprächsende, denn kurz drauf dreht er sich einfach um und schlendert wieder auf seinen Traktor zu, als wäre nichts passiert.

»Äh, hallo?«, rufe ich ihm hinterher, völlig fassungslos über so viel Dreistigkeit, doch er ignoriert mich komplett. Unentschlossen stehe ich da und kann mich nicht entscheiden, ob ich ihm folgen oder lieber zurücklaufen soll, um meinen Koffer zu holen. »Das Gespräch war noch nicht beendet! Du schuldest mir eine neue Hose!«, rufe ich ihm aufgebracht hinterher.

Bevor er wieder einsteigt, dreht er sich noch einmal zu mir um und grinst schon wieder unverschämt breit. »Für solche Dinge fehlt mir leider die Zeit. Setz dich doch mit meiner Sekretärin in Verbindung oder am besten direkt mit meinem Anwalt.« Mit diesen Worten steigt er ein, startet den Traktor und lässt mich restlos verdattert stehen.

***

»Entschuldigen Sie bitte!«, spreche ich schließlich eine alte Dame an, nachdem ich eine Weile mit meinem Adresszettel in der Hand umhergeirrt bin. Möglicherweise liegt es daran, dass ich meine erste Begegnung mit diesem unhöflichen Dorfbewohner noch immer nicht verkraftet habe, dass ich völlig orientierungslos gefühlt zum hundertsten Mal wieder an dem kleinen sandsteinfarbenen Springbrunnen in der Mitte des noch kleineren Platzes angekommen bin. Er soll wohl so etwas wie den Stadtkern von Roseville darstellen.

Memo an mich selbst: Nie wieder darüber beschweren, dass die Innenstadt zu Hause für Jugendliche nicht attraktiv ist!! Meine Heimatstadt ist zwar einwohnertechnisch keine echte Großstadt, aber schlimmer geht ganz offensichtlich immer.

Die Dame führt einen stark übergewichtigen Kläffer an der Leine, der eher an das Innenleben eines Hotdogs als an einen echten Hund erinnert, und mustert mich von oben bis unten, als wäre ich eine Außerirdische.

»Wissen Sie, ob es hier irgendwo offenes WLAN gibt?«, frage ich, ihren Röntgenblick ignorierend, und hebe dabei mein Smartphone in die Luft. Einen Moment überlege ich angestrengt, ob ich vielleicht nur WLAN gedacht, aber versehentlich »Ethylenglykol« oder irgendein anderes Fachchinesisch – mein Dad ist Chemiker! – von mir gegeben habe, so verständnislos, wie die ältere Dame aus der Wäsche guckt und das Smartphone in meiner Hand fixiert. Darum beschließe ich mit einem Seufzer, dass es vertane Zeit wäre ihr weiter zu erklären, dass ich unbedingt Google-Maps laden muss, um zu gucken, wo genau dieses verdammte Hotel liegt, in dem man ein Zimmer für mich gebucht hat. Die Energie wäre sicher vergeudet und meine Energiereserven sind nicht nur aufgrund der Hitze gerade beängstigend gering.

»Da kann ich Ihnen nicht helfen, junge Dame. Aber Anne aus dem Supermarkt weiß vielleicht mehr.« Sie hebt den Arm und deutet zu einem Geschäft auf der gegenüberliegenden Seite des Platzes, vor dessen Tür ein Schild mit der Aufschrift »Heute im Angebot: Knusprige Meat Balls« steht. Lecker ... Das ist doch genau das richtige Gericht für dreißig Grad im Schatten. Obwohl, vielleicht werde ich als Vegetarierin hier ja endlich die drei Bonuskilos wieder los, die ich mir während der Abschlussprüfungen in Form von weißer Schokolade mit Crisp angefuttert habe. Denn während andere in Stresssituationen keinen Bissen herunterbekommen, verwandele ich mich in einen Zombie, der völlig willenlos jeden Winkel des

Hauses nach etwas Essbarem absucht. Auch wenn meine beste Freundin Claire behauptet, dass mein Po in den unfreiwillig knallengen Jeans viel besser aussieht.

Nachdem die alte Dame mir noch einen letzten skeptischen Blick zugeworfen hat, zieht sie die Hotdog-Wurst weiter, die nur widerwillig ihren Platz im Schatten des Brunnens aufgibt, wo sie gerade faul alle viere von sich gestreckt hat.

Wegen der Bezeichnung des kleinen Geschäftes als »Supermarkt« müsste die alte Dame den Preis für die Übertreibung des Jahrtausends verliehen bekommen.

Nachdem mich eine Glocke über der Tür angekündigt hat, betrete ich einen angenehm kühlen Raum, der kaum größer ist als mein Zimmer zu Hause. Durch das große Schaufenster fällt trotz der Markise helles Sonnenlicht, das den gesamten Laden durchströmt. Dadurch wirkt er auf Anhieb einladend und freundlich. Außerdem riecht es überraschend gut. Gar nicht nach den angepriesenen Fleischbällchen, sondern nach süßen Früchten und irgendetwas, das ich nicht näher definieren kann, das mich aber auf Anhieb an Kindheitstage bei Grandma und Grandpa erinnert. Neben ein paar Regalen gibt es eine kleine Kühltheke und eine gemütlich aussehende Sitzecke mit einem Tisch und zwei Stühlen. Mit einem flüchtigen Blick über die Produkte stelle ich fest, dass es kaum Marken gibt, die mir bekannt vorkommen, sondern fast ausschließlich regionale Produkte. Gut, dass ich noch eine Extrapackung meines Seidenglanz-Shampoos eingepackt habe, das ich hier garantiert nicht bekommen würde. Rote Haare wollen gerade im Sommer gepflegt sein.

Hinter dem Verkaufstresen steht eine junge Frau etwa in meinem Alter mit langen und glatten hellbraunen Haaren. Wenn meine Shampoo-Vorräte zur Neige gehen, muss sie mir auf jeden Fall ihren Geheimtipp verraten. Unsicher lächelt sie mich an. Ihre Augen leuchten in einem auffallend intensiven Grün und ihr zartes, bildhübsches Gesicht wirkt beinahe puppenhaft.

»Hi. Mein Name ist Lucy«, sagt sie, nachdem ihr ein Blick auf meinen Koffer offenbar verraten hat, dass ich nicht von hier bin. Wie sie sich beim Sprechen nervös eine Haarsträhne hinter das Ohr streicht und es vermeidet, mir direkt in die Augen zu sehen, wirkt sie ungewöhnlich schüchtern für ein so gut aussehendes Mädchen. Während meiner Schulzeit habe ich eigentlich die Erfahrung gemacht, dass die Arroganz einer Frau proportional zu ihrer Schönheit zunimmt. Allerdings unterscheidet sich Lucy auch sonst stark von den Beautyqueens an meiner Schule. Statt teuer aussehender Markenklamotten trägt sie ein einfaches hellblaues T-Shirt mit einem stark ausgewaschenen Aufdruck und dazu einen schlichten Jeansrock. Das Oberteil der Schürze hat sie – wahrscheinlich aufgrund der Temperatur – von der Taille nach unten geschlagen.

»Hi Lucy, ich bin Nelly.« Während ich spreche, merke ich, dass ich nicht annähernd so freundlich klinge, wie ich es eigentlich tun sollte. Diese junge Frau hier hat mir ja schließlich nichts getan. Aber die Hitze treibt mich einfach in den Wahnsinn und dieser elende Blödmann von vorhin hat den Rest dazu beigetragen, dass mein Puls nach wie vor ungesund stark über dem Normalwert liegt. Und wenn ich gereizt bin, vergesse ich schnell alles andere.

»Wie kann ich dir helfen?«, fragt Lucy, als ihr klar wird, dass ich für heiteres Geplauder gerade eher nicht in der Stimmung bin.

»Ich suche *diese* Adresse.« Hastig halte ich ihr den Zettel hin, den ich noch immer in der Hand halte.

In dem Moment betritt eine zweite Frau, die etwa im Alter meiner Mom zu sein scheint, durch eine Tür hinter dem Tresen den Raum. Sie nimmt ihre Brille aus dem Haar und setzt sie sich auf die Nase. Über Lucys Schulter hinweg wirft sie ebenfalls einen Blick auf den durch meine schwitzigen Hände und meine Wut mittlerweile leicht lädierten Adresszettel. Vermutlich handelt es sich bei der Frau, die Lucy bei genauerer Betrachtung ziemlich ähnlich sieht, um besagte Anne, die Eigentümerin des Ladens. Sie hebt ihren Kopf wieder und lächelt mich freundlich an. Ihr Blick wirkt herzlich, aber irgendwie auch müde und erschöpft.

»Das trifft sich gut, Schätzchen.« Mit der Hand deutet sie hinter mich. »Da kauft sich gerade deine Mitfahrgelegenheit eine Coke.« Irritiert sehe ich zwischen den beiden Frauen hin und her, doch ehe ich nachfragen kann, ruft Anne bereits: »Fynn, könntest du die junge Dame mitnehmen? Sie sucht die Meadowlane!«

2. Kapitel
Unter einem Dach

Irgendwie hatte ich geahnt, wer hinter mir steht, noch bevor ich mich überhaupt umgedreht habe. Das Schicksal ist mir eben meistens nur bei unglücklichen Wendungen gewogen. Diese böse Vorahnung hilft mir jedoch auch nicht, als ich jetzt in zwei mir bekannte kastanienbraune Augen starre. Für den Bruchteil einer Sekunde drohen meine Gesichtszüge zu entgleisen, dann atme ich tief durch und reiße mich geistesgegenwärtig zusammen. Denn dieser nervtötende Traktor-Typ, dessen Name nach neuem Erkenntnisstand also Fynn ist und der mich mindestens ebenso entgeistert anstarrt wie ich ihn, ist offensichtlich mein Direktticket zu einer lang ersehnten kalten Dusche und einem kühlen Zimmer. Und wenn man etwas von jemandem will, muss man eben manchmal in den sauren Apfel beißen, auch wenn es sich bei diesem Jemand um einen gemeingefährlichen Hinterwäldler handelt, dem eigentlich der Führerschein entzogen gehört.

»Sicher, Anne«, antwortet Fynn in knurrigem Tonfall, ohne dabei seinen bohrenden Blick von mir abzuwenden.

»Kennst du Nelly bereits?«, fragt Anne an Fynn gewandt, sieht dabei jedoch zwischen ihm und mir zweifelnd hin und her. Scheinbar ist sie – nicht ganz unverständlicherweise – irritiert davon, wie sich zwei fremde Menschen bei ihrer ersten Begegnung ein Blickduell liefern können, das sich für eine Liveübertragung im Fernsehen eignen würde.

»Nelly«, wiederholt er meinen Namen so, als wäre er ein Schimpfwort, während er provokant langsam auf mich zuschlendert.

Keine Ahnung warum, aber einfach alles an ihm provoziert mich.

»Nelly, hm ...« Er lacht abschätzig auf, was das Brodeln in mir nur noch verstärkt.

Meine schwitzigen Hände ballen sich zu Fäusten, sodass ich meine Gel-Nägel in der Handinnenfläche spüren kann. Extra für das Praktikum habe ich letzte Woche noch schnell einen Termin in meinem Lieblingsnagelstudio ausgemacht. Das Geld hätte ich mir auch wirklich sparen können.

»Sag's doch am besten noch ein drittes Mal, es ist ja auch wirklich kein einfacher Name.« Trotzig verschränke ich die Arme vor meiner Brust und versuche angestrengt mit meinen Augen Blitze auszusenden. So viel zum Plan mit den sauren Äpfeln.

Fynn bleibt direkt vor mir stehen. Er ist so viel größer als ich, dass ich meinen Kopf leicht in den Nacken legen muss, um ihm weiter in die Augen schauen zu können. Aber ich werde dieses Blickduell nicht verlieren.

Schließlich gibt er auf. Abschätzig und in aller Seelenruhe mustert er mich von oben bis unten, während ich leicht nervös von einem Fuß auf den anderen trete.

»Passt irgendwie zu dir. Der Name klingt so ...« Er macht eine dramatische Pause, bevor er grinsend weiterspricht. »So zickig.«

Wütend schnaube ich auf und es würde mich nicht wundern, wenn Dampf aus meiner Nase stiege. Dabei versuche ich das kleine Grübchen zu ignorieren, welches das Grinsen auf seine linke Wange zaubert. Zickig? Von wegen! Doch bevor ich etwas entgegnen kann, zum Beispiel, dass Fynn auch nicht gerade ein Hammer-Name ist, macht er auf dem Absatz kehrt und lässt mich zum zweiten Mal einfach stehen.

»Schreibst du es auf, Anne?«, fragt er über seine Schulter hinweg mit einem unerwartet charmanten Lächeln, das wohl ein so seltenes Gut ist, dass er es sich nur für bestimmte erlesene Frauen aufhebt. Dabei hält er eine Dose Coke hoch. Dann verschwindet er, begleitet vom unharmonischen Geläut des Türglockenorchesters, nach draußen. Einen kurzen Moment bin ich sprachlos und unfähig mich zu bewegen. Dann beginnen die Zahnräder in meinem Gehirn wieder zu arbeiten.

»Vielen Dank«, rufe ich Lucy und Anne kurzatmig zu, während ich mir hektisch meinen Koffer schnappe und unkoordiniert hinter Fynn her stolpere.

***

Entgeistert starre ich auf den Traktor, mit dem ich heute ja schon unfreiwillig Bekanntschaft machen durfte.

»Tut mir leid, dass ich nicht mit dem Cabrio hier bin, aber wenn du mitgenommen werden möchtest, musst du dich wohl oder übel damit abfinden.« Schadenfroh sieht Fynn mich an und setzt die Coke-Dose an seine geraden, strahlend weißen Zähne an. Einen Zahnarzt scheint es hier in der Einöde offensichtlich zu geben. Natürlich ist mir klar, dass er den Traktor nicht absichtlich genommen hat, um ein unwissendes Stadtmädchen zu ärgern. Aber trotzdem scheint ihm diese zufällige Entwicklung zu seinen Gunsten doch sichtlich Freude zu bereiten und ganz eindeutig tut es ihm so was von überhaupt nicht leid.

»Also genau genommen ist es ja ein Cabrio. Zumindest ist der Traktor oben offen.« Belustigt schüttelt Fynn den Kopf. Wenigstens findet er selbst seinen Witz komisch, denn mir ist gerade wirklich nicht zum Lachen zumute. Eher stehe ich, zum wiederholten Mal an diesem Tag, schon wieder kurz vor einer emotionalen Eskalation irgendwo zwischen Wutausbruch und Heulkrampf. Ohne mein jahrelanges wenig professionelles, aber zumindest leidenschaftliches

Yogatraining, das mich Nervenbündel sogar halbwegs unversehrt durch die Abschlussprüfungen gebracht hat, hätte mich die Polizei von Roseville bestimmt längst verhaftet und ich würde in einer schäbigen Gefängniszelle darauf warten, dass meine Mom mich herausboxt. Sie ist nämlich Partnerin in einer der renommiertesten Anwaltskanzleien »auf internationalem Spitzenniveau«, wie es in ihrem Flyer steht, von dessen Foto sie und ihr anzugtragender Kollege einen mit einem unnatürlich weißen Zahnpastalächeln anstrahlen. Der Versuch einer Blitzmeditation, um wenigstens ohne schwerere Gesetzesverstöße aus dieser Begegnung mit Fynn herauszukommen, scheitert bedauerlicherweise kläglich. Aber wenigstens kann ich mich genug sammeln, um den blöden Cabrio-Witz zu ignorieren.

»Und wie soll ich da bitte hochkommen?« Genervt ziehe ich die Augenbrauen hoch und stampfe ungeduldig mit dem Fuß auf dem heißen Asphalt auf. Durch den für unsere Breitengrade ungewöhnlich heißen Sommer kocht der Boden fast, sodass ich mir einbilde, die Hitze durch die Sohle meiner Sandalen zu spüren. Und da soll es doch allen Ernstes Menschen geben, die den Klimawandel leugnen. Ich meine, ich würde mir beispielsweise auch wünschen, dass Schokolade nicht dick macht. Aber nur weil ich das Gegenteil behaupte, wird diese tragische Tatsache ja leider nicht weniger wahr.

Einen Vorteil hat die Hitze. Wenn ich ganz großes Glück habe, ist dieser Fynn einfach nur eine Fata Morgana. Doch leider spielt das Glück ja momentan lieber im gegnerischen Team.

»Du musst auf den Reifen steigen«, antwortet Fynn und deutet so selbstverständlich auf die beängstigend gigantischen Dinger, von denen ich noch gerade eben beinahe platt gefahren worden wäre, als wäre nichts leichter als diese akrobatische Meisterleistung. Doch tatsächlich macht er es mir absolut mühelos vor und sitzt binnen weniger Sekunden in schwindelerregender Höhe auf dem Fahrersitz.

»Also wenn du es nicht schaffst, kann ich natürlich von Anne aus dem Laden eine Trittleiter holen.« Fynn grinst süffisant.

So weit kommt's noch. Diese Blöße würde ich mir ausgerechnet vor diesem Blödmann nicht geben.

Ziemlich mühsam, aber mit einem möglichst unangestrengten Gesichtsausdruck klettere ich auf den Reifen. Zwar bin ich im Fitnessstudio angemeldet, aber abgesehen von Yoga hatte ich es mit Sport noch nie so wirklich. Zu meiner Schande gehöre ich wohl eher zu denen, die bloß nach Weihnachten und vor dem Sommerurlaub auf eine einmalige Stippvisite im Gym vorbeischauen, um mit möglichst geringem Aufwand zu retten, was noch zu retten ist. Meine Muskeln jedenfalls rufen gerade: »Geschieht dir recht!«

Doch Fynn macht keine Anstalten, mir irgendwie behilflich zu sein. Stattdessen schaut er mir belustigt zu.

»Soll ich dir noch Popcorn bringen?«, knurre ich zwischen zusammengepressten Zähnen hervor und ignoriere, dass der Schweißtropfen, der sich gemächlich den Weg meinen Rücken hinuntergewagt hat, nun an einer sehr unangenehmen Stelle angekommen ist.

»Danke, ich bin versorgt.« Meinen Sarkasmus ignoriert Fynn einfach und hält dabei seine mittlerweile halb leere Coke-Dose in die Höhe. Er hätte mir ja auch ruhig mal einen Schluck anbieten können.

Dann bin ich jedoch endlich oben angekommen und lasse mich auf den kleinen Zusatzsitz fallen, der nur für Size-Zero-Hintern gemacht zu sein scheint und unter meinem Gewicht beängstigend nachgibt. So muss es sich anfühlen, den Gipfel des Mount Everest zu erreichen. Ohne Atemgerät.

»Ha!« Triumphierend grinse ich ihn an. Doch ein Triumph meinerseits passt einfach nicht zu diesem Unglückstag und ist dementsprechend nicht von langer Dauer.

»Willst du ohne deinen Koffer fahren?«

Mein Blick fällt auf das Riesending, das noch immer auf dem

Asphalt steht. Für einen filmreifen Moment starre ich Fynn einfach nur an. Meine Hände ballen sich zu Fäusten. Wie weggewischt sind alle Vorsätze, mein bisher unbeschriebenes Strafregister nicht für Fynn aufzugeben. Ich bringe diesen Kerl um!

***

Kies knirscht unter den Reifen des Traktors, als wir durch einen Torbogen aus dunklem, leicht verwittertem Holz in einen großen Innenhof rollen.

Wie ein Scheinwerfer wirft die mittlerweile tiefer stehende Sonne von Westen einen Spot auf ein großes altes Bauernhaus, das von mehreren Scheunen umrahmt wird. In den Kästen vor den Fensterbänken blühen Hunderte Blumen in herrlichen Rosa- und Lilatönen und vor der großen Eingangstür steht eine kleine Holzbank, die zwar mal wieder einen neuen Anstrich vertragen könnte, aber dennoch ziemlich gemütlich aussieht.

»Ich dachte, du fährst mich zum Hotel?«, frage ich verwirrt, als der Traktor vor der Scheune zum Stehen kommt und Fynn den Schlüssel aus dem Schloss zieht.

Auf der Fahrt hierher habe ich irgendwann einfach abgeschaltet, weil ich schon nach wenigen Minuten die Orientierung komplett verloren hatte. Nachdem wir den Ortskern verlassen hatten, hat irgendwie alles nur noch gleich ausgesehen. Alles gleich grün. Außerdem musste ich mich ziemlich darauf konzentrieren, nicht von dem kleinen Beifahrersitz zu fallen. So eine Traktorfahrt ist nämlich eine ganz schön wackelige Sache. Meine Mom bezahlt im Fitnessstudio viel Geld für diesen Rütteleffekt.

»Das Plaza war leider schon komplett ausgebucht!«, sagt Fynn mit einem selbstgefälligen Grinsen und springt hinunter auf den staubigen Boden.

Zwei tiefe Atemzüge lang schließe ich erneut für eine Blitzmeditation meine Augen – in dem verzweifelten Versuch, nicht durchzudrehen. Dann lasse ich mich hastig und wahrscheinlich mächtig ungalant ebenfalls von meinem Sitz gleiten und versuche Fynn zu folgen, der schnurstracks auf das Haus zuläuft. Als ich ihn einhole, hat er fast die Haustür erreicht, weil ich noch einmal zurücklaufen und meinen Koffer von der kleinen Ladefläche des Traktors hieven musste. Auch auf dem Land sind die echten Gentlemen offenbar längst ausgestorben. Obwohl: Habe ich von Fynn etwas anderes erwartet?

Unsanft fasse ich ihn bei der Schulter, sodass er sich zu mir umdrehen muss.

»Hör mal zu, du Scherzkeks!«, keuche ich und streiche mir schnaubend eine Haarsträhne aus dem Gesicht. Meine Stimme klingt ziemlich hoch und quietschig, wie sie es leider immer tut, wenn ich mich aufrege. »Glaub mir, ich bin auch nicht gerade erpicht auf weitere Stunden in deiner anregenden Gesellschaft! Wenn du mich jetzt einfach zum Hotel bringst, verspreche ich dir nur allzu gern, dass du mich nie wiedersehen wirst!«

In dem Moment wird die große alte Tür des Bauernhauses geöffnet und eine Frau, die vielleicht ein paar Jahre älter ist als meine Mom, erscheint im Türrahmen. Sie trägt eine weite hellblaue Bluse mit zartem Blümchendruck und einen knielangen beigefarbenen Leinenrock. Ihr eher rundliches Gesicht wird von dunklen Haaren eingerahmt, die ihr bis zum Kinn gehen und an einer Seite mit einer kleinen Spange locker nach hinten gesteckt sind. Aus großen offenen Augen strahlt sie mich an.

»O Nelly, da bist du ja!«, ruft sie begeistert und kommt einen Schritt auf mich zu, während ich nach wie vor auf dem Schlauch stehe und mich frage, woher diese Frau meinen Namen kennt.

Fynn lehnt sich an den Türrahmen und sieht mich amüsiert an. Was ihm nicht zu verdenken ist, denn wahrscheinlich steht mein Mund so weit offen, dass ich aussehe wie ein Goldfisch.

»Herzlich willkommen auf unserem Hof! Ich bin Elly!«

Da fällt bei mir endgültig der Groschen. Es gibt kein Hotelzimmer. Das hier ist meine Unterkunft. Ganz bestimmt die günstigste, die das Magazin finden konnte. Wobei, nach meinem ersten Eindruck von Roseville, wahrscheinlich auch die einzige.

Elly, die meine Verwirrung entweder nicht bemerkt oder sie gekonnt überspielt, redet einfach weiter: »Meinen Sohn Fynn hast du ja offensichtlich schon kennengelernt!«

Die Strähne ziemlich ernüchternder Erkenntnisse hält an. Ihren Sohn. Natürlich. Auf den zweiten Blick erkenne ich eindeutig die Ähnlichkeit zwischen den beiden. Und doch sind sie total verschieden. Elly wirkt auf mich schon nach diesen wenigen Minuten wie die Freundlichkeit in Person und Fynn ist … na ja … Der ist eben genau das Gegenteil.

Mein vom Tag überanstrengtes Gehirn hat Probleme, die aktuellen Erkenntnisse richtig zu verarbeiten. Heißt das also im Klartext, dass ich die nächsten Wochen mit Mister »Ich überfahre dich mit dem Traktor, finde, dein Name klingt zickig, und lasse dich deinen schweren Koffer selbst schleppen« unter einem Dach wohnen werde?

»Jetzt komm doch erst mal rein!«, ignoriert Elly mein entsetztes Schweigen und winkt mich ins Haus hinein.

Aus Ratlosigkeit und Mangel an Alternativen folge ich ihr. Außerdem bin ich mittlerweile so vollkommen durch, dass ich mich auch auf die nächste Parkbank gelegt hätte. Auf der Türschwelle verharre ich jedoch, sodass ich Fynn gegenüberstehe, so nah, dass keine zwanzig Zentimeter mehr zwischen seiner und meiner Nasenspitze liegen.

»Du …«, beginne ich mit giftiger Stimme, weiß aber nicht, wie ich den Satz beenden soll. So viele verschiedene Beleidigungen liegen mir spontan auf der Zunge.

Fynns Grinsen wird mit jeder Sekunde breiter. »Willkommen in Roseville, Nelly!«

»Möchtest du etwas essen, Liebes? Du hast doch bestimmt Hunger.«

Unschlüssig stehe ich im Flur des alten Bauernhauses, das von innen unerwartet hell und geräumig ist. Es muss vor gar nicht langer Zeit komplett renoviert worden sein.

»Eigentlich möchte ich nur auf mein Zimmer.« Mein Tonfall ist abweisender als beabsichtigt, aber ich will jetzt einfach nur meine Ruhe haben. Kurz glaube ich einen Hauch von Enttäuschung über Ellys Gesicht huschen zu sehen. Doch bevor mich mein schlechtes Gewissen dazu bewegen kann, einem kleinen Imbiss zuzustimmen, setzt sie direkt wieder ihr unbeschwertes Lächeln von vorhin auf.

»Zu deinem Zimmer geht's die Treppe rauf und dann die erste Tür links. Fynn, zeig Nelly doch bitte den Weg!«

»Nicht nötig, danke!«, beeile ich mich hastig zu sagen und werfe Fynn über die Schulter einen warnenden Blick zu, der ein »Lass mich bloß in Ruhe«-Schild vor sich herträgt. Dann hebe ich meinen Koffer an, der im Laufe des Tages mindestens doppelt so schwer geworden zu sein scheint, und mit einem knappen »Gute Nacht!« steige ich die knarrenden Treppenstufen hinauf in die erste Etage.

***

Nachdem ich mindestens eine Stunde unter der eiskalten Dusche gestanden und mich nun wenigstens einigermaßen wieder akklimatisiert habe, ziehe ich direkt meine karierten Schlafshorts an. Keine zehn Pferde könnten mich dazu bringen, heute Abend dieses Zimmer noch einmal zu verlassen. Ich streife mir das T-Shirt mit unserem Abschlusslogo über. Keine Ahnung, wer meiner Mitschüler für dieses furchtbare Design abgestimmt hat, ich jedenfalls nicht. Aber das T-Shirt ist sogar zu hässlich, um es beim Sport anzuziehen, und darum allerhöchstens zum Schlafen geeignet.

Wütend ziehe ich die hellrosa geblümten Vorhänge zu, die mir wahrscheinlich gut gefallen würden, läge es nicht in der Natur der

Sache, dass ich hier einfach alles schrecklich finde. Es kommt mir fast so vor, als wollte der Sommer mich mit seiner guten Laune provozieren, indem er das warme Sonnenlicht dieses herrlichen Abends in mein Zimmer wirft.

Kurz überlege ich meinen Koffer auszupacken, entscheide mich dann aber dagegen, weil es mir irgendwie wie eine Kapitulation gegenüber der Gesamtsituation vorkommen würde. Mein Unterbewusstsein hat sich noch nicht damit abgefunden, den Sommer tatsächlich hier verbringen zu müssen. Darum krame ich nur meinen Laptop unter den ganzen Kleidern, Schuhen und Büchern hervor und schmeiße mich auf das Bett mit der zu den Vorhängen passenden geblümten Bettwäsche.

Natürlich bleibt die Suche nach WLAN-Netzwerken ohne ein einziges Ergebnis. Facebook, Instagram oder Internetshopping kann ich mir für die nächste Zeit also auch erst einmal abschminken. Obwohl es für meinen ohnehin stark kritischen Gemütszustand vielleicht sogar besser ist, nicht permanent unter die Nase gerieben zu bekommen, dass alle meine Freundinnen gerade durch die Weltgeschichte reisen und den Spaß ihres Lebens haben. Solange ich die Aussicht auf ein Praktikum in einer angesagten Stadt hatte, war mir all das egal. Aber jetzt … Jetzt sieht die Lage anders aus. Zwar kann ich einen Hotspot zu meinem Handy einrichten, aber die wenigen mobilen Daten, die ich noch habe, sollte ich mir vermutlich lieber für besonders wichtige Fälle aufsparen. Zum Beispiel für die regelmäßigen Berichte, die Doreen – meine Praktikumsbetreuerin – von mir erwartet.

»Schließlich schmeißen wir kein Geld aus dem Fenster, damit du in aller Ruhe Urlaub machen kannst!«, hat sie vor meiner Abreise zu mir gesagt. Dabei kann sie sich absolut sicher sein, dass meine Vorstellungen von Urlaub von diesem Albtraum hier meilenweit entfernt sind.

Außerdem scheinen selbst die wenigen mobilen Daten ziemlich

launisch zu sein und nur zu funktionieren, wenn sie gerade mal Lust dazu haben.

Als ich kurzerhand ein neues Worddokument öffne und so wild zu tippen beginne, dass meine Tastatur mich wegen schwerer Körperverletzung verklagen könnte, ist meine Laune, wenn überhaupt möglich, noch tiefer in den Keller gesunken.

Von gemeingefährlichen Traktorfahrern und Hinterwäldlern ohne WLAN, lautet die Überschrift meines Artikels und mit jedem Wort schreibe ich mir ein bisschen vom Frust und der Enttäuschung des Tages von der Seele. Ich weiß, dass der Artikel eigentlich in eine andere Richtung geplant war. Dass er das Landleben eher als total angesagten Trend darstellen sollte. Aber das Schreiben dieser etwas anderen Version verschafft mir im Moment so viel Genugtuung, dass sich kurzzeitig ein zufriedenes Lächeln auf mein Gesicht schleicht.

Schon vor über einem Jahr habe ich mich bei meinem absoluten Lieblingsmagazin *Shiny* auf eine Praktikumsstelle beworben. Seit ein paar Wochen habe ich nun meinen Schulabschluss sicher in der Tasche und dieser Sommer sollte nicht nur der Sommer meines Lebens werden, sondern mir bestenfalls sogar die Tür zu meinem Traumberuf als Journalistin öffnen. Zum Wintersemester möchte ich dann direkt anfangen zu studieren, wenn das Praktikum gut läuft, im besten Fall direkt mit einem begleitenden Job bei *Shiny*.

Doch jetzt sitze ich hier allein in einem Zimmer, weiter entfernt von meinen Träumen, als ich es je zuvor gewesen bin, während meine Freundinnen wahrscheinlich gerade von einer Party zur nächsten tanzen und ihre neu gewonnene Freiheit in vollen Zügen genießen.

Bevor ich den Laptop zuklappe, erstelle ich noch schnell einen Hotspot und schaffe es mit einem winzigen Funken mobiler Daten tatsächlich gerade so, eine E-Mail mit dem ersten Entwurf meines

Artikels an die Redaktion zu schicken. Danach ziehe ich mir trotz der Wärme die Decke bis über den Kopf und hoffe einfach nur aus dieser albtraumhaften Realität möglichst schnell in einen traumlosen Schlaf entfliehen zu können.

3. Kapitel
Kuhphobie

Ziemlich verschlafen tapse ich am nächsten Morgen die Treppe von meinem Zimmer hinunter ins Erdgeschoss. Die erste Nacht in einem fremden Bett ist bei mir immer etwas kritisch, obwohl die Bettwäsche – zugegeben – herrlich frisch und ein klein wenig nach zu Hause geduftet hat.

Leider habe ich mitten in der Nacht – genau genommen um fünf Uhr, aber es ist mir schon immer ein Rätsel gewesen, wie Menschen zu dieser Zeit aufstehen und tatsächlich wach sein können – den Unterschied zwischen einem Hahn und einem Wecker erfahren dürfen.

Bei einem Wecker kann man die Weckzeit einstellen, bei einem Hahn nicht. Einen Wecker kann man ausmachen, einen Hahn nicht. Also man könnte sicher etwas nach ihm werfen, aber das würden mir meine Gastgeber wahrscheinlich übel nehmen. Und wenn schon zwischen mir und dem missratenen Sprössling des Hauses ein Kanonenfeuer entfacht wurde, so will ich wenigstens irgendwen aus der Familie auf meiner Seite wissen, um nicht irgendwann Gift in meiner Suppe zu haben und unauffällig beseitigt zu werden. In dieser Einöde würde man mich bestimmt nicht finden und die Polizei wäre irgendwann gezwungen die Suche nach mir einzustellen.

Außerdem gibt es auf dem Land Mücken. Das ist bestimmt keine nobelpreiswürdige Neuentdeckung und man hätte es durchaus vorausahnen können. Habe ich aber nicht. Darum habe ich also bedauerlicherweise weder eine Mückenklatsche noch das Antiinsektenspray dabei, das ich mir letztes Jahr im Florida-Urlaub gekauft habe.

Nach einer mehrstündigen verzweifelten Jagd mit meinem Hausschuh als Waffe habe ich schließlich kapituliert und mich dazu entschieden, die Stiche einfach in Kauf zu nehmen und die Mücken zu ignorieren. Das hört sich jedoch deutlich leichter an, als es war, denn leider sind die Mücken hier auf dem Land, wie mir scheint, zu einer solchen Größe mutiert, dass sie Geräusche erzeugen wie ein kaputter Hubschrauber kurz vor dem Absturz.

Nichtsdestotrotz hat die Nacht mich wieder ein bisschen besänftigen können. Der erste ganz große Frust ist verflogen, und auch wenn ich von meinem Aufenthalt hier nach wie vor alles andere als begeistert bin, habe ich doch eingesehen, dass ich an der ganzen Misere auch nichts ändere, wenn ich schmollend auf meinem Zimmer sitze. Manchmal tut es auch gut, sich mit seinem Schicksal abzufinden. Und auf absurde und wahrscheinlich leicht masochistische Art und Weise bin ich sogar ein wenig gespannt, was der heutige Tag so bringen wird.

Je mehr Stufen ich hinabsteige, desto verführerischer wird der Duft nach frischem Kaffee, der mir den Weg zur Küche weist. Bei den vielen Zimmern und Türen in diesem großen Haus bin ich mir auch nicht sicher, ob ich die Küche ohne diesen duftenden Wegweiser gefunden hätte.

Auf dem Weg schaue ich mich ein bisschen um. Tatsächlich bin ich gestern Abend so gefrustet gewesen, dass ich viele Dinge gar nicht so wahrgenommen habe. Durch die helle Holzvertäfelung wirkt der Flur offen und freundlich. Auf den Treppenstufen und eigentlich sonst überall, wo Flächen frei sind, stehen Blumentöpfe oder Vasen mit frischen Blumen, die den Sommer ins Haus bringen. Meiner Mom, die Blumen sowieso für Geldverschwendung hält, wären die Sträuße viel zu bunt zusammengewürfelt, doch hier passt es irgendwie perfekt.

Als ich vorsichtig die Türklinke hinunterdrücke und in den Raum hineinspähe, verschlägt mir der Anblick eines reich gedeckten Frühstückstisches fast die Sprache.

»Ach, hat es unsere Langschläferin auch endlich aus den Federn geschafft!«, ruft Elly freudig, als sie mich entdeckt.

Langschläferin? Die Zeiger der laut tickenden Standuhr auf der gegenüberliegenden Seite der Küchenzeile stehen gerade mal auf Viertel nach acht. Zu Hause würde ich mir zu so früher Stunde die Decke wieder über den Kopf ziehen und noch eine Runde schlafen. Obwohl ich auch zugeben muss, dass mein Schlafrhythmus durch die Zeit nach meiner letzten Prüfung wahrscheinlich irreparabel zerstört wurde. Es ist mir ein Rätsel, wie ich es das letzte Jahrzehnt meines Lebens geschafft habe, morgens um acht Uhr zumindest augenscheinlich wach im Unterricht zu sitzen, wo es mir doch letzte Woche sogar gelungen ist, einen Friseurtermin um halb zwölf zu verbummeln.

Während Elly in der Spüle Einmachgläser auswäscht, betrete ich die Küche und schaue mich in aller Ruhe um. Die Möbel sehen allesamt aus, als stammten sie aus einer anderen Zeit, und doch sind sie so gut gepflegt und arrangiert, dass die Einrichtung modern wirkt. Ein bisschen wie die Küchen im Landhausstil, die mich immer ins Schwärmen bringen, wenn ich Möbelkataloge durchblättere. Unsere Küche zu Hause ist das genaue Gegenteil. Die Schränke sind in einem futuristischen Metallic-Grau gehalten und auf den hochglanzpolierten Spiegelflächen stehen nur ein paar ausgewählte sündhaft teure Küchenmaschinen, die noch nie jemand benutzt hat. Nur selten haben wir Zeit, gemeinsam zu essen. Und wenn wir uns doch alle zufällig mal gleichzeitig zu

Hause aufhalten, bestellen wir meistens was beim Asiaten. Das geht einfach schneller.

Der ganze Raum ist vom warmen Morgenlicht der aufgehenden Sonne durchflutet, die durch ein großes Fenster mit Blick auf den Hof hereinfällt und ankündigt, dass der Tag wieder heiß werden wird. Das Fenster verfügt über zu den Spültüchern passende fein geblümte Gardinen. Bestimmt sind sie selbst genäht. Es gibt überall schöne Dinge zu entdecken. Auf der Fensterbank stehen verschiedene Blechdosen im Vintage-Stil. In einem kleinen Hängeregal über der Arbeitsplatte finden sich Marmeladengläser mit verschiedenen bunten Gewürzen drin und auch hier in der Küche tummeln sich zahlreiche Töpfe mit wild vor sich hin wachsenden Pflanzen. Auch wenn es insgesamt vielleicht ein kleines bisschen chaotisch ist, fühle ich mich hier doch auf Anhieb pudelwohl.

»Wir haben alle schon gefrühstückt«, beginnt Elly, ohne sich von ihrer Arbeit abzuwenden. »Aber ich habe alles für dich stehen gelassen.« Kurz dreht sie sich zu mir um und deutet lächelnd auf den Tisch. »Das Ei ist von Josy, unserer besten Henne.« Der Stolz in ihrer Stimme lässt mich unweigerlich schmunzeln. »Heute Morgen frisch gelegt.«

Überwältigt lasse ich mich auf den Stuhl sinken. Meine Eltern sind das, was man Workaholics nennt. Meine gesamte Schulzeit über sind sie morgens immer schon lange vor mir aus dem Haus gegangen und ich kann mich nicht erinnern, wann das letzte Mal jemand Frühstück für mich gemacht hat. Schon gar nicht so ein feudales.

Augenblicklich packt mich das schlechte Gewissen, weil ich gestern Abend alles andere als freundlich zu meiner Gastgeberin gewesen bin. »Elly, es tut mir leid, dass ich nach meiner Ankunft direkt auf mein Zimmer verschwunden bin, aber …«, beginne ich, doch Elly fällt mir direkt ins Wort.

»Ach, Liebes.« Sie lacht laut und erfüllt den gesamten Raum mit ihrer warmen Herzlichkeit. »Du brauchst dich doch nicht zu entschuldigen.«

Leise und kaum merklich fällt mir ein kleiner Stein vom Herzen.

»Wir haben alle mal schlechte Tage und ich kann mir vorstellen, dass du dir für die Zeit nach der Schule aufregendere Dinge gewünscht hast, als hier in Roseville festzusitzen.«

Verlegen schaue ich auf meinen Teller, denn es ist mir unangenehm, dass Elly offenbar sofort erkannt hat, dass ich nicht freiwillig hier bin. Für gewöhnlich kann ich meine Gedanken und Gefühle ganz gut vor anderen verbergen, aber Elly ist einer dieser Menschen, in dessen Gegenwart man das Gefühl hat, ein aufgeschlagenes Buch zu sein. Ihr würde man bestimmt sogar einen Mord gestehen, den man gar nicht begangen hat.

Darum nicke ich. Ich wäre doch wirklich lieber ganz woanders. Warum also sollte ich das leugnen?

»Manchmal laufen die Dinge nicht so, wie wir sie uns vorstellen, und dann ist es in Ordnung auch mal schlecht gelaunt zu sein«, nimmt sie mir die unangenehme Aufgabe ab, mein unmögliches Verhalten weiter entschuldigen zu müssen. »Wichtig ist nur, dass du danach den Blick nach vorn richtest und das Beste aus der Situation machst.« Liebevoll legt sie mir, für einen zwischen zwei nahezu fremden Menschen unerwartet vertrauten Moment, ihre Hand auf die Schulter. »Glaub mir, Roseville hat einiges zu bieten. Du musst dich dem nur öffnen.«

Stumm nicke ich ihr zu, wenn auch nicht restlos überzeugt. Doch aus Höflichkeit lasse ich mir meine Zweifel nicht anmerken. Schließlich habe ich mich Elly gegenüber in meinen ersten vierundzwanzig Stunden hier schon genug danebenbenommen.

»So und jetzt iss endlich, sonst kommen die Jungs gleich schon zum Mittagessen und du hast noch nicht einmal das Frühstücksbrot probiert, das ich heute Morgen extra gebacken habe.«

Wahnsinn! Frisch gelegte Eier, selbst gebackenes Brot. Wenn mir gar nichts anderes einfällt, kann ich auf jeden Fall über die gesunde ländliche Ernährung schreiben. Oder über die verstörende Begegnung mit dem Hotdog-Kläffer von gestern, denn der spukt mir noch immer durch den Kopf. Auf jeden Fall muss ich nachher mein frustriertes Geschreibsel von gestern Abend löschen. Letztlich kann ja keiner hier in Roseville etwas dafür, dass mein Leben mal wieder ein totales Chaos ist, und ein solcher Artikel wäre schon allein Elly gegenüber einfach nicht fair.

Als hätte diese meine Gedanken gelesen, stellt sie prompt die Frage der Fragen. »Worüber willst du denn eigentlich schreiben?«

Tja, wenn ich das so genau wüsste.

»Schreib irgendetwas über den Lifestyle auf dem Land!«, hat die präzise Aufgabenstellung von Doreen gelautet, die sie mir vor meiner Abreise genannt hat. Dabei hat sie nur lässig mit der Hand abgewinkt, als würde sie das alles sowieso nicht weiter interessieren. »Die Chefin will schon lange etwas zu diesem Thema. Dieser ganze Naturkram ist im Moment total angesagt. Du weißt schon … Entschleunigung, Lebenssinn, Schmusesitzungen mit Kühen und so weiter. Dir wird schon irgendetwas einfallen.«

Der Artikel soll ganz modern aufgezogen sein, mit Selfies von mir und so weiter. Ich bin dann quasi die junge Reporterin, die live vor Ort ist und berichtet. Meine Hoffnung ist, dass Doreen mich danach vielleicht noch irgendwo anders hinschickt … Auf Festivals oder so. Jedenfalls irgendwohin, wo es spannender ist und mehr passiert als hier. Womöglich wird das Ganze sogar eine richtige Serie. Darum muss ich es einfach besonders gut machen!

»Das ist *noch* ein Geheimnis«, weiche ich Ellys Frage aus, was diese höflich abnickt. Ich bezweifele, dass sie *Shiny* überhaupt kennt. Elly gehört eher nicht zu der Zielgruppe unseres Magazins.

Als ich pappsatt und bis oben hin voll mit selbst gemachtem Brot, Marmelade, Ei und etlichen anderen Köstlichkeiten meinen Teller zur Spüle bringe, sehe ich durchs Fenster Fynn, der gerade eine Kuh an einem Strick über den Hof führt.

»Wenn du Inspiration brauchst, wird Fynn dir sicher gern die

Farm und die Umgebung zeigen.« Scheinbar ist Elly meinem abwesenden Blick gefolgt.

Natürlich wird er das, denke ich, kann mir einen skeptischen Gesichtsausdruck jedoch nicht verkneifen. Er kann es wahrscheinlich kaum erwarten. Auf der anderen Seite habe ich ja gerade wirklich nichts anderes zu tun.

»Am besten gehst du gleich nach draußen, dann kannst du ihm bei der Arbeit ein bisschen über die Schulter schauen.«

Ich hole Luft, um etwas zu entgegnen, doch Elly schneidet mir direkt das Wort ab.

»Super, dann sehen wir uns später. Mittagessen gibt es um zwölf Uhr!«

Sie beherrscht den mütterlichen Befehlston perfekt. Alles wird so formuliert, dass es nach einem gut gemeinten und optionalen Vorschlag klingt, man aber doch sofort weiß, dass Widerstand zwecklos ist.

***

»Hat in Roseville eigentlich irgendwann mal jemand eine Kleiderordnung ans Scheunentor genagelt oder tragt ihr alle freiwillig diese grässlichen Karohemden?«

Fynn fungiert schon wieder als Model für eine eben solche Modesünde, diesmal nicht in Rot-, sondern in Grüntönen. Und auch gestern bei meiner Ankunft habe ich erschreckend viele der wenigen Männer, die mir begegnet sind, in einem ähnlichen Look gesehen.

Herausfordernd ziehe ich die Augenbrauen nach oben und verschränke meine Arme vor der Brust.

Keine Ahnung, wie Fynn es geschafft hat, binnen kürzester Zeit diese angriffslustige Seite von mir ans Licht zu befördern. Und das, obwohl ich mich für gewöhnlich ziemlich gut im Griff habe und, wenn es sein muss, über ein hollywoodreifes Schauspieltalent verfüge. Außerdem ist diese Seite, angesichts der Tatsache, dass ich hier in der Fremde bin und eher auf der Suche nach Verbündeten für die nächste Zeit sein sollte, wohl alles andere als strategisch klug. Aber Fynns pure Anwesenheit reicht schon aus, um es tief in mir zum Brodeln zu bringen. Und wenn er dann noch dieses unverschämt freche und überhebliche Grinsen aufsetzt, ist es um meine Selbstbeherrschung vollständig geschehen.

Eine Weile sieht Fynn mich aus zusammengekniffenen Augen an, als überlegte er gerade, wie er einen Mord an mir am ehesten nach einem Unfall aussehen lassen könnte.

»Na ja«, beginnt er dann, zu meinem Ärgernis vollkommen lässig. »Früher haben wir hier alle rosafarbene Häkelkleidchen getragen.« Er richtet seinen Blick demonstrativ auf das Kleid, das ich heute Morgen aus dem Koffer gezogen haben.

Okay, vielleicht ist mein Outfit für einen Arbeitstag auf der Farm nicht hundertprozentig ideal, aber nach dem Schreckenstag gestern habe ich mein Lieblingskleid heute einfach bitternötig.

»Aber in rosa Kleidchen haben wir uns beim Stallausmisten gegenseitig einfach viel zu oft mit den Schweinen verwechselt!«

Touché, der Punkt geht an ihn.

Augenscheinlich wütend funkeln meine Augen ihn an, aber innerlich muss ich unweigerlich grinsen. Denn für gewöhnlich mag ich es, wenn ein Kerl noch ein bisschen schlagfertiger ist, als ich selbst es bin. Auch wenn mir dieser Umstand in Bezug auf Fynn nicht so ganz gelegen kommt.

»Deine Mom hat gesagt, dass ich dir bei der Arbeit über die Schulter schauen soll.« Triumphierend beobachte ich seine nun doch entgleisenden Gesichtszüge. Damit hat er ganz eindeutig nicht gerechnet.

»So, hat sie das?«, brummt Fynn durch zusammengepresste Zähne und seine Stirn legt sich genervt in Falten. Begeisterung sieht wahrlich anders aus, was ja schließlich auf Gegenseitigkeit beruht. Aber was soll ich hier schon großartig anderes machen? Ohne es zu wissen, vermute ich einfach mal, dass es in Roseville weder ein Shoppingcenter noch ein Spa oder Ähnliches gibt. Und auch wenn es zum Heulen ist, dass ausgerechnet Fynn nun so etwas wie meine Muse sein soll, brauche ich doch ziemlich dringend Inspiration für meinen Artikel.

»Na gut, aber Zuschauen gibt es nicht. Wenn es sich nicht verhindern lässt, dass mir deine reizende Gesellschaft heute zuteilwird, okay. Aber dann musst du auch mit anpacken!«

Jetzt ist es Fynn, der so breit grinst, als hätte er eine Banane quer gegessen, nur weil er jetzt auch ein Ass aus dem Ärmel ziehen konnte. Doch auch ich habe noch lange nicht alle meine Trümpfe verspielt.

»Gut, womit fangen wir an?« Mit schief gelegtem Kopf starre ich ihn an, als könnte ich es kaum erwarten, dass die Arbeit endlich losgeht, und schiebe mir dabei pseudomotiviert die Ärmel meiner cremeweißen Häkeljacke nach oben. Ich mache mir selbstverständlich schon Gedanken darüber, dass ich mir mein Outfit schmutzig machen könnte. Das Kleid ist wirklich kompliziert zu reinigen, weil das Material für die Waschmaschine zu fein ist. Aber mein Stolz ist zu groß, um es mir anmerken zu lassen. Außerdem hätte Elly bestimmt einen guten Reinigungstipp. Irgendwie macht sie mir den Eindruck, als hätte sie für alle Haushaltsnotfälle eine Lösung.

»Der Kuhstall muss gereinigt werden. Bei dem ganzen Mist müsstest du dich doch eigentlich wohlfühlen!«

Nach einem kurzen Moment der Fassungslosigkeit strecke ich Fynn verärgert die Zunge heraus, wobei sich währenddessen in meinem Hals ein riesiger Knoten bildet. Wenn ich sagte, Kühe lösten bei mir leichte Angstzustände aus, würde das die Sache wohl nicht ganz auf den Punkt bringen. Sie als meinen persönlichen Albtraum zu bezeichnen, schon eher. Denn in ihrer Gegenwart empfinde ich pure Panik. Schlangen, Spinnen, alles kein Problem. Aber Kühe ...

Ängstlich laufe ich hinter Fynn her zu dem riesigen Scheunentor, dessen dunkelgrüne Farbe bereits so stark abblättert, dass es einen neuen Anstrich gebrauchen könnte. Der Schweiß steht mir nicht nur auf der Stirn, sondern beginnt auch bereits an anderen Körperstellen munter zu laufen.

»Hier, du kannst die da nehmen!« Fynn deutet auf eine Mistgabel, die in einem Heuhaufen zu seiner Rechten steckt. Dann erst merkt er, dass ich auf der Schwelle des Tores stehen geblieben bin.

»Was ist? Willst du dich nicht dreckig machen, oder was?«

Er lacht blöd und ich verspüre das Bedürfnis, ihm mit der Mistgabel eins überzuziehen. Seit ich Fynn kenne, muss ich mir tatsächlich relativ oft selbst vorsagen, dass Gewalt keine Lösung ist. Denn mit einem Mord dürfte ich meine Karriere höchstwahrscheinlich an den Nagel hängen und selbst Mom könnte bei solch einem Kapitalverbrechen nicht mehr viel für mich tun.

»Nein«, stottere ich stattdessen für meine Verhältnisse ungewohnt kleinlaut. »Es ist nur …« Mit einem ängstlichen Seitenblick schiele ich auf die Kühe. Einen Moment starrt Fynn mich verständnislos an. Dann sieht man in seinen Augen förmlich ein Licht aufgehen.

»Sag nicht, dass du Angst vor Kühen hast?« Fynn beginnt laut zu grölen und klopft sich dabei völlig übertrieben auf die Oberschenkel. Dr. Web, mein Onlinepsychologe, würde mit ihm ein ernstes Wörtchen reden, denn es ist das Gemeinste überhaupt, sich über Ängste anderer lustig zu machen. Aber das Argument kann ich schlecht bringen, denn allein die Tatsache, dass ich regelmäßig einen Onlinepsychologen zurate ziehe, würde bei Fynn wahrscheinlich nur für weitere Erheiterung sorgen und mein Image als verzogene Stadttussi endgültig in Stein meißeln.

»Na ja, sie haben so große Augen …«

Fynn muss sich scheinbar stark zusammenreißen, um nicht direkt wieder loszulachen, denn er beißt sich fest auf die Lippen und hat seine Mimik alles andere als angemessen im Griff.

»Außerdem sieht es immer so aus, als würden sie sich ihre Kiefer ausrenken, wenn sie kauen.« Bei dem Gedanken muss ich mich schütteln vor Unbehagen. »Und die Sache mit dem Wiederkäuen ist auch einfach furchtbar ekelhaft«, komplettiere ich meine Ausführungen und kann nur mit viel Mühe einen Würgereiz unterdrücken.

Trotzig verschränke ich die Arme vor der Brust und bin eigentlich von meinen Argumenten dafür, den Stall nicht zu betreten, ziemlich überzeugt.

Einen Moment steht Fynn unschlüssig da, als würde er nachdenken, dann legt er die Mistgabel zur Seite und kommt auf mich zu. »Na los!«, sagt er nun mit deutlich sanfterer Stimme und streckt mir auffordernd seine Hand entgegen. Skeptisch wandert mein Blick von seinem Gesicht über seinen Arm hinunter zu seiner Hand. Dabei fällt mir auf, dass seine Haut, wahrscheinlich von der ständigen körperlichen Arbeit im Freien, stark gebräunt ist und die Muskeln darunter ausgeprägt und wohl definiert sind.

»Ich bin nicht giftig«, sagt Fynn ungeduldig und quittiert mein Zögern mit einem genervten Augenrollen. »Oder traust du dich etwa nicht?« Mit einem schiefen Grinsen, das ein leichtes Grübchen auf seiner linken Wange zum Vorschein bringt, sieht er mich herausfordernd an.

Diese Blöße kann ich mir selbstverständlich nicht geben.

»Wovon träumst du?«, entgegne ich darum, greife entschlossen nach seiner Hand und lasse mich von ihm in den Stall hineinziehen. Mein Herz schlägt plötzlich ein wenig schneller, was ganz klar mit der Anwesenheit von mindestens fünfzig Horrorkühen zu tun hat, die mich allesamt aus ihren riesigen Augen anstarren. Kurz überlege ich noch wegzulaufen, aber Fynns Hand umfasst meine so fest, dass ein Fluchtversuch mit Sicherheit scheitern würde.

Am Ende der Stallgasse bleibt Fynn schließlich stehen, lässt meine Hand los und öffnet ein kleines Törchen.

»Jetzt erklär mir bitte, wie man vor jemandem Angst haben kann, der einmal so klein und niedlich war?«

Eigentlich will ich sofort kontern und sagen, dass Lord Voldemort bestimmt auch mal klein und niedlich war. Aber als erwachsenes Monster finde ich ihn einfach so schrecklich gruselig, dass ich mir die Szenen nicht mal in miniklein auf dem Smartphone ansehen kann. Doch als Fynn zur Seite tritt und den Blick auf ein kleines Kälbchen freigibt, das im Heu auf dem Boden liegt und von seiner Mama in aller Gründlichkeit abgeschleckt wird, verstumme ich augenblicklich.

»Das ist Darling, sie ist erst vorgestern geboren und somit momentan unser jüngstes Kälbchen.« Als hätte Fynn gewusst, dass ich eine ganz schlimm ausgeprägte Form des »Tierbaby«- Syndroms habe, geht sein Plan direkt auf und mein Herz fliegt einmal quer durch die Box der kleinen Darling zu.

Die Kuhmama stets im Blick und jederzeit zu einer spontanen Flucht bereit trete ich vorsichtig näher und knie mich vor dem Kälbchen ins Stroh.

»Hallo, Darling«, flüstere ich. Und wie von ihrer Niedlichkeit magnetisch angezogen hebt sich meine Hand und beginnt zaghaft über Darlings weiches Fell zu streicheln. Die Kuhmama schnuppert kurz an mir – was mich spontan zu einer Eisskulptur erstarren lässt –, befindet mich dann aber wohl für ungefährlich.

»Bei uns bleiben die Kälbchen so lange bei ihren Mamas, wie sie es brauchen. Es ist barbarisch, die beiden direkt nach der Geburt voneinander zu trennen, nur weil dann der Milchertrag für den Bauern größer ist.«

Mit verschränkten Armen und einem Bein lässig vor das andere gekreuzt lehnt Fynn an der Boxenwand und sieht mir dabei zu, wie ich Darling und einmal ganz kurz und mit der nötigen Vorsicht auch ihre Mama mit Streicheleinheiten verwöhne.

Schließlich löse ich mich aus Darlings Bann, drehe mich um und strahle Fynn stolz an.

Es fühlt sich gut an, sich seiner Angst gestellt zu haben, und irgendwie war die Aktion ja auch echt ganz süß von ihm. Kaum zu glauben, aber wahr. Auch Fynn lächelt zufrieden, bevor ihm dann wohl schlagartig wieder einfällt, dass er mich ja eigentlich doof findet.

»Wenn du auch Angst vor Kuhscheiße hast, draußen ist der Misthaufen. Du kannst dich ja zur Gewöhnung mal ein bisschen drin wälzen«, sagt er darum mit gewohnt spöttischem Grinsen und der Minihauch von Sympathie, den er sich gerade hart erarbeitet hat, verpufft im Nichts. »Ansonsten könnten wir dann ja jetzt endlich mal anfangen!«

Augenblicklich verrutscht mein Lächeln und der trügerische Moment der Harmonie ist verflogen. So ein Blödmann!

4. Kapitel
Katze und Muskelkater

Als Elly uns zum Mittagessen ruft, bin ich so kaputt, wie ich es nach drei Stunden Hardcore-Shopping mit meiner besten Freundin Claire nicht bin. Und ich kann mit einem Funken Stolz behaupten, dass wir beim Shoppen wirklich einiges aushalten können. Meine Arm- und Beinmuskeln brennen wie Feuer, und mein Rücken fühlt sich an, als wäre jemand mit dem Traktor drübergefahren. Was ja gestern um ein Haar auch wirklich passiert wäre. Und dennoch bin ich irgendwie zufrieden. Denn der gesamte Stall ist ausgemistet und mit frischem Stroh befüllt, sodass es sich anfühlt, als hätte sich die harte Arbeit auch tatsächlich gelohnt. Meine Kuhphobie war natürlich leider nicht plötzlich wie weggepustet, was vor allem daran gelegen haben mag, dass bei Weitem nicht alle Kühe so niedlich und unschuldig waren wie Darling. Doch ich habe es durchgezogen – einen imaginären Bienchenstempel für mich! – und das macht mich schon irgendwie stolz.

Später muss ich unbedingt noch einmal nach Darling schauen. Zugegeben habe ich mich ein bisschen in die Kleine verliebt. Was Mom und Dad wohl von einem Hauskälbchen halten würden? Wahrscheinlich nicht viel. Aber spätestens im Herbst könnte Darling mit mir in mein Studentenzimmer ziehen. Dann wäre ich auch nicht so allein. Davor habe ich nämlich ziemliche Angst, auch wenn ich außer Dr. Web natürlich niemandem davon erzählen würde.

Wir sitzen an dem langen Holztisch draußen vor dem Haus, über den ein großer hellgelber Sonnenschirm gespannt ist, weil die Sonne zu dieser Tageszeit ihren höchsten Stand erreicht hat.

Beim Essen geht es laut und lustig zu. Alle reden wild durcheinander, während sie hungrig von der Arbeit des Vormittags über einen Gemüseeintopf herfallen, der, wie ich fairerweise zugeben muss, deutlich besser schmeckt, als er aussieht. Zu meiner Erleichterung ist er außerdem fleischlos, wodurch ich mich nicht direkt am ersten Tag als Vegetarierin outen muss. Dazu gibt es selbst gemachten Kirschsaft, der nicht nur köstlich schmeckt, sondern auch allen einen roten Kirschmund zaubert.

Elly erklärt mir stolz, dass die Kirschen von dem alten Baum stammen, der schon seit Generationen neben der Scheune steht. Grandma Luise nickt zustimmend, denn sie selbst ist bereits auf diesem Hof aufgewachsen. Beide beteuern mir, dass auf der Bank um den Stamm des Baumes – im Schatten der großen Blätterkrone – im Sommer der absolut schönste Platz auf dem ganzen Hof sei.

Nun lerne ich neben Granny Luise schließlich auch den Rest der Familie kennen. Ein bisschen gespannt darauf war ich ja schon.

Fynn hat einen älteren Bruder, Alex, der ebenfalls auf dem Hof arbeitet und ihm unverkennbar ähnlich sieht. Seine Schwester Susan ist bereits verheiratet, kommt aber jeden Mittag mit ihrer kleinen Tochter Laura zum Essen hierher, denn ihr Mann ist den ganzen Tag über beruflich unterwegs. Wer hier in Roseville selbst keine Arbeit findet, kommt um einen langen Arbeitsweg nicht herum.

»Aber niemals würde ich aus Roseville wegziehen!«, versichert Susan mir mit einem bestimmten Lächeln.

Auch wenn ich zugeben muss, dass dieses Fleckchen Erde durchaus seinen Charme hat, könnte ich mir ein Leben ohne die Möglichkeit eines McFlurrys nachts um halb zwölf einfach nicht vorstellen.

Heute ist außerdem Fynns Cousine Amy zu Besuch, weil sie Elly den Morgen über beim Einkochen von Himbeermarmelade geholfen hat. Mit ihrer herzlichen und lebendigen Art ist sie mir auf Anhieb sympathisch. Amy erzählt mir, dass ihr und ihrer Familie die Pferderanch in Roseville gehört, und lädt mich ein, unbedingt mal auf einen Ausritt durch die Wiesen und Wälder vorbeizuschauen. Während sie von ihren Ausflügen ins Umland erzählt, strahlen ihre Augen mit der Sonne um die Wette. Die Pferde scheinen ihr eine Menge zu bedeuten, während diese Riesentiere bei mir ein zumindest annähernd ähnliches Unbehagen auslösen wie Kühe.

»Amy, jetzt lass Nelly doch erst mal essen!«, greift irgendwann Fynns Dad George ein, der scheinbar gemerkt hat, dass ich kaum dazu gekommen bin, mehr als zwei Löffel Eintopf zu essen.

Amy bombardiert mich ununterbrochen mit Fragen, wenn sie nicht gerade ohne Punkt und Komma aus ihrem eigenen Leben erzählt. Es ist kaum zu glauben, wie jemand so viel reden kann, ohne Luft zu holen, und es dabei noch schafft zu essen.

Dankbar schiele ich zu George hinüber, woraufhin er mir lächelnd zuzwinkert. Elly muss wirklich eine Affäre mit dem Postboten gehabt haben, denn Fynn kann unmöglich der Sohn dieses sympathischen und zuvorkommenden Mannes sein. Zumindest charakterlich. Äußerlich kann ich eine gewisse Ähnlichkeit zwischen den beiden nicht leugnen.

Jeder hat Neuigkeiten zu berichten oder irgendein Problem, zu dem natürlich alle etwas zu sagen haben. Darum herrscht die ganze Zeit über ein heiteres Stimmgewirr. Die Frauen diskutieren über die neue Frisur der Bäckerin, den vermeintlichen Babybauch einer ehemaligen Mitschülerin, die Planung für ein Dorffest, das hier offenbar jedes Jahr im Sommer und auch demnächst wieder stattfinden wird, und allen weiteren Tratsch, den Roseville offenbar reichlich hergibt.

Als stille Beobachterin lehne ich mich in meinen Stuhl zurück und genieße die Auszeit von der Arbeit und das gemütliche Chaos. So muss sich Familie anfühlen. Ich liebe meine Eltern, aber sie arbeiten viel und wir sind kaum mal alle drei zusammen. Fast werde ich ein bisschen neidisch, weil ich kein Teil dieser eingeschworenen Gemeinschaft bin. Doch weitere unpassende Gedanken dieser Art lasse ich gar nicht erst zu.

Etwas haariges Weiches streift mein nacktes Bein und reißt mich unsanft aus meinen Gedanken. »Uh«, rufe ich laut aus und springe erschrocken von meinem Stuhl hoch, woraufhin er umfällt.

»Keine Angst, das ist bloß die Katze«, beruhigt mich Elly im selben Moment, als ich den rot-weiß gestreiften Tiger an meinen Füßen entdecke, der zu mir aufsieht, als könnte er den ganzen Wirbel gar nicht verstehen.

»Wie heißt sie denn?«, frage ich, setze mich wieder hin und beginne vorsichtig der Katze über ihr weiches Fell zu streicheln. Zu Katzen habe ich schon immer eine gute Verbindung. Als Claires Stubentiger vor einigen Jahren Babys bekommen hat, hätte ich am liebsten alle adoptiert. Leider ist nichts daraus geworden, denn meiner Mom kommt kein haariges Wesen ins Haus, das zudem naturbedingt noch dazu bestimmt ist, Ordnung zu zerstören.

»Sie heißt Fat Lilly.« Fynn grinst zufrieden, als er meinen entgeisterten Blick sieht.

Okay, die Katze ist vielleicht nicht gerade sportlich-schlank, aber auch wirklich nicht übermäßig dick.

»Äh, wie …«, beginne ich, doch Fynn fällt mir schon wieder ins Wort und vervollständigt unaufgefordert meinen Satz.

»Passend?« Er verschränkt die Arme vor der Brust und sieht mich herausfordernd an, als wüsste er ganz genau, dass mir dieses Wort sicher nicht auf der Zunge gelegen hat.

»Originell. Schmeichelhaft«, korrigiere ich ihn mit vor Ironie triefender Stimme.

»Den Namen habe *ich* mir ausgedacht.« Fynn nickt stolz wie ein kleines Kind.

Warum wundert mich das nicht?

»Normalerweise ist sie nicht so anhänglich«, bemerkt Granny Luise vom anderen Ende des Tisches. Fynn sieht aus, als lägen ihm noch weitere Unverschämtheiten auf der Zunge, aber dann unterbricht uns Amy, die mit einem Tablett voll Nachtisch aus dem Haus kommt. Während ich einen herrlich süßen Himbeerquark genieße, weicht Fat Lilly nicht von meiner Seite.

***

Am Abend bin ich fix und fertig. Es ist noch keine neun Uhr, als ich nach oben in mein Zimmer wanke und mich vollständig bekleidet auf mein Bett fallen lasse. Mit letzter Kraft streife ich mir meine Gummistiefel von den Füßen, die anzuziehen ich mich heute Nachmittag dann doch entschieden habe. Meine Sandalen sind hier definitiv nicht das richtige Schuhwerk. Außerdem sehen die rosa geblümten Stiefel, die ich mir vor einiger Zeit mal gekauft und aus Mangel an Gelegenheit noch nie getragen habe, zu meinem Kleid eigentlich ganz niedlich aus. Fynn hat mein Schuhwerk mit hochgezogenen Augenbrauen gemustert, sich einen Kommentar jedoch verkniffen.

Den ganzen Nachmittag bin ich ihm auf Schritt und Tritt gefolgt. Wir haben Wassereimer getragen, um die Kuhtränken aufzufüllen, Heuballen von einem Anhänger abgeladen und neuen Nachschub an Himbeeren für Ellys Marmeladen-Großproduktion gepflückt. Auf dem Hof nebenan, den die Ladeneigentümerin Anne und ihre Familie betreiben, gibt es ein riesengroßes Feld mit Hunderten von Himbeerbüschen und Aberhunderten von Himbeeren. Außerdem hat Lucys Familie Erdbeerfelder, so weit das Auge reicht. Und da ich Beeren jeder Art liebe, sie aber zu Hause meist nur tiefgefroren bekomme, habe ich – zu Fynns Belustigung – so maßlos zugeschlagen, dass ich anschließend eine halbe Stunde lang mit kaum auszuhaltenden Bauchkrämpfen auf der Wiese gelegen habe.

Bei der ganzen Arbeit habe ich selbstverständlich vor Fynn nicht als Schwächling dastehen wollen, was dazu geführt hat, dass ich mich vielleicht ein klitzekleines bisschen übernommen habe. Außerdem tat die frische Landluft bestimmt ihr Übriges, die ich wohl einfach nicht gewohnt bin. Es mieft übrigens nicht mehr so sehr nach Misthaufen wie gestern bei meiner Ankunft. Entweder hat die halbe Flasche Parfüm, die ich heute Morgen aufgesprüht habe, ihren Zweck erfüllt oder meine Geruchsnerven sind schon jetzt alle abgestorben. Letzteres kann ich leider nicht ganz ausschließen.

Bereits im Schlafanzug sitze ich auf meinem Bett und schlürfe genüsslich den Tee, den Elly mir gerade noch frisch aufgesetzt hat.

»Die Kräuter habe ich erst gestern gesammelt«, hat sie gesagt, als sie mir die dampfende Tasse in die Hand gedrückt hat. »Sie werden deinen Muskeln bestimmt guttun, Liebes.« Auch wenn ich wahrscheinlich gar nicht so genau wissen möchte, welche geheime Kräutermischung Elly da zusammengebraut hat, die mich tatsächlich bereits leicht schläfrig macht, hat sich doch so fürsorglich schon lange niemand mehr um mich gekümmert. Ich muss zugeben, dass ich mich daran gewöhnen könnte.

Wenn das Internet auch schon wieder auf Urlaub ist oder mir einfach aus purer Bosheit seine Dienste versagt, habe ich wenigstens gerade genug Empfang, um meiner besten Freundin Claire ganz old school eine SMS zu schreiben:

Habe Muskelkater in Muskeln, von denen ich gar nicht wusste, dass ich sie habe! Bräuchte so furchtbar dringend eine Massage … Kuss, Nelly :*

Dann schnappe ich mir meinen Laptop vom Tisch und öffne das Dokument von gestern Abend.

Nachdem ich meine theatralischen Worte kurz überflogen habe, bestätigt sich noch einmal die Entscheidung vom Morgen und mit dem Finger auf der Rücktaste lösche ich alles, was ich bisher geschrieben habe.

Kurzzeitig habe ich Glück mit meinen mobilen Daten und kann über den Hotspot wenigstens noch einmal kurz meine E-Mails abrufen.

Erst als in meinem Posteingang eine Nachricht von Doreen aufblinkt, fällt mir siedend heiß wieder ein, dass ich den Entwurf des Artikels in meiner Wut gestern Abend direkt an die Redaktion geschickt habe.

Beim Lesen der E-Mail zieht sich mein Magen krampfhaft zusammen und erschrocken schlage ich mir die Hand vor den Mund. Das darf nicht wahr sein!

Alle bei *Shiny* finden den provokativen Ansatz super. Doreen hat den Entwurf direkt an die Chefin weitergereicht und die ist der Meinung, dass ich den Artikel genau in dem Stil weiterschreiben soll. Mit noch immer rasendem Herzen klappe ich den Laptop zu. Was habe ich mir denn da schon wieder für einen Mist eingebrockt? Warum muss ich auch immer so impulsiv und unüberlegt handeln? Hätte ich doch vor dem Abschicken nur eine einzige Nacht drüber geschlafen, dann würde ich jetzt nicht in diesem Schlamassel stecken. Mit einem tiefen Seufzer lasse ich mich rückwärts aufs Bett fallen.

Aber habe ich denn überhaupt eine andere Wahl, als den Artikel nach Wunsch zu schreiben? In einem inneren Konflikt wäge ich meine Optionen ab. Wenn die Chefin den Ansatz toll findet, könnte der Artikel meine Chance auf einen langfristigen Job bei *Shiny* sein. Auf der anderen Seite weiß ich schon nach einem einzigen Tag, dass es hier in Roseville so viel Bedeutsameres gibt, worüber ich schreiben kann und womit ich niemanden vor den Kopf stoßen muss. Ganz vorn dabei das gesunde und vielfältige Essen. Aber auch die unterschiedlichen Möglichkeiten der Tierhaltung bieten viel Potenzial. Fynn scheint auf dem Gebiet ein echter Experte zu sein.

Aus Mangel an sinnvollen Lösungsansätzen beschließe ich, die Sache erst einmal weiterlaufen zu lassen und zu schauen, was aus dem Text, wie Doreen ihn gern haben möchte, wird.

5. Kapitel
Die schwarze Karte

Der nächste Tag ist wieder so ausgefüllt, dass er wie im Flug vergeht. Vormittags leiste ich Elly in der kleinen Käseküche Gesellschaft, die zum Hof gehört. Es fasziniert mich unglaublich, ihr dabei zuzusehen, wie sie frische Milch in Rührmaschinen füllt, die geronnene Milch in Formen gießt und gepresste Käselaibe in Salzbäder einlegt. Außerdem zeigt Elly mir voller Stolz ihr nicht unbeachtliches Käselager, in dem eine Vielzahl verschiedener Käseräder reift. Ich darf sogar ein Glas Molke probieren, die mir allerdings ein bisschen zu sehr nach ungewaschenen Füßen schmeckt, um zu meinem Lieblingsgetränk werden zu können. Die kleine Käsekostprobe im Anschluss trifft meinen Geschmack hingegen durchaus.

»Du bekommst nur wieder Bauchschmerzen, wenn du noch weiterisst«, erinnert Elly mich lachend an die folgenschwere Beereneskalation von gestern, woraufhin ich widerwillig mit der Käseverkostung aufhöre. Elly erklärt mir, dass sie zwar ein paar lokale Geschäfte, wie zum Beispiel den Laden von Lucys Familie, beliefere, ansonsten aber nicht professionell, sondern nur für den Eigenbedarf Käse herstelle. Und man merkt ihr sofort an, dass ihr dieses Hobby ziemlich viel Spaß macht.

***

Als ich gegen Abend von einer kleinen Erkundungstour durch die Nachbarschaft zurückkomme, die man angesichts des opulenten Abendessens wohl auch als Verdauungsspaziergang bezeichnen könnte, höre ich schon vom Hoftor aus fröhliches Gelächter zu mir herüberschallen.

Bilde ich es mir bloß ein oder lachen die Menschen hier auf dem Land deutlich häufiger als in der Stadt? Vielleicht ist diese Fröhlichkeit ja eine Nebenwirkung des starken ländlichen Odeurs, das hier wie eine Dauerdroge in der Luft liegt. Bei uns zu Hause ist es jedenfalls meistens ziemlich still, weil eigentlich gerade immer entweder mein Dad konzentriert an irgendeinem seiner Forschungsprojekte arbeitet oder meine Mom am Telefon wichtige Mandantengespräche führt, wenn sie nicht gerade über irgendwelchen Prozessakten brütet.

Möglichst unauffällig, um nicht entdeckt zu werden, nähere ich mich der heiteren Gesellschaft, obwohl diese mich wahrscheinlich noch nicht einmal bemerken würde, wenn ich mit Sprungfedern unter den Füßen daherkäme. Elly, Susan, Laura, Fynn, Amy und Granny Luise sitzen um den großen Holztisch vor dem Hauseingang, an dem wir bisher immer gegessen haben. Alle halten sie einen Fächer aus UNO-Karten in der Hand und diskutieren, wenn ich das richtig mitbekommen habe, gerade lebhaft darüber, ob man auf eine schwarze Karte erneut eine schwarze Karte legen darf. Jeder, der öfter mal UNO spielt, hat diese Diskussion bestimmt schon geführt.

Ich selbst habe als Kind unglaublich gern, aber leider auch unglaublich selten Karten gespielt, da meine Mom Gesellschaftsspiele jeder Art für reine Zeitverschwendung hält. Und auch Claire hat nichts für Spiele übrig. Sie sagt immer, dass sie es langweilig findet, dabei bin ich mir sicher, dass es bloß daran liegt, dass sie eine ziemlich schlechte Verliererin ist.

Aus sicherer Entfernung beobachte ich das Geschehen eine Weile, wobei ich unweigerlich darüber schmunzeln muss, wie eine Runde aus überwiegend erwachsenen Menschen so ernsthaft über die Spielregeln von UNO diskutieren kann.

Schließlich ist es Fat Lilly, die mich verrät, als sie mich auf meinem Beobachterposten bemerkt, ihren Schattenplatz unter Granny Luises Stuhl aufgibt und neugierig auf mich zugeschlendert kommt.

»Oh, hallo Nelly, Liebes«, ruft Elly freudig erstaunt, als sie mich ebenfalls entdeckt, und auch Granny Luise winkt mir freundlich zu.

Schüchtern hebe ich meine Hand, doch noch ehe ich zu einer Erklärung ansetzen kann, dass ich furchtbar müde bin, um dann auf mein Zimmer flüchten zu können, kommt Elly mir auch schon zuvor.

»Setz dich doch zu uns und spiel eine Runde mit!«

Abwehrend schüttele ich den Kopf – jedoch bereits in böser Vorahnung, dass Elly ein »Nein« wohl nicht akzeptieren wird.

»Nun komm schon und zier dich nicht so!« Wie um Ellys Einladung zu bekräftigen, streift Fat Lilly um meine Beine und reibt ihren Kopf an mein Knie. Auch Amy strahlt mich an und nickt mir begeistert zu. Sie sieht aus, als würde sie nur zu gern wieder an das Gespräch von gestern Mittag anknüpfen. Mit ihrem scheinbar selten versiegenden Redefluss kann sie Claire wirklich Konkurrenz machen. Und das will schon etwas heißen.

Zögernd trete ich näher, als ich merke, dass ich quasi gar keine andere Wahl mehr habe. »Aber ich will wirklich nicht stören«, sage ich, als ich den einzigen freien Stuhl zurückziehe, der natürlich ausgerechnet neben Fynn steht. Elly und Granny Luise lachen im Kanon laut auf. »So ein Quatsch, du störst doch nicht!« Neben mir glaube ich ein leise protestierendes Gegrummel zu hören, doch nun ist es eh zu spät.

»Was hast du bloß mit dieser Katze angestellt?« Ungläubig schüttelt Susan ihren Kopf, den Blick auf Fat Lilly gerichtet, die kaum, dass ich mich auf dem Stuhl niedergelassen habe, auch schon auf meinen Schoß gesprungen ist, um es sich dort gemütlich zu machen. Unschuldig grinsend zucke ich mit den Schultern.

»Uns anderen gegenüber benimmt sie sich äußerst zickig. Manchmal faucht und kratzt sie so sehr, dass ich Laura vorsichtshalber von ihr fernhalte.«

Liebevoll kraule ich das Fell zwischen Fat Lillys Ohren, die daraufhin zu schnurren beginnt, als müsste sie alle Beteiligten vom Gegenteil des Gesagten überzeugen – und als wäre sie die Unschuld in Person.

»Vielleicht liegt es ja gerade an diesen charakterlichen Übereinstimmungen«, flüstert Fynn so leise, dass es außer mir niemand hören kann, während Amy die Spielkarten für eine neue Partie austeilt. »Zickig und zickig gesellt sich gern.« Unter Mobilisierung all meiner Selbstbeherrschung ignoriere ich diesen Kommentar mit einem »Gute Miene zum bösen Spiel«-Lächeln, wobei ich nicht verhindern kann, dass mein Fuß unterm Tisch versehentlich ausrutscht und seitlich gegen Fynns Schienbein prallt.

Hatte ich erwähnt, dass mir beim UNO-Spielen keiner etwas vormachen kann und ich somit quasi unschlagbar bin?

Nachdem ich drei Spiele in Folge haushoch gewonnen habe, kann Susan die quengelige Laura kaum noch beruhigen und die gute Stimmung droht zu kippen. Also beschließe ich kurzerhand, in der nächsten Runde eine schwarze »Vier plus«-Karte unauffällig unter meiner linken Pobacke verschwinden zu lassen, sodass Laura schließlich gewinnt und alle wieder zufrieden sind. Dabei muss ich mich nicht einmal schlecht fühlen, denn Granny Luise schummelt permanent und ziemlich schamlos, was ganz bestimmt nicht nur mir auffällt. Anders als ich betrügt sie allerdings zu ihren eigenen Gunsten. Immer wenn mein Glas auch nur halb leer ist, schenkt Elly mir schon wieder neuen Kirschsaft nach. Wenn das so weitergeht, ist meine Zunge binnen kürzester Zeit hier in Roseville dauerhaft dunkelrot verfärbt. Heute Abend muss ich unbedingt mal einen Kontrollblick in den Spiegel werfen.

Fat Lilly schlummert inzwischen friedlich vor sich hin. Ich weiß wirklich nicht, was die anderen alle haben. Wahrscheinlich ist sie einfach nur ein zutiefst missverstandenes Tier. Außerdem kann ich nur zu gut verstehen, warum sie zu Fynn so kratzbürstig ist. Immerhin löst er in mir ja ähnliche Gefühle aus, die sich garantiert auch in Fauchen äußern würden, hätte ich vier Beine und rot getigertes Fell.

Nach Runde zehn steht Susan schließlich auf und verkündet, dass es nun längst Zeit ist, sich auf den Heimweg zu machen. Lauras Einwand, sie sei überhaupt noch nicht müde, wirkt angesichts der Tatsache, dass sie ihre Augen schon seit einer halben Stunde kaum noch aufhalten kann, wenig glaubwürdig.

»Ich gehe auch schlafen!«, sage ich schnell, als mir bewusst wird, dass ich dieser Familienrunde jetzt schon viel zu lange beiwohne. Mit einem freundlichen Lächeln bedanke ich mich, wünsche allen eine gute Nacht und verschwinde ins Haus.

Als ich kurz darauf aus der Küche trete, wo ich mir noch ein Glas Wasser geholt habe, und die Treppenstufen schon fast komplett hinaufgestiegen bin, lässt mich der Klang von Fynns Stimme vor Schreck beinahe mein Glas samt Inhalt im gesamten Flur verteilen.

»Da hat sich aber jemand wohlgefühlt.«

Ruckartig drehe ich mich zu Fynn um, der am Treppenabsatz lässig am Geländer lehnt und zu mir hinaufsieht.

»Bist du völlig irre?«, fauche ich, während mir mein Herz nach wie vor bis zum Hals schlägt. Doch Fynn sieht mich nur mit einem amüsierten Grinsen und hochgezogenen Augenbrauen abwartend an. Dieser Typ ist doch einfach unglaublich! »Ich wollte nicht unhöflich sein«, beginne ich zu meiner Verteidigung zu erklären und versuche meine Stimme dabei möglichst gleichgültig klingen zu lassen, was Fynn nur mit einem vielsagenden »Natürlich!« kommentiert.

Dass ich lange nicht mehr so einen gemütlichen Abend erlebt habe, muss ich Fynn ja nun wirklich nicht auf die Nase binden.

»Und ich nehme an, dass du auch nur aus Höflichkeit Laura hast gewinnen lassen?«

»Das habe ich doch überhaupt nicht!«, rufe ich empört, aber auch ein klein wenig ertappt.

Fynn steigt langsam die Treppe hinauf und kommt auf mich zu. Gespannt starre ich ihn an, doch er scheint sich extra Zeit zu lassen. »Und ich dachte schon, dass das kratzbürstige Stadtmädchen noch eine andere Seite hat ...«

Kratzbürstig?

Dass er auf »zickig« noch eine Schüppe drauflegen kann, habe ich tatsächlich nicht erwartet. Wutschnaubend trete ich so nah an Fynn heran, dass sich unsere Nasenspitzen beinahe berühren. Einen Moment starre ich ihn schweigend an, überrascht und zugegeben leicht überfordert von seiner plötzlichen Nähe.

»Das musst du dir wohl eingebildet haben«, entgegne ich schließlich, als ich mich wieder gefangen habe – verärgert darüber, dass meine Stimme kaum ein Hauchen ist.

»Na dann«, sagt Fynn mit diesem Grübchenlächeln. Und so schnell, dass ich nicht darauf reagieren kann, nimmt er meine Hand und drückt etwas Kühles, Flaches hinein. Dann dreht er sich auf dem Absatz um und läuft die Treppe hinunter, nicht ohne mir über die Schulter noch einmal vielsagend zuzuzwinkern.

Noch als Fynn längst wieder nach draußen verschwunden ist, stehe ich regungslos auf der Treppe und starre die schwarze Karte in meiner Hand an. Er hat mich erwischt. Und nicht bloß beim Schummeln.

6. Kapitel
Traktorfahrt

»Na und«, platzt es aus mir heraus, noch während ich auf Fynn zueile, der gerade dabei ist, mit der Mistgabel Heuballen vom Anhänger des Traktors zu verladen. Keine Ahnung, warum mich das Gespräch zwischen Fynn und mir gestern Abend so aufgewühlt hat. Vielleicht weil die Rolle des Stadtmädchens, das nur gezwungenermaßen hier ist, mir irgendwie Schutz gegeben hat. Jetzt, da Fynn mir unterstellt, ich könnte meinen Aufenthalt hier sogar genießen, beginnt meine Fassade langsam zu bröckeln. Und was darunter zum Vorschein kommt, erscheint mir doch zu persönlich, um es mit diesen Menschen hier zu teilen, die ich doch eigentlich nicht kenne und gar nie kennenlernen wollte.

Meine Stimme klingt etwas zu hoch und etwas zu hysterisch. Trotz Ellys protestierendem Einwand, das Frühstück sei die wichtigste Mahlzeit des Tages und solle stets in aller Ruhe eingenommen werden, habe ich mir gerade eben in der Küche bloß schnell eine mit meiner neuen Lieblingskäsesorte belegten Scheibe von Ellys köstlichem Landbrot geschnappt, bevor ich mich schließlich schnurstracks nach draußen auf die Suche nach Fynn gemacht habe.

Dieser hält nun in der Bewegung inne und sieht überrascht vom Heuwagen zu mir herunter.

»Dann habe ich mich gestern Abend eben wohlgefühlt.« Mit beiden Händen in die Seiten gestemmt bleibe ich vor dem Traktor stehen, meinen trotzigen Blick zu Fynn nach oben gerichtet. Was ist denn auch schon dabei? Wenn ich schon den Sommer hier verbringen muss, ist es ja schließlich auch nicht verboten, ein bisschen Spaß zu haben.

Fynns Lippen verziehen sich zu einem wissenden Grinsen, doch als er Luft holt, um etwas zu äußern, falle ich ihm direkt ins Wort. »Na los, sag schon irgendetwas Besserwisserisches!« Genervt stampfe ich mit dem Fuß auf den Boden, sodass ich gerade vermutlich wenig souverän, geschweige denn anmutig wirke.

Eine Weile sieht Fynn mich einfach nur an, als würde er angestrengt über etwas nachdenken, sodass ich schon leicht nervös werde. Was er dann sagt, kommt so überraschend wie ein Freitag, der auf einen Dienstag folgt.

»Hast du Lust, eine Runde Traktor zu fahren?«

Mein Mund klappt wie bei einem Goldfisch auf und dann direkt wieder zu.

»Äh«, beginne ich verwirrt. Erst will ich mich darüber aufregen, dass er mir gar nicht richtig zugehört hat. Aber auf sonderbare Weise ist meine Wut von gerade eben wie weggepustet. Als mir klar wird, dass er es ernst meint, schüttele ich lachend den Kopf. »Das ist wirklich keine gute Idee!«

Doch auch wenn ich nicht genau weiß, wie es letztlich dazu gekommen ist, sitze ich wenige Minuten später tatsächlich auf dem Fahrersitz des Traktors und mache dem Klischee der Frau am Steuer leider alle Ehre.

»Du musst ein bisschen mehr Gas geben und dann langsam die Kupplung kommen lassen«, ruft Fynn mir zu, während er die Heuballen vor der Scheune stapelt. Doch auch wenn ich mir wirklich alle Mühe gebe, würge ich den Motor zu diesem Zeitpunkt bereits zum dritten Mal ab. Zwar habe ich im letzten Jahr meinen

Führerschein gemacht, aber Mom und Dad hatten leider keine Zeit, um mir bei meinen ersten Fahrten nach der Prüfung zur Seite zu stehen. Allein habe ich Angsthase mich nicht getraut, weswegen ich immer mit dem Bus zur Schule gefahren bin und meine Fahrpraxis quasi nicht existent ist.

»Wehe, du lachst!« Drohend hebe ich meinen Zeigefinger in Fynns Richtung, der amüsiert zu mir nach oben schaut, obwohl ich selbst mein Lachen nur mit viel Mühe unterdrücken kann.

»Das würde ich doch nie wagen!« Fynn wirft die Mistgabel zur Seite und klettert mit flinken Bewegungen zu mir nach oben. »Wir machen es zusammen, okay?«, fragt er erstaunlich geduldig – zumindest für einen Mann, der einer Frau etwas erklärt. Allerdings steht er dabei in dem winzigen Fahrerraum so dicht hinter mir, dass es noch zwei weitere Anläufe braucht, bis der Motor schließlich unter Ausstoß einer gigantischen Abgaswolke endlich anspringt. Es gibt diese Menschen, die unter Druck besonders leistungsfähig sind. Ich gehöre leider nicht dazu.

»Er läuft«, schreie ich schließlich begeistert über das laute Tuckern hinweg, woraufhin Fynn mir wie ein stolzer Lehrer zunickt.

»Ich habe doch gesagt, dass du es schaffst!«

Genau genommen hat er das nicht, aber ich will mal nicht so kleinlich sein und den guten Willen honorieren. Außerdem scheint mein Adrenalinpegel in den letzten dreißig Sekunden von null auf hundert gestiegen zu sein.

Nachdem Fynn es sich auf dem Extrasitz bequem gemacht hat, fahre ich dann tatsächlich endlich los.

Als wir vom Hof rollen, kommt Elly gerade aus dem Haus und winkt uns lächelnd zu. Wir fahren einmal durch jede Straße und über jeden Feldweg rund um Roseville und es macht unglaublich viel Spaß. Anfangs traue ich mich nicht so richtig aufs Gaspedal zu treten, aber als Fynn beginnt mich aufzuziehen, weil uns gerade

Lucys Grandpa auf dem Fahrrad überholt hat, werde ich schließlich mutiger.

»Da vorn ist der Hof von Lucys Familie«, erklärt Fynn, während er mit dem Gesicht zur Sonne, den Händen hinterm Kopf und in seinem Sitz zurückgelehnt die Fahrt genießt. Zumindest glaube ich, dass er so etwas in der Art gesagt hat. Denn so eine Traktorfahrt ist eine ganz schön laute Angelegenheit. Mein Blick folgt der Richtung, in die sein Arm zeigt.

»Mit den Getreidefeldern und Obstplantagen, die du hier siehst, verdienen sie ihr Geld.«

Bei der Erinnerung an die köstlichen Himbeeren beginnt mein Magen schon wieder sehnsuchtsvoll zu knurren. Den Hof selbst habe ich allerdings noch nicht gesehen und ich versuche so viel wie möglich von der Umgebung aufzunehmen.

Denn von hier oben hat man einfach eine unvergleichlich gute Sicht. Einmal schaue ich mich so interessiert um, dass Fynn an den Lenker greifen muss, weil wir kurz davor sind, vom Weg abzukommen.

»Ups.« Mit hochgezogenen Schultern sehe ich Fynn entschuldigend an.

»Und da sag noch mal einer, Frauen seien multitaskingfähig.«

Gerade hebe ich meine Hand, um zu einer Predigt darüber anzusetzen, dass ich sehr wohl multitaskingfähig bin, da umfasst Fynn von hinten meine Hände und legt sie wieder aufs Lenkrad.

»Vielleicht hast du als Praktikantin, die aufs Land abgeschoben worden ist, Selbstmordtendenzen, aber ich habe noch einiges mit meinem Leben vor.« Fynn grinst, woraufhin ich ihm bloß über die Schulter meine Zunge herausstrecke. Dass ihm mit Elly als Mutter nichts verborgen bleibt, ist mir mittlerweile auch klar. Aber irgendwie habe ich bisher gehofft, dass Fynn von meiner kläglichen Praktikantinnenexistenz nichts weiß. Gern würde ich fragen, was er denn Großes mit seinem Leben vorhat, aber tatsächlich muss ich mich stattdessen auf den schmalen Feldweg konzentrieren, auf den wir gerade abgebogen sind. Seine Hände, die viel zu lange auf meinen liegen geblieben sind, haben mich aus unerklärlichen Gründen leicht aus dem Konzept gebracht. Auch die Pferderanch von Amy und ihren Eltern können wir aus der Ferne sehen. Hinterm Zaun läuft ein kleines hellbraunes Fohlen aufgeregt ein Stück des Weges mit uns – eigentlich stolpert es mehr, als es geht –, bis es schließlich auf seinen dünnen Beinchen wieder zu den anderen Pferden wackelt, die etwas weiter hinten auf der Koppel stehen.

Zweimal fahre ich noch so weit in den Graben, dass Fynn und ich die Plätze tauschen müssen, damit er uns wieder herausmanövrieren kann, aber ansonsten benehme ich mich absolut professionell. Wenn das mit der Journalistenkarriere nichts wird, weiß ich jetzt wenigstens, dass ich noch ein zweites Standbein in den Blick nehmen kann. Und auch Fynn ist so ausgelassen, wie ich ihn bisher noch nicht erlebt habe. Gern würde ich ihn als Retourkutsche ein bisschen damit aufziehen, dass er die Zeit mit mir gerade ja wohl auch gar nicht so furchtbar schlimm findet. Aber irgendwie ist mir in diesem Moment nicht nach einer weiteren Kabbelei. Die Harmonie zwischen uns scheint ein seltenes Phänomen zu sein, darum will ich sie nicht früher als nötig zerstören.

Erst als Fynn irgendwann amüsiert anmerkt, dass uns bald das Benzin ausgeht, kehren wir zu meiner Enttäuschung und nicht ohne Proteste meinerseits um.

7. Kapitel
Sommersprossen

»Wow, ich glaub es nicht!«, rufe ich, als ich in den frühen Morgenstunden über die Wiese auf Fynn zuschlendere, der an einem Zaun auf der Weide irgendetwas repariert. Mit jedem neuen Morgen hier in Roseville wache ich ein bisschen eher auf, was wohl eine logische Folge davon ist, dass ich früher schlafen gehe als jede Omi im Seniorenheim. Und doch lerne ich das frühe Aufstehen irgendwie sogar zu schätzen. Der Tag ist in der Früh noch so frisch, so ruhig und voller Geheimnisse darüber, was noch kommen wird.

»Alle hässlichen Karohemden in der Wäsche?«

Den Kommentar kann ich mir einfach nicht verkneifen, denn tatsächlich trägt Fynn erstmalig ein einfaches weißes T-Shirt mit einem leichten V-Ausschnitt.

Er dreht sich zu mir um und grinst von einem bis zum anderen Ohr. »Ich wusste, dass du dich darüber freuen würdest.« Dann wendet er sich wieder seiner Arbeit zu und befestigt mit Nagel und Hammer ein loses Holzbrett.

»Was machst du da?«, frage ich, während ich auf den Zaun klettere und mich so hinsetze, dass ich ihn aus meiner Position perfekt beobachten kann. Der dünne Stoff meines knielangen Rockes flattert luftig um meine Beine.

»Ich baue ein Baumhaus, das siehst du doch!«, entgegnet er neckend, was ich damit quittiere, dass ich theatralisch stöhne und den Kopf schüttele.

»Nein, vor zwei Wochen gab es hier in der Gegend einen relativ heftigen Sturm«, beginnt er schließlich zu erklären. »Und dabei sind ein paar der Zäune beschädigt worden.«

Eine Weile sitze ich einfach nur so da und schaue ihm zu. Unweigerlich wandert mein Blick ein paar Mal zu seinen muskulösen gebräunten Oberarmen, die in diesem weißen T-Shirt besonders vorteilhaft zur Geltung kommen. Männer, die etwas reparieren, haben irgendwie eine verdammt anziehende Wirkung auf Frauen. Und das muss ein wirklich mächtiger Zauber sein, wenn er sogar Fynn – meinen Landfeind Nummer eins – gut aussehen lässt.

Verärgert schüttele ich den Kopf, um diese Art von Gedanken sofort wieder loszuwerden. Habe ich gerade allen Ernstes gedacht, dass Fynn gut aussieht? Allerhöchstens etwas besser als der Durchschnitt!

Die Sonne knallt erbarmungslos auf uns herab, aber noch weht ein leichter Morgenwind, der die Blätter der Obstbäume in sanften geräuschvollen Bewegungen hält und die Wärme einigermaßen erträglich macht. Die Luft riecht nach frischem Gras und auf der Wiese blühen überall diese kleinen gelben Butterblümchen, die ich so gern mag.

Als Fynn fertig ist, steht er auf und stellt sich so dicht vor mich, dass ich ihm durch das ungekämmte Haar wuscheln könnte, was ich natürlich nicht tue, auch wenn es mich in den Fingern juckt.

Eine Weile sieht er mich einfach nur an. »Du hast ja Sommersprossen im Gesicht«, stellt er schließlich mit einem leichten Lächeln auf den Lippen fest und sein Blick ruht weiter unentwegt auf mir. Verlegen wende ich mein Gesicht ab. Durch die viele Sonne, der meine Haut momentan ausgesetzt ist, sprießen die kleinen hellbraunen Pünktchen momentan wie Blumen im Frühling. Ich habe meine

Sommersprossen noch nie gemocht und normalerweise überschminke ich sie immer so, dass man sie gar nicht mehr sieht. Heute Morgen habe ich eine Weile unentschlossen im Badezimmer vor dem Spiegel gestanden und mich dann zum ersten Mal seit meinem vierzehnten Lebensjahr dazu entschieden, kein Make-up aufzutragen. Zu Hause hätte ich mich das nie im Leben getraut. Als ich eines Tages in meiner üblichen Morgenhektik mal nur vergessen habe Wimperntusche aufzutragen, habe ich mich ins Mädchenklo eingesperrt, Claire angerufen und dort so lange gewartet, bis sie mir mit ihrer Mascara zur Rettung geeilt ist.

Als ich heute Morgen aus dem Haus getreten bin, habe ich mich zwar anfangs noch ein bisschen nackt gefühlt, aber nach und nach ist es mir so vorgekommen, als würde nicht nur meine Lunge, sondern nun auch meine Haut die frische Luft einatmen. Als würde ich das trügerische Gefühl von Sicherheit gar nicht brauchen, das einem die Maske aus Schminke zu geben vermag.

Jetzt gerade wünschte ich allerdings, ich hätte mich doch geschminkt. Gedankenverloren fahre ich mit den Fingern über meinen Nasenrücken, als könnte ich die Sommersprossen auf diese Art einfach wegwischen.

»Nein ...« Fynn umfasst meine Hand und zieht sie vorsichtig aus meinem Gesicht.

Seine Berührung ist trotz seiner rauen Hände unerwartet sanft.

»Sie stehen dir gut.«

Überrascht schaue ich zu ihm auf. Das hat mir tatsächlich noch nie jemand gesagt. Doch dann lichten sich die Falten auf meiner Stirn und ich lächele Fynn zaghaft an. »Und was machen wir jetzt?«, frage ich schließlich, nicht zuletzt, um diesen ungewohnt harmonischen Moment zwischen Fynn und mir zu durchbrechen. Ich versuche dabei nicht wie ein aufgedrehtes Kind in den Sommerferien zu klingen.

Die letzten Tage haben Fynn und ich fast durchgehend gemeinsam verbracht und es wäre schlicht gelogen, wenn ich behaupten würde, dass es mir keinen Spaß gemacht hätte.

Auch wenn ich das niemals zugeben würde, steht meine Traktorfahrt auf der Liste der spaßigen Dinge meines Lebens ganz weit oben.

Natürlich ist Fynn nach wie vor eine ziemliche Nervensäge, aber es ist gleichzeitig wundervoll unkompliziert, mit ihm zusammen zu sein. Zu Hause in der Schule hat es eigentlich immer irgendeine Krise gegeben. Irgendeine meiner Freundinnen hat immer mit irgendwem Streit gehabt, ist auf irgendwen sauer oder wegen irgendetwas beleidigt gewesen. Früher habe ich mich in diesem Drama eigentlich immer ganz wohlgefühlt, aber hier in Roseville ist alles so viel leichter. An Fynns Seite fühle ich mich angenehm unbeschwert.

Jeden Abend habe ich ein bisschen an meinem Artikel weitergearbeitet und jeden Abend habe ich weniger gewusst, was ich schreiben soll. Zu Beginn habe ich nur die schlechten Dinge in Roseville gesehen, aber mit der Zeit musste ich mir eingestehen, dass man eben auch nur das sieht, was man sehen will, und dass ich mit nichts als Vorurteilen hergekommen bin. Und auch wenn ich mich doch eigentlich freuen sollte, dass meine Chefin begeistert ist, von dem, was ich mir mühsam abringe, werden meine Bauchschmerzen wegen des Artikels immer schlimmer.

»Du kannst wohl gar nicht genug von mir bekommen, was?«, reißt Fynn mich aus meinen Gedanken. Dabei legt er den Kopf schief und grinst mich amüsiert an. Wenn mich nicht alles täuscht, würde ich behaupten, dass er gerade mit mir flirtet.

»Erwischt!«, steige ich bereitwillig in das Spiel mit ein und falte meine Hände flehend in seine Richtung. »Bitte erweise mir die Ehre deiner anregenden Gesellschaft und gib meinem trostlosen Leben wieder einen Sinn!« Ertappt beiße ich mir auf die Lippen. Jetzt bin ich aber eindeutig diejenige, die hier flirtet.

Fynn verdreht die Augen, von meinem schlechten Schauspiel offensichtlich wenig beeindruckt. Dann hebt er den Werkzeugkasten auf, dreht sich um und läuft in Richtung Koppeltor.

»Kommst du jetzt oder nicht?«, ruft er, ohne sich umzudrehen. Eilig springe ich vom Zaun und renne ihm über die kniehohe Wiese hinterher, was in Gummistiefeln gar nicht so einfach ist, wie es sich anhört. Dieser Kerl treibt mich noch in den Wahnsinn!

8. Kapitel
Herzensbrecher

»Na, du Landei!«, meldet sich meine beste Freundin Claire am Telefon. Es tut so gut, hier am Ende der Welt eine vertraute Stimme zu hören. Wir haben in den letzten Tagen schon öfter versucht zu telefonieren, allerdings vergeblich. Doch heute scheint ein guter Tag zu sein und endlich steht die Verbindung, wenn auch recht wackelig.

»Haha, ich lach mich tot!«, entgegne ich mit gespielt gelangweiltem Tonfall, muss dabei jedoch unweigerlich schmunzeln, denn Claires quirlige Art ist ansteckend und hat mich schon etliche Male aufgeheitert, wenn ich mal wieder in Selbstmitleid versunken bin.

Claire und ich sind die Art von Freundinnen, die nichts auseinanderbringen kann. Die so viele Insider benutzen, wenn sie miteinander reden, dass Außenstehende denken, sie sprächen eine fremde Sprache. Die nachts um halb drei telefonieren, um zum hundertsten Mal über das Instagram-Foto zu lästern, das den Schwarm mit einem anderen Mädchen zeigt. Die sich gegenseitig die Haare färben und nicht sauer sind, wenn es mal schiefgeht.

Zwei ganze Monate habe ich mit einer Kuhwiese auf dem Kopf herumlaufen müssen, auch wenn Claire immer wieder tapfer beteuert hat, dass man, wenn überhaupt, nur einen klitzekleinen Grünstich erahnen könne. Wir reichen uns einen Tampon unter der

Toilettentür durch und kaufen zusammen einen Schwangerschaftstest, ohne der Apothekerin zu verraten, für wen er ist.

Heute können wir darüber schmunzeln. Aber damals in der neunten Klasse, als Claire gerade ihren allerersten festen Freund gehabt hat und völlig unbegründet total hysterisch gewesen ist, war wirklich Alarmstufe Rot.

Wir kennen alle Schwächen des anderen und halten sie aus. Jede Krise haben wir bisher zusammen durchgestanden. Und darum bin ich jetzt auch besonders froh, endlich mit ihr sprechen zu können.

»Erzähl! Wie ist es bei dir?«

»Hmpf«, entfährt mir ein undefinierbarer Laut, der meinen Gemütszustand auf wundersame Weise ziemlich genau beschreibt.

»So schlimm?« Claire lacht und ich sehe sie bildlich vor mir, wie sie wahrscheinlich gerade auf ihrem Bett sitzt und sich die Fußnägel lackiert, das Smartphone zwischen Wange und Schulter eingeklemmt.

Was soll ich ihr darauf antworten? Keine Ahnung, eigentlich ist es doch lange nicht so schlimm, wie ich anfangs befürchtet habe. Oder? »Es gibt kein WLAN«, starte ich einen neuen Versuch, durch den ich mir zwar eine gehörige Portion Mitleid erhoffe, aber dennoch nicht behaupten muss, dass es unerträglich ist.

Doch das Mitleid bleibt aus und Claire lacht schon wieder. Als sie sich dann endlich wieder eingekriegt hat, fragt sie: »Und gibt es denn wenigstens gut aussehende Typen? Die Landjungs in Magazinen sind doch meistens ziemlich heiß!«

»O Mann, Claire!«, rufe ich etwas zu laut und spreche darum mit gedämpfter Stimme weiter: »Das sind ja auch Models, die im echten Leben wahrscheinlich Probleme hätten, eine Kuh von einem Pferd zu unterscheiden. Außerdem ist das hier nicht ›Bauer sucht Frau‹! Ich will meine Karriere als Journalistin ankurbeln, schon vergessen?« Claire hat meinen Ehrgeiz bezüglich des Praktikums von Anfang an nicht verstehen können. »Da haben wir die Schule endlich hinter uns, und anstatt jetzt erst einmal deine Freiheit zu genießen, willst du direkt arbeiten gehen?«, hat sie völlig entgeistert gefragt, als ich ihr von meiner Zusage für das Praktikum erzählt habe. Klar, sie findet *Shiny* auch super – schon mit dreizehn haben wir unser Taschengeld zusammengeworfen, um keine einzige Ausgabe verpassen zu müssen. Aber meine beste Freundin hat nach der letzten Prüfung lautstark verkündet, dass sie erst einmal mindestens ein Jahr lang nur Party und Wellness machen würde, bevor sie sich darum kümmern würde, wie es mit ihrem Leben weiterging. Ob sie diesen Plan bereits mit ihren Eltern besprochen hat, wage ich jedoch stark zu bezweifeln.

Verächtlich schnaube ich und ärgere mich dabei tierisch, dass mir beim Thema »gut aussehende Typen« die Bilder von Fynn in seinem weißen T-Shirt von heute Morgen nicht aus dem Kopf gehen. Die aktuellen Entwicklungen diesbezüglich gefallen mir ganz und gar nicht.

»Also gibt es jemanden?«

Er hat es extra für mich angezogen. Zwar ziemlich sicher nicht, um mir zu gefallen, sondern um eine neue Stichelei zu provozieren, aber dennoch.

»Nelly?«

»Ja.«

»Na also, es gibt wen. Ich hab's doch gewusst!«

»Nein!«

»Ja oder nein?«

»Ja … nein … Ahhh, Claire! Hör sofort auf damit! Der einzige Typ in unserem Alter, der mir hier bisher begegnet ist, ist Fynn.« Während ich das sage, bin ich so sehr um Gleichgültigkeit in meiner Stimme bemüht, dass es irgendwie gerade überhaupt gar nicht gleichgültig klingt.

»Uhlala!«

Lautstark stoße ich Luft aus und hätte ich die Hände frei, würde ich mir verzweifelt meine Haare raufen. Langsam und so, dass Claire es auch wirklich versteht, beginne ich zu erklären: »Seinen Eltern gehört der Hof, auf dem ich wohne, und er ist ein riesiger Idiot.« Die letzten zwei Worte betone ich besonders deutlich.

Claire lacht wissend. »Ach, Nelly, die größten Idioten sind doch meistens die schlimmsten Herzensbrecher!«

»Da ist aber nichts«, füge ich noch einmal nachdrücklicher und beinahe verzweifelt hinzu, als wollte ich nicht nur Claire davon überzeugen, sondern müsste es mir selbst auch noch einmal deutlich verklickern. Doch Claire scheint mir sowieso nicht zuzuhören.

»Ja, ist schon klar.«

Auch wenn ich Claire nicht sehen kann, bin ich mir sicher, dass sie gerade verschwörerisch zwinkert.

»Aber was nicht ist, kann ja noch werden. Du hast nichts mehr mit einem Jungen gehabt seit deiner Knutschaffäre mit Mike. Und das ist nun auch schon über ein Jahr her.«

Die ganze Oberstufe lang hatte ich eine On-Off-Beziehung mit Mike, einem Jungen aus meinem Chemiekurs, die Claire liebevoll als »Knutschaffäre« bezeichnet. Rückblickend sehe ich eindeutig mein abgrundtiefes Desinteresse für Chemie als Ursprung dieser Verbindung an, um es fachlich korrekt auszudrücken. Mike hat rein optisch definitiv zu den besser aussehenden zwanzig Prozent unserer Stufe gehört und wir haben zusammen viel Spaß gehabt. Es ist einfach schön, wenn man auf Partys jemanden zum Tanzen hat. Aber als ich irgendwann nach einer verhauenen Klausur Trost suchend zu ihm gekommen bin und er daraufhin verkündet hat, dass er eigentlich lieber nur knutschen statt trösten würde, habe ich das Ganze endgültig beendet.

»Die Arbeit wartet auf mich«, lüge ich schließlich, weil mir nichts anderes mehr einfällt, auch wenn ich eigentlich darauf brenne, von Claire zu hören, was zu Hause gerade so los ist. Auf welche Partys sie geht, wer mit wem zusammengekommen ist oder wessen

Beziehung den Abschlussball nicht lange überdauert hat. Aber in einem Fall wie diesem ist eine Notlüge doch wohl wirklich erlaubt. Claire muss ja nicht wissen, dass ich den gesamten Nachmittag eigentlich überhaupt nichts zu tun habe, weil Fynn mit Alex zu einem Großlieferanten fährt, um Futter für die Tiere zu besorgen.

»Arbeit mit ... Fynn?« Claire kichert albern ins Telefon, worauf ich nur mit strafendem Schweigen reagieren kann. »Glaub ja nicht, dass du mir so leicht davonkommst!«

»Weißt du eigentlich, dass du unmöglich bist?«

»Ich hab dich lieb, Nelly!«

Widerwillig lasse ich das Lächeln zu, das sich auf meine Lippen schleicht. »Ich weiß ...« Meine Stimme klingt nun wieder sanfter. Ich kann Claire einfach nicht böse sein. Auch wenn ich es noch so sehr versuche.

»Pass auf dich auf!«

»Das mache ich.«

»Besonders auf dein Herz!«

9. Kapitel
Erdbeerfeld

Heute Abend muss ich wirklich mal wieder was aufs Papier bringen. Oder besser gesagt in meinen Laptop. Die letzten Abende bin ich nicht weitergekommen. Die meiste Zeit habe ich Tee trinkend auf meinem Bett gesessen und das nahezu leere Worddokument angestarrt, als könnte ich durch bloße Telepathie die Seiten füllen.

Jetzt pflücke ich eine tiefrote Erdbeere vom Strauch und schiebe sie mir in den Mund.

»Du musst auch schon ab und an eine Erdbeere in den Korb legen, sonst sind wir hier morgen noch nicht fertig«, hat Fynn, der keine drei Meter entfernt von mir über die Erdbeersträucher gebeugt steht und dessen voller Korb von deutlich mehr Effektivität zeugt, mich noch vor zwei Minuten mit einem breiten Grinsen ermahnt.

In meinem Gehirn ist die Botschaft durchaus angekommen, doch mein Magen hat mal wieder die Kontrolle übernommen, seit ich zwischen den süßen Früchte knie, und der sieht solch eine Verschwendung gar nicht ein.

Ich kehre zurück zu dem drohend über mir schwebenden Artikel. Warum fallen mir in Roseville kaum noch negative Dinge auf, wo ich doch die ersten Tage – genau genommen ja nur am ersten Tag – nichts anderes habe sehen können? Ja, das Smartphone kann man hier eigentlich nur als Türstopper benutzen und die Luft riecht streng. Aber diese Themen habe ich eigentlich bereits in meiner Leseprobe alle abgearbeitet und es ist nicht mal mehr so, dass sie mich noch sonderlich stören.

Natürlich, der regelmäßige Kontakt zu Claire fehlt mir. Aber in unserem letzten Ultrakurztelefonat – ein solches Knacken und Rauschen in der Leitung gibt es heutzutage doch bestimmt nur noch, wenn man mit Außerirdischen auf einem fremden Planeten telefoniert – habe ich mit Engelszungen versucht sie zu einem Besuch hier zu überreden. Als ich im großen Finale meiner Überzeugungsrede sogar unseren Freundschaftscodex zitiert habe, hat Claire schließlich eingewilligt, dass sie darüber nachdenken würde. In der dritten Klasse haben wir ihn schriftlich fixiert und mit unserem Blut, hervorgerufen durch den Stich mit einer Nähnadel, unterschrieben: »Auch in tiefster Not lassen wir uns nicht im Stich.«

Mein Verdacht geht allerdings dahin, dass ihre Zusage weniger mit unserem Codex zu tun hat als mit der unbändigen und für mich ziemlich beunruhigenden Neugierde auf Fynn. Sie hat ihn mittlerweile zum Gesprächsthema Nummer eins gemacht.

Aber sonst vermisse ich den Kontakt zu meinen Schulfreundinnen erstaunlich wenig. Dass ich seit einigen Tagen tatsächlich ungeschminkt herumlaufe, spricht schließlich für sich. Dennoch habe ich Claire gebeten, alle darüber aufzuklären, dass ich nicht tot bin. Offensichtlich denkt man das, denn Claire hat bereits nach den ersten vierundzwanzig Stunden ohne einen neuen Instagram-Post auf meinem Profil besorgte Nachrichten von Mitschülerinnen erhalten.

Und auch wenn ich mir zu Hause ein Leben ohne Instagram nicht hätte vorstellen können, kann ich mich nach den anfänglichen Entzugserscheinungen über Langeweile nicht mehr beklagen. Wozu Fynn wohl einen nicht ganz unwesentlichen Beitrag geleistet hat. Man könnte schon sagen, dass er mich ordentlich auf Trab hält, auf die Palme oder um den Verstand bringt. Ganz so, wie man es ausdrücken möchte. Aber zugegebenermaßen ist es halt auch irgendwie unterhaltsam und ich fühle mich den Menschen hier auf eine Art und Weise nah, die ich wohl noch vor wenigen Tagen nicht für möglich gehalten hätte.

Gedankenverloren starre ich in die Gegend. Mein Blick bleibt an Fynn hängen und ich muss unweigerlich grinsen. Von allen Nervensägen, die mir in meinem Leben bisher so begegnet sind, und das sind nicht wenige, hat er definitiv Potenzial für eine Platzierung auf dem Treppchen. Wir lassen keine Gelegenheit aus, um uns zu kabbeln, und ich kann nicht behaupten, dass es mir gar keinen Spaß macht.

Auch wenn ich ab und an mal zickig sein kann, bin ich zu Hause doch immer bloß das liebe Mädchen und es fühlt sich ganz gut an, nicht nur süß und liebreizend zu sein. Beinahe so, als könnte ich in Fynns Gegenwart völlig hemmungslos einfach mal alles rauslassen, ohne darauf achten zu müssen, wie ich ankomme.

Ebenfalls unangefochten ist Fynn die Nervensäge mit dem schönsten Rücken. Ich starre auf das sonnengebräunte und von Muskeln untermalte Stück Haut, das unter seinem hochgerutschten T-Shirt zum Vorschein kommt.

»So, mein Korb ist voll. Dein Bauch auch, aber wie sieht es mit deinem Gefäß hier aus?«, reißt Fynn mich aus meinen absolut unpassenden Gedanken, woraufhin ich viel zu hektisch aufspringe und das Gleichgewicht verliere.

»Autsch!«, rufe ich, als ich mit einem unachtsamen Schritt in eine Erdmulde trete und mein Fuß zur Seite umknickt. Während ich ungalant mit dem Hinterteil auf dem staubig-trockenen Erdboden lande, schmeiße ich das mittlerweile zumindest einigermaßen mit Erdbeeren gefüllte Körbchen durch die Luft. »Mist!«, fluche ich, während ich mit beiden Händen meinen vor Schmerz augenblicklich zu pochen beginnenden Knöchel umfasse.

Sofort kommt Fynn angelaufen und lässt sich neben mir auf den

Boden sinken. »Alles in Ordnung?« In seiner Stimme klingt für ihn ungewohnte Besorgnis mit.

»So schlimm ist es gar nicht«, versuche ich die Sache wenig überzeugend herunterzuspielen. Denn bei dem Gedanken daran, was oder besser gesagt wer genau der Grund meiner Unaufmerksamkeit gewesen ist, steigt mir augenblicklich die Schamesröte in den Kopf. Zum Glück kann Fynn keine Gedanken lesen, obwohl mein ertappter Gesichtsausdruck sicher Bände spricht. Aber ich bin auch selbst schuld. Kein Wunder, dass das Universum mir für mein mehr als peinliches Verhalten einen Denkzettel verpasst.

»Das sieht aber wirklich nicht gut aus«, befindet Fynn, nachdem er meinen Knöchel ausgiebig betrachtet hat. Die immer sichtbarer werdende Schwellung gibt ihm recht.

»All die schönen Erdbeeren«, jammere ich in einem weinerlichen Tonfall und aus welchem Grund auch immer beginnen mir ein paar vereinzelte Tränen über die Wangen zu laufen. In einer eindeutigen Übersprunghandlung sammle ich alle Erdbeeren innerhalb meines Sitzradius auf, was sich mit meinem durch die Tränen verschwommenen Blick als gar nicht so einfach herausstellt. Doch Fynn schlägt mir unsanft auf die Finger und stoppt meinen verzweifelten Ablenkungsversuch.

»Das ist doch jetzt wirklich nicht wichtig«, brummt er offensichtlich genervt. Er scheint auch zu der Sorte Männer zu gehören, die mit weinenden Frauen überhaupt nicht umgehen kann. »Na los, komm schon«, sagt er, ohne weiter auf mein emotionales Chaos einzugehen, und greift nach meiner Hand. Mühsam ziehe ich mich hoch, einen Arm auf Fynns Schulter abgestützt. Doch in dem Moment, in dem ich meinen Fuß auch nur mit etwas Gewicht belaste, durchfährt mich erneut ein stechender Schmerz und ich falle wie ein Sack Kartoffeln in Fynns Armen zusammen.

»Okay, so wird das nichts«, stellt Fynn wenig bahnbrechend fest, worauf ich nur spöttisch »Ach was!« sage und meine Augen verdrehe.

»Kannst du auf einem Bein hüpfen?«

Ungläubig sehe ich ihn an. »Ja«, sage ich so trocken, wie es mit meiner brüchigen Stimme möglich ist. »Vielleicht zehn Meter und auch nur, wenn du mir danach direkt eine Sauerstoffmaske aufsetzt.«

Fynn stößt betont genervt Luft aus, muss sich dann aber wohl selbst eingestehen, dass sein Plan bei dreißig Grad im Schatten und meiner mittlerweile schon mehrfach eindrucksvoll unter Beweis gestellten nicht vorhandenen Kondition wirklich nicht das Wahre ist.

Unter dem immer schlimmer werdenden Pochen in meinem Fuß verziehe ich schmerzvoll das Gesicht.

»Was soll's … Es nutzt ja nichts. Du musst dringend zurück zum Hof und den Fuß kühlen. Es gibt keine andere Möglichkeit.« Den letzten Satz scheint er mehr zu sich selbst zu sprechen als zu mir. Und ehe ich die Chance habe zu begreifen, was er vorhat, schiebt Fynn einen Arm unter meine Kniekehlen, den anderen unter meinen Rücken. Erschrocken kreische ich auf, als er mich mit einem kräftigen Ruck in die Luft hebt.

»Eine kleine Vorwarnung wäre nett gewesen«, keuche ich atemlos, während wir hin und her schwanken, weil Fynn unter meinem Gewicht zu taumeln beginnt. »Du siehst wesentlich leichter aus, als du bist!« Er stöhnt, als würde ich hundert Kilo wiegen und nicht achtundsechzig. Vielleicht mittlerweile auch siebzig, so sehr wie Elly mich mästet.

»Na vielen Dank auch!« Beleidigt verschränke ich die Arme vor der Brust, was unser Gleichgewicht wieder beängstigend erschüttert. Schnell lege ich meinen Arm erneut um Fynns Nacken und klammere mich fest.

»Halt!«, rufe ich energisch, als Fynn sich in Richtung Traktor in Bewegung setzt.

»Was denn?«, stöhnt er hörbar genervt, und ich bemerke einen

Schweißtropfen, der langsam seine Schläfe hinunterläuft. »Die Erdbeeren!«

Fynn entfährt ein Brummen, das von ganz tief drinnen zu kommen scheint. »Wir kommen morgen wieder und pflücken neue«, knurrt er zwischen vor Anstrengung zusammengepressten Zähnen hindurch.

Doch ich protestiere so lange lautstark, bis Fynn schließlich vor sich hin fluchend umkehrt, sich unter Einsatz all seiner Kräfte bückt und ich zumindest den Korb mit den Resten vom Boden aufheben kann.

Während Fynn mich zum Traktor trägt, grinse ich ihn breit und zutiefst zufrieden an. Wie schnell doch meine Tränen von eben versiegt sind.

»Wenn du nicht bald aufhörst so unverschämt zu grinsen, dann lasse ich dich auf der Stelle fallen!«, droht er, ohne seinen Blick vom Weg ab- und mir zuzuwenden.

Weil ich genau weiß, dass er es sowieso nicht tun würde, klingt die Drohung wenig beängstigend.

Eigentlich stelle ich fest, dass es in Fynns Armen sogar relativ gemütlich ist. Einen »Hast du schon einmal überlegt, dir als Packesel ein bisschen Geld dazuzuverdienen«- Kommentar spare ich mir aber dann doch lieber, denn Fynn sieht nicht gerade so aus, als wäre er momentan besonders zu Scherzen aufgelegt.

***

Den gesamten restlichen Tag liege ich im Schatten im Liegestuhl hinter dem Haus und werde von allen rührend umsorgt. Elly, die einen riesigen Schrecken bekommen hat, als sie Fynn mit mir auf dem Arm aufs Haus hat zukommen sehen, reicht mir alle halbe Stunde frische Kühlpacks für meinen Knöchel und Susan kommt vorbei, um mir ein paar ihrer Zeitschriften zu bringen. Nur mit viel Mühe konnte ich sie und Elly davon abbringen, mich ins Krankenhaus zu schicken.

Auch Fynn lässt sich hin und wieder bei mir blicken und erkundigt sich nach meinem Wohlbefinden. Elly hat mir angeboten oder besser gesagt befohlen Fynn zu rufen, wann immer ich irgendwo hinwollen würde. Und einfach, weil es so viel Spaß macht, ihn ein bisschen zu ärgern, habe ich dieses Angebot natürlich nicht ausschlagen können, sodass er mich öfter als wirklich nötig murrend zur Toilette und einmal sogar die Treppe hoch bis in mein Zimmer getragen hat.

***

Wie schon die gesamten letzten zwei Tage verbringe ich auch heute wieder meine Zeit mit Elly. Auch wenn mein Knöchel schon fast wieder vollständig genesen ist – offensichtlich bin ich mit einer leichten Stauchung noch einmal davongekommen –, hat Elly mir doch strikte Ruhe angeordnet und mir verboten, »mit Fynn die Gegend unsicher zu machen«. Stattdessen sitze ich immer dort, wo Elly gerade arbeitet, den verletzten Fuß irgendwo hochgelagert. Draußen vor dem Haus, wenn Granny Luise und sie gerade die aktuelle Obst- oder Gemüseernte schälen, oder in der Küche, wenn Elly irgendetwas himmlisch Duftendes für uns zubereitet. Während bei uns zu Hause die Küche eher der Dekoration dient oder maximal, um Tiefkühlkost in der Mikrowelle aufzutauen oder bestelltes Essen auf Schüsseln zu verteilen, ist die Küche hier einer der gemütlichsten Räume des gesamten Hofes. Ein Raum voller Leben und Freude.

Ich genieße die gemeinsame Zeit mit Elly sehr, weil sie mich irgendwie entspannt und ich in unseren endlos langen Gesprächen schon unglaublich viel über Roseville, den Hof und die Familie erfahren habe. Und doch vermisse ich es ein klein wenig, mit Fynn unterwegs zu sein, sodass ich ihm morgens leicht wehmütig hinterherschaue, wenn er nach dem Frühstück aufbricht, um allein all die Dinge zu tun, die wir auch schon gemeinsam gemacht haben.

Darum bin ich fest entschlossen ihn ab morgen wieder zu begleiten, egal wie sehr Elly auch dagegen protestieren mag. Denn mit der Schiene, die Susan mir aus der Apotheke in der nächst gelegenen Stadt mitgebracht hat, in der sie ab und zu aushilft, während Laura im Kindergarten oder hier bei ihren Großeltern ist, kann ich schon wieder ziemlich gut auftreten. Wer hätte gedacht, dass das Ausmisten von Kuhställen oder das Ausliefern von Frischmilch und Molkereiprodukten jemals eine solche Sehnsucht bei mir hervorrufen würde?

Jetzt sitze ich jedoch erst mal bei Elly in der Küche auf der gemütlichen Eckbank und kritzele etwas lustlos mit einem Kugelschreiber auf einer alten Zeitung herum. Roseville hat tatsächlich eine eigene kleine Tageszeitung, die – wider meine Vorurteile – tatsächlich täglich neue Nachrichten aus dem Dorf und der Umgebung abdruckt.

Fynn ist gestern noch einmal zum Erdbeerfeld gefahren und mit nicht weniger als vier Eimern, gefüllt mit roten Früchten, wiedergekommen. Es wundert mich nicht, dass er ohne mich deutlich produktiver ist. Darum wirbeln Elly und Amy nun zwischen dampfenden Töpfen und Einmachgläsern hin und her und machen offensichtlich Marmelade für das gesamte Dorf. Einkochen scheint so etwas wie ein gemeinsames Ritual der beiden zu sein. Sie wirken wie ein perfekt eingespieltes Team und vollführen das Ganze offensichtlich nicht zum ersten Mal. Dabei reden und lachen sie die ganze Zeit in einer so beneidenswerten Vertrautheit, wie ich sie sonst zwischen einer Tante und ihrer Nichte noch nie erlebt habe. Überhaupt scheinen sich die Menschen hier in Roseville näher zu sein als anderswo und es ist nichts zu erkennen von der Distanz und Anonymität, die bei mir zu Hause in der Stadt teilweise den Alltag bestimmen. Immer wieder beziehen die beiden mich in ihre Gespräche mit ein und geben mir so das Gefühl dazuzugehören und keine Fremde zu sein. Mithelfen darf ich zu meinem Ärgernis jedoch nicht, egal wie subtil ich zum Beispiel versuche mir ein

Handtuch zu schnappen und Gläser abzutrocknen … Elly bewacht mich mit Adleraugen, damit ich meinen Fuß ja nicht zu sehr anstrenge.

»Wenn du morgen wieder mit Fynn losziehen möchtest, musst du deinen Knöchel heute noch absolut schonen!«, sagte sie, während sie mir das Küchentuch aus der Hand riss, woraufhin ich mich schmollend wieder auf die Bank habe sinken lassen.

»Was machst du da?«, fragt Amy, die plötzlich hinter mir steht und über meine Schulter hinunter auf die Zeitung vor mir schaut, während sie sich ihre gerade gewaschenen Hände an ihrer Schürze abtrocknet.

»Ach nichts …« Verlegen verdecke ich mit meiner Hand, woran ich die letzte Viertelstunde herumgewerkelt habe. »Es ist wirklich nichts Besonderes!«, beteuere ich schnell, während Amy trotz meiner Proteste auch schon gewaltsam meine Hände vom Papier zieht. Sie kann wirklich ganz schön hartnäckig sein. Das muss sie wohl von ihrer Tante geerbt haben.

»E-r-d-b-e-e-r-m-a-r-m-e-l-a-d-e«, liest sie betont langsam vor und starrt dabei auf den schnörkelig geschwungenen Schriftzug, der wellenförmig über das Papier fließt. Drumherum habe ich ein paar verschieden große Erdbeeren skizziert. Sicher nichts für den Louvre, aber insgesamt ist es zugegebenermaßen doch ganz ansehnlich geworden.

»Elly, komm doch mal her! Das musst du dir ansehen!«, ruft Amy begeistert. Resigniert lasse ich meine Arme sinken und stöhne auf. »Hol doch gleich die ganze Nachbarschaft her«, grummele ich dabei, doch keine der beiden Frauen schenkt mir Beachtung.

»O Liebes, das ist ja ganz wundervoll«, schließt sich Elly der Begeisterung ihrer Nichte an. »Du hast wirklich Talent!«

»Na ja …« Verlegen schaue ich auf meine Hände hinunter, die ich in meinem Schoß zusammengefaltet habe, und spiele anschließend meine Leidenschaft für künstlerische Handschrift weiter runter. »Ab und zu mache ich ein bisschen Handlettering. Ich habe in den letzten Jahren damit angefangen, weil es mich vor Klausuren irgendwie entspannt hat.« Doch egal wie viel Mühe ich mir gebe, das Thema möglichst ohne viel Wirbel vom Tisch zu bekommen, habe ich meine Rechnung wohl ohne Elly und Amy gemacht.

»Denkst du auch gerade, was ich denke?«, fragt Amy mit einem verdächtigen Strahlen in den Augen und sieht ihre Tante vielsagend an, während sich ihre Lippen zu einem Grinsen in der Breite von hier bis zum Kuhstall verziehen. Elly nickt wissend, während sich auch auf ihrem Gesicht ein zufriedenes Lächeln ausbreitet.

»Was denkt ihr denn?«, frage ich mit leicht ungeduldigem Tonfall, weil mich eine an Gewissheit grenzende böse Vorausahnung beschleicht, dass es mich betreffen könnte.

»Du musst Etiketten für unsere Marmeladen entwerfen!« Aufgeregt klatscht Amy in die Hände und springt dabei wie ein kleines Kind auf und ab. Noch bevor ich Luft holen kann, um dankend abzulehnen, bringt Elly auch schon das Totschlagargument hervor.

»Schau dir an, wie schaurig unsere bisherigen Etiketten aussehen!« Zur Demonstration holt sie ein angebrochenes Marmeladenglas aus dem Kühlschrank und hält mir einen tatsächlich ziemlich unschönen Schriftzug so dicht vor die Nase, dass ich mit dem Kopf ein Stückchen zurückweichen muss.

»Die hat Fynn für uns am Computer erstellt«, setzt Elly zur Erklärung an, ohne eine Reaktion von mir abzuwarten. »Bei allen Talenten, die mein Sohn sonst so hat, eine künstlerische Ader hat er ganz offensichtlich nicht!«

Unweigerlich muss ich schmunzeln, während ich nicht anders kann, als ihr zustimmend zuzunicken. Die Etiketten sind wirklich alles andere als schön. Mir Fynn als Artdirector vorzustellen übersteigt meine Vorstellungskraft um Längen.

»Also … hilfst du uns?« Beinahe flehend sieht Amy mich mit

großen Augen an und dass sie nicht noch ihre Unterlippe vorschiebt, ist wirklich alles.

Einen Moment schaue ich mit zusammengekniffenen Augen zwischen den beiden hin und her. Sie sehen mich abwartend an.

»Na gut!«, willige ich schließlich ein, obwohl ich glaube, sowieso keine andere Wahl zu haben. Es gibt wohl wirklich niemanden, der Elly und Amy irgendetwas abschlagen kann.

***

Tatsächlich sitze ich am Nachmittag draußen vor dem Haus, meinen besten Stift in der Hand und Blätter mit verschiedenen Entwürfen vor mir auf dem Tisch. Daneben liegt aufgeschlagen mein Handlettering-Buch mit den zwanzig schönsten Schriften, das ich vor meiner Abreise in weiser Voraussicht noch schnell eingesteckt habe. Immer wieder weht eine leichte, warme Windböe über den Hof, sodass ich meine Hände auf die vielen Blätter legen muss, damit sie nicht wegfliegen. Wenn ich ganz ehrlich bin, macht es mir eigentlich ziemlich viel Spaß. Meine Eltern halten Kreativität ebenso für Zeitverschwendung wie Gesellschaftsspiele, weswegen ich das Handlettering weitestgehend vor ihnen verborgen gehalten habe. Irgendwie tut es gut, hier jetzt die Bestätigung zu bekommen, dass das, was ich mache, nicht total daneben ist. Womöglich gibt es an der Uni ja einen Kurs für Kalligrafie, den ich besuchen könnte. Und vielleicht würde ich mir sogar einen kleinen Instagram-Account machen, auf dem ich einige meiner Entwürfe veröffentliche.

»Gar nicht mal so übel«, reißt Fynn mich aus meinen Träumereien, die mir plötzlich wieder völlig albern vorkommen. Elly hat ihm wie auch dem Rest der Familie schon beim Mittagsessen von meinem Talent vorgeschwärmt und Fynn hat ein bisschen pikiert getan, weil seine Etiketten so plötzlich degradiert wurden, aber schon während Elly tröstend auf ihn eingeredet hat, hat mir das Zucken in seinen Mundwinkeln verraten, dass sein verletzter Stolz bloß vorgespielt war.

»Gar nicht so übel ... aber?«, frage ich, während ich abwartend zu Fynn aufschaue, in der ziemlich sicheren Erwartung, dass er ein Kompliment an mich nicht einfach so ohne ein »Aber« stehen lassen kann.

»Kein ›Aber‹.«

Fynn lässt sich neben mir auf die Bank sinken, woraufhin ich schnell ein Stück zur Seite rutsche und ihm Platz mache. Als ich merke, dass er es tatsächlich ernst meint, schaue ich verlegen zur Seite und wische mir eine lose Haarsträhne aus dem Gesicht.

Kurz darauf öffnet Elly die Tür und kommt zu uns herübergelaufen. Dankbar für die Ablenkung beginne ich ihr die verschiedenen Entwürfe zu zeigen. Zu meinem Ärgernis etwas zu aufgedreht.

Nachdem Elly sich für ein Etikett in kursiver Schreibschrift entschieden hat, bekommt Fynn den Auftrag, dieses zu scannen und zu vervielfältigen.

***

Auch Amy ist hin und weg, als sie abends noch einmal vorbeischaut, und verpflichtet mich dazu, ihre Hochzeitseinladungen zu designen, sobald Josh um ihre Hand angehalten hat.

Und das wird bestimmt schon bald passieren, denn wie Elly mir später erzählt hat, werden im Dorf schon Wetten abgeschlossen, wann es endlich so weit ist.

10. Kapitel
Sommerregen

Dicke runde Tropfen fallen um mich herum auf den von der Sonne des Tages aufgeheizten Boden. Zum ersten Mal, seit ich in Roseville bin, scheint nicht die Sonne.

Ich sitze auf der Baumbank. Die Blätterkrone des Kirschbaums hält mich erstaunlicherweise komplett trocken. Elly und Granny Luise haben wirklich recht gehabt. Dieser Platz ist definitiv einer der schönsten auf dem Hof. Wenn nicht sogar in ganz Roseville. Meine Beine habe ich zu einem Schneidersitz herangezogen und auf meinem Schoß liegt der Laptop. Denn es führt kein Weg daran vorbei, endlich an meinem Artikel weiterzuschreiben. Den ersten Teil habe ich schweren Herzens schon vor ein paar Tagen abgeschickt. Aber gestern hat Doreen noch mal gedrängelt, dass sie mehr brauche. Nicht ohne die nochmalige Erinnerung, dass es sich ja nicht um einen Vergnügungsurlaub handele.

Da ich bei dem Wetter eh nichts großartig anderes zu tun habe, mache ich mich also an die Arbeit.

Fynn habe ich seit dem Mittagessen nicht mehr gesehen und auch der Rest der Familie scheint anderweitig beschäftigt zu sein. Neben mir liegt Fat Lilly und genießt meine gelegentlichen Streicheleinheiten. Keine Ahnung, warum alle davon reden, sie wäre so unfreundlich. Mir jedenfalls ist noch nie eine verschmustere Katze begegnet.

»Wir Rotschöpfe müssen zusammenhalten, was?«, flüstere ich Fat Lilly lächelnd zu, woraufhin sie ein eindeutig zustimmendes Schnurren von sich gibt.

So richtig voran komme ich mit dem Artikel nicht. Denn die meiste Zeit sitze ich mit geschlossenen Augen einfach nur da, die Nase in die Luft gestreckt. Schon als Kind habe ich den Duft von Sommerregen geliebt. Wenn alles trocken und warm ist, bringen die Regentropfen eine angenehme Abkühlung. Es ist, als würden die großen runden Tropfen alles Alte wegwaschen, um Platz für Neues zu machen.

Dennoch ist es nach wie vor so warm, dass ich nicht mehr als ein T-Shirt und einen kurzen Stoffrock trage. Mein Kleidungsstil hat sich in der Zeit, seit ich hier bin, stark verändert. Aus den Kleidungsstücken, die mein Koffer hergibt, wähle ich fast nur noch die Basic-Teile aus. Es gibt einfach Outfits, die für die Arbeit auf dem Hof und das Leben auf dem Land besser geeignet sind als enge kurze Jeansröcke oder Spitzentops.

Unwillkürlich muss ich an die vielen Sommer meiner Kindheit denken, in die der vertraute Geruch mich zurückkatapultiert. Ein wehmütiges Gefühl überkommt mich bei dem Gedanken, wie viel einfacher früher alles war. Jeder Tag war aufregend und neu und man hat sich von einem Abenteuer ins nächste gestürzt. Nur das Heute hat gezählt. Nicht das Gestern und schon gar nicht das Morgen.

Während die Luft meine Lunge durchströmt, fühle ich mich für einen Moment fast wieder so sorglos und frei wie früher. Und überhaupt haben die letzten Tage eine Leichtigkeit verströmt, die mir schon lange nicht mehr vergönnt war. Zu Hause fühlte ich mich manchmal wie in einem Käfig.

Vor dem Abschluss haben wir alle viel gelernt, um am Ende eine möglichst gute Note auf dem Zeugnis stehen zu haben. Immer angetrieben von der Aussicht auf die lang ersehnte Freiheit, die danach als Belohnung lockte. Aber diese Freiheit hat sich als Phantom herausgestellt. Denn als wir unseren Abschluss in der Tasche hatten, ging es direkt weiter. Studium oder Ausbildung? Welche Uni? Bewerbungen, Aufnahmeprüfungen, Vorkurse …

Und ich werde das Gefühl nicht los, dass es von nun an immer so weitergehen wird. Im Herbst wird für uns alle ein neues Kapitel beginnen. Und die nächsten Herausforderungen und Prüfungen werden auf uns zukommen, die den Schulabschluss völlig in den Schatten stellen. Niemals wird das Leben eine Pause machen, die Uhr anhalten und sagen: »Hier. Jetzt ist deine Zeit. Nutze sie!« Wenn man das Hamsterrad nicht selbst stoppt, wird es niemand sonst für einen tun.

Seit ich hier bin, habe ich das Gefühl, dass jemand meine Welt auf Slow Motion gestellt hat. Endlich läuft mal alles in einer Geschwindigkeit, bei der ich das Gefühl habe mitzukommen. Nicht abgehängt zu werden von meinem eigenen Leben.

Eine leichte Windböe zaubert mir eine Gänsehaut auf meine Arme und ich öffne meine Augen. Als mein Blick auf den aufgeklappten Laptop fällt, ist diese Leichtigkeit mit einem Mal wieder dahin und stattdessen breitet sich die gewohnte Schwere in meinem Bauch aus.

Plötzlich höre ich sich nähernde Geräusche und blicke auf. Ein Lächeln schleicht sich auf meine Lippen, als ich Fynn leise vor sich hin fluchend durch den Regen auf mich zulaufen sehe.

Während er wenig elegant über die Pfützen hinwegspringt, muss er sich stark bemühen das Tablett in seinen Händen auszubalancieren.

»Bring doch der fleißigen Nelly mal etwas zu trinken«, ahmt Fynn die Stimme seiner Mom perfekt nach, als er schließlich vor mir zum Stehen kommt. Danach stößt er ein leises Knurren aus, das jedoch von einem schiefen Grinsen begleitet wird. »Aber warum muss die liebe Nelly bitte ausgerechnet hier draußen im Regen sitzen?«

Unwillkürlich muss ich lachen, während Fynn das Tablett mit zwei Gläsern, einer Flasche Kirschsaft und einem kleinen Teller mit zwei Marmeladenbroten neben mir auf die Bank stellt.

»Ey«, rufe ich und springe auf, als Fynn seine feuchten Haare, garantiert absichtlich, ganz nah neben mir ausschüttelt. Er breitet die Arme aus und kommt auf mich zu, als wolle er mich umarmen. »Bleib bloß weg!«, rufe ich und weiche seiner Umarmung aus. Nicht nur, weil ich nicht nass werden möchte, sondern weil ich mir seine Nähe unerwarteterweise gewünscht habe. Plötzlich ungewohnt schüchtern entziehe ich mich Fynns Blick, schiebe mir eine Haarsträhne hinters Ohr und lasse mich wieder auf die Bank sinken.

»Schreibst du an deinem Artikel?«, fragt Fynn, als er sich rechts neben mich setzt, woraufhin ich in Sekundenschnelle den Laptop zuklappe und ihn in sicherer Entfernung links neben mir ablege.

Fynn zuckt nur gleichgültig mit den Achseln, reagiert aber sonst nicht weiter darauf. Dann schüttet er uns beiden Kirschsaft ein und reicht mir den Teller rüber. »Es geht doch nichts über ein schönes aufgeweichtes Marmeladenbrot«, sagt er, während wir den vom Regen leicht klammen Snack zu uns nehmen. Ich sehe zu ihm auf, unsere Blicke treffen sich, und dann fangen wir beide an loszuprusten.

Unser kleines Picknick ist ungemein gemütlich. Und was, wenn die Leichtigkeit auch etwas mit Fynn zu tun hat? Schnell schüttele ich den Kopf, um den Gedanken loszuwerden.

»Es läuft nicht so gut, was?«, fragt Fynn und deutet mit dem Kopf in Richtung Laptop.

Ich habe gehofft diesem Thema erfolgreich ausgewichen zu sein. Aber so schnell gibt er wohl nicht auf.

»Wie kommst du darauf?« Ich versuche möglichst gleichgültig zu klingen, was nicht so ganz gelingen mag. Leider hat auch Fynn mich durchschaut.

»Na ja, du hast die ganze Zeit kein Wort geschrieben, sondern bloß gedankenversunken in die Gegend gestarrt.« Ertappt beiße ich mir auf die Unterlippe, doch dann kommt mir ein Gedanke, mein Blick schnellt nach oben und ich grinse Fynn vielsagend an.

»Hast du mich etwa beobachtet?«

Für einen Moment ist es Fynn, der ertappt wirkt, doch dann fängt er sich wieder. »Wenn man es genau nimmt, habe ich im Türrahmen gestanden und überlegt, ob es dieses Regenpicknick mit dir wirklich wert ist, sich bis auf die Knochen durchnässen zu lassen. Ich war kurz davor, zurück ins Haus zu gehen und mir die Marmeladenbrote allein schmecken zu lassen.«

Herausfordernd ziehe ich die Augenbrauen nach oben und verschränke die Arme vor der Brust. Jetzt wird es ja erst richtig interessant. »Und? Hat es sich gelohnt?«

Mein Herz schlägt verräterisch schnell, als das breite Lächeln auf Fynns Lippen und in seinen Augen mir eine ziemlich eindeutige Antwort gibt. Leider spricht er es nicht aus, aber das braucht er auch nicht. Stattdessen lenkt er ab und ich bin ebenso erleichtert wie enttäuscht, dass er damit die spannungsgeladene Atmosphäre durchbricht, die viel zu oft in den letzten Tagen zwischen uns herrscht.

»Eigentlich war es hauptsächlich die Angst vor der Konfrontation mit meiner Mom, die mich von meinem Plan B abgehalten hat.«

Jetzt muss ich laut auflachen und Fynn stimmt mit ein. Eine der ersten Lektionen, die ich hier in Roseville gelernt habe, ist ganz eindeutig, dass man sich mit Elly besser nicht anlegt. Als ich mich, immer noch lachend, so heftig an meinem Marmeladenbrot verschlucke, dass die Kühe, die wegen des Regens im Stall stehen, lautstark auf mein Husten reagieren, entscheiden wir schließlich unser Picknick lieber schweigend einzunehmen.

»Wo gehst du hin?«, frage ich erstaunt, als Fynn nach einer Weile aufsteht. Empört sieht er zu mir hinunter. »Ich bin ein viel beschäftigter Mann. Glaubst du wirklich, ich hätte den ganzen Tag Zeit, mit dir hier zu sitzen?«

»Oh, entschuldige, ich vergaß.« Grinsend ziehe ich eine Augenbraue nach oben.

Tatsächlich ist es interessant zu beobachten: Die Menschen hier auf dem Land haben unglaublich viel zu tun. Noch nie habe ich gehört, wie sich einer von ihnen beschwert hat oder stöhnt. Sie arbeiten den ganzen Tag und trotzdem sind sie dabei so viel besser gelaunt als zum Beispiel meine Eltern.

»Außerdem …« Fynn deutet auf meinen Laptop. »Hast du nicht einen Artikel zu schreiben??« Mit einem letzten Grinsen dreht er sich um, zieht sein Hemd wie eine Kapuze schützend über seinen Kopf und läuft durch den Regen zurück auf das Haus zu.

Ich sehe ihm noch nach, als er schon längst durch die Tür verschwunden ist. Dabei kann ich mir trotz meines Artikels das Grinsen nicht mehr aus dem Gesicht wischen.

11. Kapitel
Telefonzelle

»Nelly, Schätzchen«, ertönt Doreens aufgesetzt fröhliche Stimme aus dem Lautsprecher des Telefonhörers und ich frage mich unweigerlich, ob sie diesen Tonfall auf Knopfdruck abrufen kann und wie lange sie ihn wohl üben musste, so unecht perfekt, wie er klingt. »Dass wir beide uns endlich mal sprechen.«

In den letzten Tagen habe ich mehrfach versucht Doreen von meinem Handy aus zu erreichen, aber die zwei brüchigen Gespräche mit Claire waren bisher leider einmalige Erfolge in Sachen Empfang.

»Unser Telefon funktioniert schon seit etwas längerer Zeit nicht mehr richtig«, hat Elly heute Morgen auf meine Frage hin geantwortet, ob ich vom Festnetz aus telefonieren dürfte. Mein Blick muss relativ entsetzt gewesen sein, da sie sich dazu bemüßigt fühlte, direkt zu weiteren Erklärungen anzusetzen. »Ach, Liebes, weißt du ... Wir telefonieren sowieso nicht so häufig. Da lohnt sich die Reparatur gar nicht wirklich. Wenn ich etwas von meiner Schwester möchte oder von Anne oder sonst wem, laufe ich einfach schnell rüber. Oder ich schicke einen meiner Jungs vorbei.« Eigentlich habe ich nur noch darauf gewartet, dass sie »oder eine Brieftaube« hinzufügt, aber das hat sie zum Glück nicht getan.

»Hi, Doreen«, begrüße ich meine Betreuerin bei *Shiny* wenig begeistert. »Ja, ich rufe jetzt von einer Telefonzelle aus an.« Doch bevor ich mit meinen Erklärungen fortfahren kann, unterbricht mich Doreen auch schon wieder.

»Waaas?«, kreischt sie so übertrieben laut und verharrt dabei mit ihrer Stimme mindestens dreißig Sekunden in einer so ohrenbetäubend schmerzhaften Tonlage, dass ich den Telefonhörer am ausgestreckten Arm von meinem Ohr weghalte. Zugegeben, für mich ist es auch nur schwer zu glauben, dass Elly mir tatsächlich geraten hat doch die Telefonzelle auf dem Marktplatz zu benutzen. Ich kann mich nicht erinnern, jemals eine Telefonzelle benutzt zu haben – gibt es so etwas eigentlich sonst noch irgendwo auf der Welt? – und außer, um ins Zaubereiministerium zu gelangen, würde ich es normalerweise auch nicht in Betracht ziehen. Beim Betreten hat mich ein richtig nostalgisches Gefühl überkommen, obwohl bei uns zu Hause wohl das letzte Mal jemand eine Telefonzelle benutzt hat, als ich noch in die Windeln gemacht habe. Es hat eine Weile gedauert, bis ich die anfänglichen Bedienschwierigkeiten überwunden hatte. Da soll noch mal einer der älteren Leute sagen Smartphones und Tablets seien kompliziert in der Handhabung.

Telefonzellen! Die sind mal wirklich was für Fortgeschrittene. Wenn ich später noch ein bisschen Kleingeld übrig habe, muss ich unbedingt noch meine Mom anrufen. Auch wenn sie eigentlich immer arbeitet, ein Geschäftsessen mit wichtigen Mandanten hat oder zumindest über irgendwelchen Akten brütet, habe ich ihr bei meiner Abreise doch fest versprechen müssen, dass ich zwischendurch mal was von mir hören lasse. Was ich bisher natürlich verschwitzt habe.

»Also … der Artikel«, beginne ich und ärgere mich, dass ich plötzlich zu stottern beginne. Meine Mom hat mir immer beigebracht, dass man seine Angst nie zeigen darf. Auch wenn man sich wie ein Lämmchen fühlt, muss man wie ein Löwe auftreten. Gerade benehme ich mich jedoch wie ein Löwenbaby oder maximal ein Löwenteenager. »Genau darüber wollte ich noch mit dir reden.«

»Wir sind alle totaaal begeistert«, wartet Doreen jedoch gar nicht erst ab, was ich zu sagen habe.

Aber ich muss diese Sache endlich loswerden. Jetzt oder nie.

Es liegt ganz sicher nur an der stickigen Luft in diesem ein Quadratmeter großen Minitreibhaus, dass der Schweiß an sehr unangenehmen Stellen meinen Körper hinunterzulaufen beginnt. Angestrengt versuche ich die bestmöglichen Worte für mein Problem zu finden. »Ich kann den Artikel so nicht schreiben«, platzt es dann jedoch wahrscheinlich taktisch wenig clever einfach aus mir heraus. Mit angehaltenem Atem warte ich auf eine Reaktion, doch am anderen Ende der Leitung ist es verdächtig still geworden.

»Hallo?«, frage ich nach einer Weile vorsichtig, nur um sicherzugehen, dass die Verbindung wirklich so verlässlich ist, wie Elly es mir versprochen hat.

»Natürlich kannst du das.« Doreens Stimme klingt auf einmal ganz verändert. Von der unnatürlichen Heiterkeit, die mich noch vor wenigen Minuten so tierisch genervt hat, ist kein Minihauch mehr zu hören.

Ich hole tief Luft, um ihr meine Gründe näher zu erläutern, doch Doreen macht mir ziemlich unmissverständlich klar, dass sie nichts weiter von mir hören will. »Du wirst diesen Artikel ganz genau *so* schreiben, wie wir es besprochen haben.«

Der plötzliche Befehlston ist nicht zu überhören und bereitet mir ein unangenehmes Ziehen im Bauch.

Doch Doreen kommt scheinbar gerade erst so richtig in Fahrt. »Die Chefin hat das Ganze bereits abgesegnet und du kannst dich verdammt glücklich schätzen, dass sie überhaupt entschieden hat den Artikel von einem journalistischen Niemand wie dir zu veröffentlichen.« Ihr gekünsteltes Lachen lässt mir einen unangenehmen Schauer über den Rücken laufen.

»Dein Artikel ist für die September-Ausgabe fest eingeplant.«

»Aber es fühlt sich irgendwie nicht richtig an«, starte ich einen letzten verzweifelten Versuch, während ich hektisch Geld nachwerfe, um das penetrante Warngeräusch für die bald ablaufende Gesprächszeit zum Verstummen zu bringen.

»Schätzchen.« Doreen lacht erneut abfällig auf.

Ich kann mir bildlich vorstellen, wie sie in ihrem schicken engen Kostüm zurückgelehnt auf ihrem Schreibtischstuhl sitzt, die teuren High Heels überkreuzt vor sich auf dem Tisch abgelegt.

»Glaube mir, deine Gefühle interessieren hier herzlich wenig. *Shiny* ist eines der renommiertesten Lifestyle- Magazine ... national und international.«

Genervt verdrehe ich die Augen. Keine Ahnung, wie oft ich genau diesen Satz jetzt schon gehört habe. Offenbar wird keiner bei *Shiny* dieses floskelhaften Eigenlobs überdrüssig.

»Glaub mir, Sweety, ich kenne alle wichtigen Leute in so ziemlich jeder großen Redaktion. Und es soll doch keiner schlechte Dinge über dich hören, noch bevor du überhaupt den Fuß in deine erste Journalismus-Vorlesung gesetzt hast, oder?«

Weil ich wegen solch einer Skrupellosigkeit schlicht fassungslos bin, klappt meine Kinnlade so weit nach unten, dass ich kurz befürchte, sie könnte zwischen den Bonbonpapieren und festgetretenen Kaugummis auf den Boden aufschlagen, die dort wahrscheinlich schon seit den Siebziger- oder Achtzigerjahren liegen – oder wann auch immer man eben Telefonzellen benutzt hat.

»Ich bin mir ganz sicher, dass wir beide uns richtig verstanden haben und dass ich bald einen erweiterten Entwurf deines Artikels in meinem Postfach finden werde?«, fragt Doreen offensichtlich rein rhetorisch und jetzt wieder mit zuckersüßer Engelsstimme.

Das ist Erpressung, schreit die Juristentochter in mir, aber im Moment bin ich nicht mal mehr ein Löwenbaby, sondern ein Lämmchen, das nach wie vor zu perplex ist, um irgendetwas zu entgegnen.

»Sehr gut!«, sagt Doreen stattdessen – mit ihrer eigenen Arbeit scheinbar absolut zufrieden. Und ehe mein ausgehendes Kleingeld das Gespräch beendet, legt Doreen ohne ein weiteres Wort einfach auf.

12. Kapitel
Mittagshitze

Einen Moment stehe ich regungslos da, den Telefonhörer noch immer an mein Ohr gepresst. Als ich kurz darauf aus der Telefonzelle in die knallende Mittagshitze trete, kann ich noch immer nicht ganz fassen, was gerade passiert ist. Erschöpft lasse ich mich auf den Rand des Brunnens sinken und spritze mir so lange etwas von dem einigermaßen kühlen Wasser ins Gesicht, bis sich meine Gedanken wieder ein bisschen geordnet haben. Doreen hat mir allen Ernstes gedroht. Und was noch weit schlimmer ist: Ich stehe mit dem Rücken zur Wand. Dieses Praktikum bei *Shiny* ist doch all die Jahre mein Traum gewesen, den ich mir nicht von dieser ständig unterzuckerten Möchtegern-Chefin in Designerpumps kaputt machen lassen werde. Doch die Erkenntnis, dass ich quasi keine andere Wahl habe, als diesen Artikel zu schreiben, bringt mein Blut erneut in Wallungen.

Auch wenn ich gerade gar keine Lust habe, die lange Strecke zurück zum Hof zu laufen, ist die Hitze doch so stark, dass ich schließlich aufstehe, um mich auf den Rückweg zu machen. Zwar habe ich die Sonnencreme mit Lichtschutzfaktor 50+ wie bisher jeden Tag so dick auf meine Haut aufgetragen, dass ich sie vor dem Schlafengehen quasi mit Hammer und Meißel wieder entfernen muss, doch auch auf einen Sonnenstich kann ich dennoch gut verzichten.

Als ich mit hängenden Schultern den Dorfplatz überquere, schweift mein Blick wie zufällig zu dem kleinen Lebensmittelgeschäft auf der gegenüberliegenden Seite und bleibt an Lucy hängen, die rechts von der Markise auf der Veranda in einem Schaukelstuhl sitzt und in ein ziemlich dickes Buch vertieft ist. Offenbar hat sie gerade Mittagspause.

Augenblicklich überkommt mich ein schlechtes Gewissen. Bei meiner Ankunft habe ich mich ihr gegenüber unmöglich verhalten, und dass Amy mir anvertraut hat, dass es Lucy momentan nicht gut geht, weil ihre Familie in Schwierigkeiten steckt, macht dieses Gefühl nicht gerade besser. Unentschlossen bleibe ich stehen, nicht sicher, was ich als Nächstes tun soll.

Da schaut Lucy plötzlich von ihrem Buch auf, direkt in meine Richtung und hebt schüchtern ihre Hand. Ich winke zurück, erleichtert darüber, dass sie nach meiner unfreundlichen Begrüßung bei meiner Ankunft nicht direkt die Flucht ergreift. Auch wenn dieser Tag erst knapp über zwei Wochen zurückliegt, kommt es mir so vor, als wäre ich damals ein ganz anderer Mensch gewesen. Etwas zögerlich laufe ich zu ihr hinüber.

»Hi«, sage ich vorsichtig, woraufhin Lucy mich anlächelt. »Hi.« Sie trägt ein schlichtes knöchellanges Maxikleid in rosa und blauen Pastelltönen. Vielleicht sind die Farben auch einfach bloß schon etwas ausgewaschen. Ihre langen braunen Haare hat sie zu einem Dutt hoch oben auf dem Kopf zusammengebunden, aus dem ihr ein paar einzelne Strähnen lose ins Gesicht fallen. Auch an ihr scheint die Wärme nicht spurlos vorbeizugehen, doch die leichte Röte auf ihren Wangen wirkt bei ihr eher wie ein natürliches Rouge und lässt ihr filigranes Gesicht noch mehr strahlen. Ich möchte wetten, dass ich dahingegen gerade eher wie eine überreife Tomate aussehe. Wo bleibt da die Gerechtigkeit?

Einen Moment sagt keiner von uns beiden etwas, dann falle ich direkt mit der Tür ins Haus. »Duuuu … ich wollte mich noch bei dir entschuldigen, weil ich neulich so furchtbar unfreundlich zu dir gewesen bin.« Meine Stimme überschlägt sich fast, während ich spreche, so schnell sprudeln die Worte aus mir heraus. »Auch wenn das natürlich keine Ausrede ist, kann man, denke ich, sagen, dass ich einen ziemlich schlechten Tag hatte.« Unsicher lächele ich sie an.

»Ist doch gar kein Problem!« Lucy winkt lässig mit der Hand ab. Sie wirkt wie jemand, der Konflikten gern aus dem Weg geht und mit allen gut klarkommen möchte.

Erleichterung durchflutet mich.

»Glaub mir, ich kenne Fynn. Er kann einen in den Wahnsinn treiben.«

Ich würde gern fragen, wie genau sie das gemeint hat, weil ich irgendwie das Gefühl habe, dass mehr hinter ihrer Aussage steckt als ein allgemeines »Männer sind halt manchmal nervig«. Aber mein Interesse könnte falsch verstanden werden. Außerdem kommt es mir so vor, als wollte auch Lucy nicht unbedingt darüber sprechen. Und nach unseren Startschwierigkeiten möchte ich meine zweite Chance nicht gleich wieder verpatzen.

Also werde ich stattdessen bei der Erwähnung von Fynns Namen, wenn überhaupt möglich, bloß noch etwas röter, als ich es durch die Hitze ohnehin schon bin. Würde man über meinen Aufenthalt hier in Roseville einen Blockbuster drehen, könnte man ihn »Fifty Shades of Red« nennen, so sehr, wie dieses verdammte Gefühlschaos meine Gesichtsdurchblutung auf Trab hält. Mit einem deutlich zu vielsagenden Lächeln auf den Lippen, das zurzeit unverständlicherweise jeder aufsetzt, der mit mir über Fynn spricht, legt Lucy ihren Kopf schief und sieht mich fragend an.

»Na ja … mag sein«, stammele ich verdächtig verlegen, wofür ich mich schon wieder selbst ohrfeigen könnte.

»Du siehst aus, als könntest du eine kalte Limonade gebrauchen«, sagt Lucy, anstatt mich mit weiteren Nachfragen noch mehr in Verlegenheit zu bringen. Dankbar nicke ich, woraufhin Lucy mir andeutet mich hinzusetzen, die Treppe von der Veranda hinunterhastet und in dem kleinen Laden verschwindet.

Mein Blick schweift über den kleinen Marktplatz. Wie überall in Roseville ist es auch hier angenehm ruhig. Außer dem Plätschern des Brunnens und ein paar Singvögeln, die im Schatten des großen Zuckerahorns ein melodisches Konzert geben, ist nichts zu hören. Wahrscheinlich flüchten sich auch die Anwohner zur Mittagshitze in ihre kühlen Häuser. Sowieso nehmen hier alle die Siesta sehr ernst. So viel habe ich schon gelernt. Man steht früh auf, damit man bis zum Mittagsessen möglichst viele Aufgaben erledigt hat. Dann geht die Arbeit erst am Nachmittag weiter. Hätte ich nicht das Telefonat führen müssen, hätte auch ich mich wie die letzten Tage schon wieder für ein kleines Schläfchen in mein Zimmer zurückgezogen. Denn auch wenn ich es als Langschläfer niemals für möglich gehalten hätte, beginne ich doch die Vorzüge dieses Tagesrhythmus langsam zu genießen.

Als Lucy mit zwei Gläsern Zitronenlimonade zurückkommt, die wir leise aneinanderklirren lassen, ziehe ich zufrieden am Strohhalm und lasse die erfrischend süße Flüssigkeit meinen Körper von innen abkühlen.

»Hmmm«, entfährt es mir genussvoll. Ich kann mich nicht erinnern, wann ich das letzte Mal eine so leckere Limonade getrunken habe. Sie schmeckt nicht nur herrlich süß und nach Zitrone, sondern erzeugt eine ganze Geschmacksexplosion auf meiner Zunge. »Ist die Limonade selbst gemacht?«

Lucy nickt und wirkt dabei schon wieder verlegen. »Eine meiner eigenen Kreationen.«

»Einfach köstlich!«, lobe ich begeistert und nehme noch einen Schluck. Lucy scheint sich über mein Kompliment zu freuen. »Das Geheimnis sind die frisch gepflückten Kräuter, die ich hinzugebe«, erklärt sie und wirkt auf einmal gar nicht mehr so zurückhaltend wie gehabt. Bei dem Thema scheint sie richtig aufzublühen. »Es hat eine ganze Weile gedauert, bis ich die perfekte Mischung herausgefunden hatte. Die Limonade ist der größte Verkaufsschlager im Laden.« Ihre Augen glitzern vor Stolz und ich plane vor meiner Abreise ein paar Flaschen für zu Hause zu kaufen.

Danach reden wir nicht mehr viel. Wenn es nicht um ihre Leidenschaft geht, ist Lucy nicht sonderlich gesprächig. Außerdem wirkt sie erschöpft und so als hätte auch sie die Pause dringend nötig. Aber das ist okay. Die Stille ist nicht unangenehm. Ganz im Gegenteil merke ich, wie die Anspannung durch das Telefongespräch mit Doreen langsam von mir abfällt. Und auch die Mittagshitze lässt sich im Schatten und mit einem kühlen Getränk deutlich besser ertragen. Bei dem Gedanken daran, dass Lucy und Amy beste Freundinnen sind, muss ich unweigerlich schmunzeln. Denn ich kann mir nur zu gut vorstellen, wie Amys Redseligkeit und Lucys Schweigsamkeit sich perfekt ergänzen.

»Arbeitest du Vollzeit hier im Laden?«, frage ich nach einer Weile, weil es mich doch irgendwie interessiert zu erfahren, wie Lucys Leben so aussieht.

Vielleicht kommt es mir nur so vor, aber ich habe das Gefühl, dass Lucy absichtlich den Schluck aus ihrem Strohhalm etwas in die Länge zieht und langsamer als nötig das Glas vor sich auf ihrem Tisch abstellt.

»Nein«, sagt sie schließlich und an ihrer sich hebenden Brust sehe ich, dass sie tief durchatmet, bevor sie weiterredet. »Normalerweise gehe ich noch zur Schule. Nach den Sommerferien beginnt mein letztes Jahr.«

Während Lucy redet, betrachte ich sie etwas genauer und stelle fest, dass ich sie älter eingeschätzt hätte. Auch wenn ihr Aussehen eher mädchenhaft ist, wirkt sie doch sehr reif und erwachsen. Als müsste sie bereits viel Verantwortung tragen.

»Nebenher helfe ich, so oft es geht, im Laden aus.«

Ich nicke, während ich so geräuschvoll den letzten Rest Limonade aus meinem Glas sauge, dass die Vögel, die sich mittlerweile mutig nah an uns herangewagt haben, überrascht aufsehen.

»Weißt du, es ist nicht immer einfach, wenn eine ganze Familie von der Ernte auf einem Hof leben muss. Man ist von so vielen Faktoren abhängig, die man nicht beeinflussen kann. Und die Konkurrenz ist riesig.«

So etwas in der Art hat Amy auch schon angedeutet. Aber das sage ich natürlich nicht. Ich möchte nicht, dass Lucy weiß, dass wir über sie und ihre Familie geredet haben. Das wäre ihr sicherlich unangenehm.

»Na ja, jedenfalls ist es da selbstverständlich, dass ich helfe, wo ich kann. Der Hof bedeutet mir viel. Er ist schließlich mein Zuhause.«

Erneut nicke ich bloß. Denn auch wenn mein Leben ganz anders aussieht, meine Probleme ganz andere sind als Lucys, kann ich ihre Gefühle doch nachvollziehen.

Eine Weile hängen wir beide unseren Gedanken nach.

Erst als Lucy irgendwann zurück in den Laden muss, um weiterzuarbeiten, stehe ich schließlich auf, bedanke mich für die Limonade und mache mich auf den Weg zurück in die Meadowlane.

Lucy ist echt okay. Und auch wenn sie ein so ganz anderer Typ ist als die Mädchen, mit denen ich zu Hause befreundet bin, könnte ich mir vorstellen, dass wir beide gut miteinander auskämen.

13. Kapitel
Besuch von zu Hause

Meine quirlige Freundin winkt mir schon aus dem heruntergekurbelten Fenster entgegen, als Fynns klappriger Pick-up gerade durch das große Tor auf den Hof gerollt kommt.

»Fall nicht raus!«, rufe ich über das Geräusch des Motors hinweg und halte mir gespielt besorgt die Hände vor die Augen, als könnte ich gar nicht hinsehen.

Elly hat darauf bestanden, dass Fynn Claire am Busbahnhof abholt, und Fynn hat tatsächlich – mit für seine Verhältnisse unüblich wenig Protest – zugestimmt. Im Gegensatz zu dem »Taxi«, das mich bei meiner Ankunft mitgenommen hat, gleicht der Pick-up ja geradezu einer Luxuslimousine. Wer hätte damals gedacht, dass sich meine Einstellung zu Traktorfahrten binnen kürzester Zeit so wandeln würde?

»Wie siehst du denn aus?«, rufe ich Claire lachend entgegen, die mit einem breiten Grinsen im Gesicht auf mich zugelaufen kommt.

Sie trägt eine Jeans, die so kurz ist, dass sie aus Mangel an Hosenbeinen wahrscheinlich kaum diese Bezeichnung verdient. Dazu hat sie eine karierte Bluse in unterschiedlich knalligen Pinktönen an, die sie vorn so zusammengeknotet hat, dass ihr beneidenswert flacher und perfekt gebräunter Bauch mit dem glitzernden Bauchnabelpiercing direkt ins Auge sticht. Das Piercing hat sie sich in einer nervenaufreibenden Aktion ohne das Wissen ihrer Eltern letzten Sommer stechen lassen. Nebenbei erwähnt: Ich habe die darauf folgenden zwei Wochen mit einer Schiene herumlaufen müssen, weil Claire meine Hand vor Angst so fest gedrückt hat, dass ich mit einer Knochenquetschung am Mittel- und Ringfinger in die Notaufnahme musste. Aber was tut man nicht alles für die beste Freundin.

Als Krönung dieses *Vogue*-tauglichen Outfits trägt meine Freundin auf ihrem dunkelbraunen Lockenschopf einen Strohhut in Cowboy-Optik.

»Ich wollte mich halt für das Wochenende bestens vorbereiten. Ich dachte, es wäre cool, sich modisch etwas anzupassen. Gefällt es dir etwa nicht?«

Claire kommt vor mir zum Stehen und wirft mir einen Blick gespielter Empörung zu.

Modisch anpassen? Mit diesem Outfit ist Claire hier in Roseville etwa so unauffällig wie ein Pfau im Taubenschlag. Doch dann beginnen wir beide laut zu lachen, fallen uns in die Arme und hüpfen vor Aufregung albern ein bisschen auf der Stelle. Wie sehr ich Claire vermisst habe.

»Du glaubst gar nicht, wie ich mich freue, dass du endlich hier bist!«, sage ich, während wir uns nach wie vor fest umarmen, und spucke ein paar von Claires Haaren aus, die beim Sprechen in meinen Mund geraten sind. Und ich meine wirklich ernst, was ich sage. Schließlich könnte meine Freundin auch mit unseren Mitschülerinnen an einem angesagten Strand Party machen, anstatt mich hier am Ende der Welt zu besuchen.

Außerdem habe ich Claires Ankunft in den letzten Tagen kaum noch erwarten können, in der Hoffnung, dass mir ein bekanntes Gesicht aus der Heimat helfen wird meine durch die methanbelastete Luft mittlerweile zweifellos stark durcheinandergeratene Gedanken- und Gefühlswelt wieder etwas zu ordnen. Obwohl mich

Claires schonungslose Art, Dinge offen auszusprechen, dennoch das Schlimmste befürchten lässt.

»Das ist doch selbstverständlich, Süße!« Claire löst sich aus unserer Umarmung, fasst mich mit den Händen an den Schultern und schiebt mich so weit von sich weg, dass wir uns nun direkt in die Augen sehen. Und als hätte sie meine Gedanken gelesen, fährt sie direkt fort: »Irgendwie hatte ich den Eindruck, als könntest du ein oder zwei gute Ratschläge von einer Freundin gerade ganz gut gebrauchen.«

Dann zwinkert sie verschwörerisch und wie aufs Stichwort taucht plötzlich Fynn neben uns auf und stellt Claires scheinbar schweren Koffer auf dem staubigen Boden ab. Es würde mich nicht wundern, wenn sie ihren gesamten Schminktisch eingepackt hätte.

Noch nie bin ich so dankbar für Fynns Erscheinen gewesen, denn er tauchte gerade rechtzeitig auf, um Claire so weit abzulenken, dass sie die verräterische Röte nicht bemerkte, die sich bei ihrer Andeutung auf meine Wangen geschlichen hat.

Fynn sieht amüsiert zwischen Claire und mir hin und her. »Na?«, beginnt er mit gewohnt süffisantem Unterton in der Stimme. »Alle weiblichen Begrüßungsrituale abgespult?«

»Wow, Claire!«, beginne ich, anstatt auf diesen unqualifizierten Kommentar zu reagieren, den Blick jedoch nach wie vor fest auf Fynn gerichtet. »Da kannst du dir aber wirklich was drauf einbilden. *Ich* bin für den Pick-up nicht gut genug gewesen, geschweige denn, dass Fynn mir meinen Koffer getragen hätte.«

Fynn grinst sichtlich zufrieden und Claire verfolgt mit vor der Brust verschränkten Armen amüsiert unser kleines Battle.

»Tja, so etwas würde ich halt nicht für jeden tun. Schon gar nicht für zickige Weißhäute, die den Verkehr blockieren, weil sie nicht wissen, dass man auf viel befahrenen Dorfstraßen am Rand läuft.« Mit diesen Worten schnappt Fynn sich demonstrativ langsam

Claires Koffer, dreht sich um und verschwindet in Richtung Hauseingang. Dabei glaube ich ihn leise lachen zu hören.

»Oh, mein Gott!«, ruft Claire, kaum dass Fynn außer Hörweite ist. Jedes der Worte betont sie extralang und verleiht ihnen mit den entsprechenden Armbewegungen zusätzlich Nachdruck. »Du bist so eine riesengroße Lügnerin, Nelly!«

»Warum bitte?«, frage ich möglichst unschuldig, spüre allerdings schon wieder die Röte in meinen Kopf steigen.

»Du hast am Telefon behauptet, dass Fynn nicht heiß ist. Dabei ist er einer der heißesten Kerle, der mir je begegnet ist. Johnny Depp mit eingeschlossen!«, ruft sie so laut, dass ich ihr schnell meine Hand vor den Mund presse und mich panisch umschaue. Von diesem Gespräch muss nun wirklich niemand außer uns etwas mitbekommen.

Wow! Wenn Claire Fynn mit Johnny Depp auf eine Stufe stellt, soll das schon etwas heißen. Denn für den schwärmt sie seit unserer »Fluch der Karibik«-Phase in der siebten Klasse, auch wenn ich sie mehr als einmal darauf hingewiesen habe, dass er altersmäßig ihr Vater sein könnte.

»Mensch, Claire, sei bloß ruhig!«, zische ich und ziehe nur zögerlich meine Hand wieder zurück. »Okay, vielleicht sieht er nicht schlecht aus«, gebe ich grummelnd zu, weil Claire sich ja nun selbst von den nicht mehr wegzudiskutierenden Tatsachen hat überzeugen können. Unruhig schabe ich mit meiner Schuhspitze über den staubigen Boden. »Aber er ist eben auch die größte Nervensäge des Jahrtausends!« Verächtlich lacht Claire auf und zieht dabei eine Augenbraue nach oben.

»Sicher«, sagt sie trocken, fängt jedoch kurz drauf schon wieder an breit zu grinsen. »Aber er steht einfach total auf dich«, platzt es aus ihr heraus und ich starre sie ungläubig an. »Das sieht doch jedes blinde Huhn!«

»So ein Quatsch.«

»Na ja!« Claire knufft mich liebevoll in die Seite. »Von deinem verknallten Rehblick mal ganz abgesehen.«

Diesen Kommentar strafe ich mit Schweigen und einem funkensprühenden Blick.

»Mal ehrlich, Süße ...« Claire hakt sich bei mir unter und wir schlendern gemächlich aufs Haus zu. »Die ganze Fahrt hierher hat er mich über dich ausgequetscht. Und das bedeutet entweder, dass er für die Kriminalpolizei arbeitet und in einem wichtigen Fall ermittelt, bei dem du die Hauptverdächtige bist. Oder eben, dass er auf dich abfährt. Sonst stellt doch kein Mensch so viele Fragen.«

Fynn hat meine beste Freundin über mich ausgefragt? Einen Meteoriteneinschlag halte ich für weit wahrscheinlicher. Ich bleibe stehen und mit einem undefinierbaren Laut der Verwirrung und völligen Überforderung lasse ich meinen Kopf auf Claires Schulter sinken, woraufhin diese beginnt, tröstend meinen Hinterkopf zu tätscheln.

»Alles wird gut, Süße. Jetzt bin ich ja hier.« Dass alles gut wird, wage ich stark zu bezweifeln, aber eines ist sicher: Langweilig wird das Wochenende mit Claire sicher nicht. Sie wird Roseville mal so richtig aufmischen.

***

»Du siehst übrigens echt gut aus. Die frische Landluft scheint dir gutzutun«, sagt Claire, während sie ihren Koffer auspackt, und wirft mir einen anerkennenden Blick zu. Eigentlich kommen Besucher hier in Roseville auf der Ranch von Amys Familie unter. Da dort momentan jedoch alle Zimmer mit Reiterferien-Kindern ausgebucht sind, schläft auch Claire hier auf dem Hof. Auch wenn Elly liebend gern ein Zimmer für meine Freundin hergerichtet hätte, habe ich darauf bestanden, dass sie bei mir übernachtet. Schließlich ist Claire kurz genug hier und da will ich jede Sekunde voll auskosten. Dafür hat Claire sich die letzten anderthalb Stunden so ausgiebig verköstigen lassen, dass sie die nicht vollkommen unberechtigte Befürchtung geäußert hat, nach diesem Wochenende mindestens um eine Kleidergröße aufstocken zu müssen.

»Ich hätte es wirklich nicht für möglich gehalten, dass so ein kalkweißes Gespenst wie du tatsächlich so etwas wie Farbe im Gesicht bekommt.«

»Haha, ich lach mich tot.« Schnell werfe ich ein Paar Socken in ihre Richtung, die aufgrund von Claires guten Reflexen ihr Ziel jedoch leider knapp verfehlen.

»Nein, mal im Ernst.« Claire wirft sich schwungvoll neben mich aufs Bett. »Du siehst ganz verändert aus. Dein Outfit, deine Haare, dein Make-up. Oder zumindest das, was davon noch übrig geblieben ist.«

Claire grinst und ich fahre mir schüchtern mit der Hand über meine Sommersprossen. Heute Morgen habe ich kurz überlegt, wieder etwas Make-up aufzulegen, denn meine beste Freundin steht für eine andere Welt. Eine Welt eben, in der ich niemals ohne Make-up herumlaufen würde. Dann habe ich mich jedoch dagegen entschieden. Denn wenn mich einer bedingungslos so akzeptiert, wie ich bin, dann ist das Claire.

»Vielleicht ist es aber auch das verliebte Strahlen in deinen Augen.«

Während ich nur die Augen verdrehen kann, streicht Claire mir liebevoll eine Haarsträhne aus dem Gesicht, der ich zu Hause niemals erlaubt hätte, so wild und unkontrolliert in mein Gesicht zu fallen.

»Ich weiß genau, wie du aussiehst, wenn du verliebt bist«, raunt sie verschwörerisch, woraufhin ich nur warnend den Zeigefinger hebe. Doch wenn sich eine Gelegenheit bietet, peinliche Geschichten aus meiner Vergangenheit wieder ans Tageslicht zu bringen, würde Claire diese niemals auslassen.

»Ich sage nur, du und Luke in der sechsten Klasse.«

»O Mann, Claire«, stöhne ich und schlage meine Hände vors Gesicht. »Ich hatte wirklich gedacht, dass er mich mag. Es konnte doch keiner wissen, dass er es nur auf meine PlayStation abgesehen hatte«, rechtfertige ich mich völlig unnötigerweise für mein elfjähriges Ich. Meine beste Freundin amüsiert sich jedoch scheinbar trotzdem prächtig, was ich auch mit einem Ellenbogenstoß in ihre Rippen nicht ändern kann.

»Und wie läuft es mit deinem Artikel?«, fragt Claire nach einer Weile, obwohl ich es nicht für möglich gehalten habe, dass sie es schafft, ein noch deprimierenderes Thema als meine ziemlich einseitige Ultrakurzbeziehung mit Luke auf den Tisch zu bringen.

»Frag nicht!«, ist darum die einzige Antwort, die ich mit ziemlich weinerlicher Stimme hervorbringe, bevor ich mich auf den Bauch lege und meinen Kopf ins Kissen vergrabe.

»Hast du denn inzwischen mit dieser Doreen sprechen können?« Bei der Erwähnung des Namens klingt Claires Stimme eindeutig abschätzig. Wir sind eben beste Freundinnen genug, um die Feindbilder der jeweils anderen ohne Wenn und Aber zu übernehmen.

»Vor ein paar Tagen.« Ich hebe meinen Kopf und grinse Claire an. »Von einer Telefonzelle aus, die auf dem Marktplatz steht.«

»Nicht dein Ernst?« Ungläubig schüttelt Claire ihren Kopf. »Ich dachte, so etwas gäbe es nur noch in Museen oder rot lackiert für die Touristen in London.«

»Ja, dort und in Roseville.« Wir müssen beide kurz lachen, bevor ich weitererzähle. »Na ja, jedenfalls hat Doreen mir nicht gerade durch die Blume klargemacht, dass ich den Artikel besser genau so schreibe, wie die Chefin ihn gern hätte, weil sie ansonsten mein Arbeitsverhältnis bei *Shiny* und meine journalistische Zukunft gefährdet sieht.«

»Krass.« Claire knabbert an ihren Fingernägeln, wie sie es immer tut, wenn sie aufgewühlt ist. Später wird sie sich wieder darüber beschweren, dass ihr Nagellack schon wieder völlig hinüber ist. Dabei schüttelt sie mit ungläubigem Gesichtsausdruck ihren Kopf.

»Ja.« Wegen der Erinnerung an mein Telefonat mit Doreen schon wieder völlig aufgeregt setze ich mich im Bett auf und balle meine Hände zu Fäusten. »Ich könnte mich noch immer selbst ohrfeigen für diesen dämlichen Entwurf, den ich Doreen am ersten Abend hier in Roseville geschickt habe. Hätte ich einfach noch einen Tag abgewartet, könnte ich jetzt irgendwas über die therapeutische Wirkung von Kühen oder selbst gemachter Marmelade schreiben.«

»Du und ein Artikel über Kühe?« Ungläubig sieht Claire mich an.

»Ja, meine Phobie ist auf dem besten Weg der Heilung. Fynn hat ...« Abrupt verstumme ich, weil ich eigentlich keine Lust habe, schon wieder über ihn zu sprechen. Doch es ist bereits zu spät, denn Claire hat schon wieder vielsagend die Augenbrauen nach oben gezogen. »Pass bloß auf, meine Liebe«, drohe ich wenig eindrucksvoll zwischen zusammengepressten Zähnen hindurch. Doch wie könnte ich Claire verübeln, dass sie mich nicht ernst nimmt, wo doch mein immer stärker werdendes Lachen in jedem meiner Worte mitklingt.

»Wenn du nicht endlich Ruhe gibst, schmeiße ich dich raus und du kannst die nächsten zwei Nächte im Kuhstall verbringen. Und glaub mir, den Geruch wirst du so schnell nicht wieder los!«

»Das würde die gute Elly niemals zulassen!«

Stimmt. Da hat Claire unsere Gastgeberin wohl schon nach wenigen Stunden genau richtig eingeschätzt. »Außerdem würde Fynn mich bestimmt bei sich im Zimmer aufnehmen.« Claire grinst verschwörerisch. »*Du* willst ihn ja schließlich nicht.«

Ich weiß, dass sie mich provozieren will und zu meinem Ärgernis gelingt es ihr auch. »Du ...«, knurre ich kampflustig, was Claire bloß noch mehr belustigt, schnappe mir mein Kopfkissen und werfe es wenig zielsicher in ihre Richtung.

»Na warte«, kreischt meine Freundin und holt zu einem Gegenangriff aus. Kurz darauf bekommen wir einen heftigen Lachkrampf, sodass meine nicht existenten Bauchmuskeln schmerzen und ich kaum noch Luft holen kann.

Zumindest ist der Artikel für den Moment erst einmal vergessen.

14. Kapitel
Ausritt

»Ich hoffe, du weißt, dass ich das wirklich nur für dich tue«, bringe ich mühsam zwischen meinen vor Angst zusammengepressten Zähnen hervor.

»Ich weiß.« Claire wirft mir eine Kusshand zu, woraufhin ich eine abwehrende Geste mache.

Meine Freundin lacht amüsiert. Während sie auf einem großen und elegant aussehenden schwarzen Hengst namens Speedy thront, in den Claire sich auf den ersten Blick verliebt hat – »Ich stehe halt auf dunkelhaarige Typen!« –, rutsche ich voll Unbehagen auf dem Rücken eines strubbeligen Ponys herum, das auf den Namen Cookie hört oder eben nicht hört, wie ich gerade schon mehrfach erleben durfte.

»Cookie ist sehr geduldig mit Anfängern«, versucht Amy mich zu beruhigen und klopft dem hellbraun gecheckten Pferdchen liebevoll seitlich auf den Hals. Bestimmt sehe ich wenig überzeugt aus, denn auch Amy kann sich ein Grinsen nicht verkneifen.

Den ganzen Abend hat Claire mich zu überreden versucht heute mit ihr Amys Pferderanch zu besuchen. Schuld an allem ist eigentlich Elly, die meiner Freundin gestern in höchsten Tönen von dem wunderbaren Anwesen ihrer Schwester vorgeschwärmt und dann auch noch Amys Angebot von neulich wieder auf den Tisch gebracht hat, einen kleinen Ausritt durch Roseville mit uns zu machen. Claire ist als Kind beinahe jeden Tag geritten und hat bei diesem Angebot natürlich sofort glänzende Augen bekommen. In Claires Zimmer stehen noch immer sämtliche Pokale aus ihrer erfolgreichen Reiterinnenzeit und als ihre Mom diese vor einiger Zeit in Kartons packen und auf den Dachboden räumen wollte, hat es ein riesiges Theater gegeben. Ich hingegen, die bei Pferden ähnliche Begeisterung empfindet wie bei Kühen, hatte berechtigterweise die schlimmsten Befürchtungen.

Jetzt sind wir also hier. Denn Claire kann ausgesprochen hartnäckig sein, wenn sie sich etwas in den Kopf gesetzt hat.

Die Ranch mit den großen Stallungen, umgeben von Longier- und Springplätzen sowie endlosen Koppeln und Wiesen, sieht wirklich aus wie aus dem Bilderbuch und lässt sogar *mein* Black-Beauty-Herz etwas höherschlagen.

Amy sitzt scheinbar mühelos auf ihrer hellgrauen Stute auf, die sie uns als Lucky vorgestellt hat. Mir hat sie peinlicherweise eine Trittleiter holen müssen, dabei ist Cookie nicht einmal halb so groß wie Lucky oder Speedy. Ich bin bloß froh, dass Fynn nicht hier ist, denn der hätte an der Situation sicher seinen Spaß und garantiert mehr als bloß einen nervigen Spruch auf Lager gehabt.

Zu meinem Schock muss ich auch direkt allein reiten. Eigentlich bin ich davon ausgegangen, dass mich jemand führt und sich mein Beitrag auf ein bloßes Nicht-hinunter-Fallen beschränkt. Aber damit liege ich wohl daneben.

»Wir reiten erst einmal ganz langsam los. Bleib am besten immer dicht neben mir, dann kann ich zur Not in deine Zügel greifen.«

Kurz überlege ich ein kleines Stoßgebet gen Himmel zu senden, hebe dann jedoch stattdessen meinen Stolz schnell wieder vom Boden auf, der kurzzeitig an der untersten Stufe der Trittleiter liegen geblieben ist. Zeit hätte ich für das Gebet eh nicht gehabt, denn da setzen sich Claire und Amy auch schon in Bewegung.

»Ähm, na los«, sage ich etwas unbeholfen, doch Cookie denkt scheinbar gar nicht daran, sich von dem saftigen Grasbüschel wegzubewegen, an dem er jetzt schon eine halbe Ewigkeit herumkaut.

»Wo bleibst du denn, Nelly?«, ruft Claire lachend über ihre Schulter hinweg, woraufhin ich augenscheinlich genervt, aber innerlich in purer Panik die Augen verdrehe.

»Sag mal, Amy, wie legt man denn hier den ersten Gang ein?«, versuche ich meine Hilflosigkeit vergeblich zu überspielen.

Auch Amy kann sich ein Lachen nicht verkneifen. »Presse einfach sachte deine Oberschenkel gegen Cookies Bauch. Den Rest macht er dann von ganz allein.«

Wenig überzeugt tue ich wie mir geheißen und tatsächlich setzt sich Cookie prompt in Bewegung.

»Uhh«, rufe ich, denn ein Pferderücken ist eine ziemlich wackelige Sache.

Gemächlich trottet Cookie hinter den anderen beiden her, während ich mich krampfhaft an den Griff des Sattels klammere, in der Befürchtung, jeden Moment wie ein Sack Kartoffeln seitlich von Cookies Rücken zu rutschen.

Langsam überqueren wir Wiesen und Felder. Das Wetter ist traumhaft schön. Der Himmel ist absolut wolkenfrei und so blau, als hätte ihn jemand mit Aquarellfarbe angemalt. Einige Stellen, an denen wir vorbeireiten, kenne ich bereits, weil ich mit Fynn dort gewesen bin.

Roseville ist wirklich alles andere als eine Großstadt. Wenn man sich verlaufen hat, muss man nur immer weitergehen und früher oder später kommt man wieder an einen Ort, der einem bekannt vorkommt. Von einer kleinen Anhöhe aus kann ich sogar den Hof sehen, bei dessen Anblick mich eine seltsam vertraute Wärme durchströmt. Bei dem Gedanken an Fynn hingegen, den mein Kopf und mein Herz untrennbar mit dem Hof zu verbinden scheint, beschleicht mich ein eher undefinierbares Gefühl. Auf der einen

Seite treibt er mich mit seiner Art nach wie vor beinahe in den Wahnsinn. Auf der anderen Seite ist er derjenige, mit dem ich die letzten Wochen quasi rund um die Uhr zusammen gewesen bin. Und ich kann nicht behaupten, dass es mir keinen Spaß gemacht hätte. Claire ist mir in diesem Dilemma allerdings keine besonders große Hilfe. Ihre permanenten zweideutigen Kommentare und nicht gerade unauffälligen verschwörerischen Blicke, wenn Fynn in der Nähe ist, machen das Ganze nicht wirklich besser.

Nach und nach verfallen Cookie und ich in einen gemeinsamen Rhythmus und ich traue mich sogar ganz kurz mit einer Hand den Griff loszulassen.

Neidisch schaue ich zu Amy und Claire. Es sieht so einfach aus, wie die beiden vor mir her traben. Ihre langen Haare wehen im warmen Sommerwind, während meine unter dem Helm, den zu tragen mir Amy vorsichtshalber geraten hat, schwitzig an meiner Stirn kleben. Mit Fotos von uns könnte man so eine Dream-versus-Reality-Collage machen, die bei Instagram bestimmt Hunderte von Likes bekommen würde.

»Wir beide machen es aber auch nicht schlecht«, flüstere ich Cookie mit für meine Verhältnisse waghalsig vorgebeugtem Oberkörper in die aufgestellten Ohren. Zur Antwort schnaubt er vergnügt und ich löse meine Hand erneut vom Griff, um ihm sanft über das strubbelige Fell zu streicheln.

»Na, ihr beiden versteht euch ja schon prächtig.« Erschrocken fahre ich zusammen, weil ich gar nicht bemerkt habe, dass Amy plötzlich neben mir reitet. Ich kann mich um ein Haar gerade noch so ausbalancieren, dass ich nicht seitlich von Cookies Rücken falle.

»Ich glaube, ich mach mal ’ne Pause«, schnaubt Claire atemlos und auch Speedy sieht aus, als könnte er eine kleine Erholung von meiner wilden Freundin gebrauchen.

Meine Oberschenkel beginnen ebenfalls langsam zu schmerzen. Das gibt morgen bestimmt einen heftigen Muskelkater. Irgendwie habe ich mir die Sache mit dem Reiten weit weniger anstrengend vorgestellt. Was aber auch daran liegen kann, dass es trotz der frühen Morgenstunde schon wieder ziemlich warm ist.

Amy ist supernett und je näher ich sie kennenlerne, desto mehr kann ich mir vorstellen, dass auch aus uns beiden gute Freundinnen werden könnten, wenn ich länger hier in Roseville bleiben würde.

Während wir es uns im Schatten eines alten Apfelbaumes gemütlich machen und den erfrischenden Kirschsaft trinken, den Elly uns mitgegeben hat, erzählt Amy uns von ihrem Leben auf dem Hof, von der Arbeit mit den Pferden und von ihrem Freund Josh.

Lächelnd stelle ich fest, wie ihre Augen zu strahlen beginnen, als sie davon berichtet, wie die beiden sich als Kinder kennengelernt haben und über die Jahre aus ihrer Freundschaft mehr geworden ist. Beinahe werde ich ein bisschen neidisch auf die beiden, denn so etwas, wie es Amy und Josh haben, gibt es sicher nicht häufig. Hätte ich die ganze Sache nicht bereits so furchtbar in den Sand gesetzt, wären die beiden sicher ein tolles Thema für meinen Artikel gewesen. Ich sehe schon die Headline vor mir: *Liebe zwischen Heu und Stroh* oder *Landliebe – Herrlich zart und süß*. Oder noch besser: *Bauer sucht Frau – Wenn sie sich wirklich finden.*

Claire seufzt verträumt und reißt mich damit aus meinen Gedanken. »Das ist ja wie im Märchen«, schwärmt sie, während sie sich ins Gras sinken lässt und ihre Arme hinter ihrem Kopf verschränkt.

Mein Blick schweift über die endlosen Felder hinüber zu Cookie, der mit seinen kurzen Beinchen neben Speedy und Lucky noch niedlicher aussieht.

»Josh ist wirklich toll«, bestätigt Amy nickend und fährt dann schmunzelnd fort: »Aber glaubt ja nicht, dass es immer einfach ist. Gerade weil wir uns schon so lange kennen. Manchmal habe ich das Gefühl, nicht bloß mit Josh, sondern mit ganz Roseville zusammen zu sein. Alle haben uns beide aufwachsen und zueinanderfinden sehen.«

Amy lacht, doch ich glaube noch etwas anderes zu hören als bloß Freude. Und wenn ich es mir recht überlege: Ich finde es ja schon furchtbar anstrengend, wenn Mom oder Dad sich in einem gelegentlichen Anflug von elterlichem Interesse erkundigen, wie es so mit den Jungs läuft. Dann muss es um Längen komplizierter sein, wenn ein ganzes Dorf involviert ist. Und dann auch noch so ein kommunikatives wie Roseville.

»Ich glaube, ich bleibe einfach hier«, beschließt Claire nach einer Weile und hält mich so davon ab, der Sache mit Amys Beziehung weiter auf den Grund zu gehen.

Während sie redet, streicht sie Speedy über das Fell, der näher gekommen ist und direkt neben meiner Freundin offenbar besonders schmackhaftes Gras entdeckt hat. »An das Zusammenleben mit Pferden könnte ich mich glatt gewöhnen.«

Mit einem Schmunzeln im Gesicht verkneife ich es mir, meine Bedenken darüber zu äußern, ob Claire es auch nur eine einzige Woche hier in Roseville aushalten würde. Denn schon gestern Abend ist sie wie ein Huhn auf der Suche nach Körnern durchs ganze Haus gerannt und ich habe sie nur mit größter Mühe davon überzeugen können, dass sie selbst dann kein WLAN finden würde, wenn sie bis auf den Dachboden kletterte und sich aus dem obersten Fenster lehnte. Dass ich diesen zugegeben ziemlich verzweifelten Versuch selbst schon hinter mir habe, habe ich ihr natürlich dezent verschwiegen.

»Von mir aus gern.« Amy setzt sich auf und lehnt sich mit dem Rücken an den breiten Stamm des alten Apfelbaumes, dessen Blätterkrone uns so herrlich kühlen Schatten spendet. »Wir haben auf der Ranch extra ein paar Zimmer für Feriengäste«, erklärt sie an meine Freundin gewandt, was ich bereits weiß. Claire sieht sie dabei mit so großen Augen an, als wollte sie direkt einen unbefristeten Mietvertrag unterschreiben. »Vor einigen Jahren hatte meine Mom die Idee, Reiterferien bei uns anzubieten. Das Leben auf dem

Land hat sich stark verändert. Da muss man gute Ideen haben und manchmal querdenken, um die Höfe auch in Zukunft optimal und vor allem gewinnbringend zu nutzen.«

All das erinnert mich stark an mein Gespräch mit Lucy neulich vor dem Lebensmittelgeschäft. Wie es finanziell um den Milchhof von Elly und George steht, weiß ich ehrlich gesagt gar nicht. Obwohl es mich interessieren würde. Wenn sich der richtige Moment ergibt, muss ich Fynn mal vorsichtig danach fragen.

»Jedenfalls kommen seitdem regelmäßig Familien her, um ihre Ferien bei uns zu verbringen. Manchmal auch größere Gruppen. Vor den Sommerferien waren zwei Schulklassen bei uns. Ihr könnt euch gar nicht vorstellen, was da auf dem Hof los war!« Amy hebt bedeutungsvoll ihre Augenbrauen, doch das Strahlen in ihren Augen zeigt, dass ihr dieses Chaos alles andere als unangenehm war.

»Ferien auf dem Reiterhof«, schwärmt Claire, zieht Speedys Kopf zu sich heran und drückt ihm einen Kuss auf die Nase, den der Hengst nur widerwillig über sich ergehen lässt. »Einfach traumhaft!«

»Na ja, wir geben uns zumindest Mühe, dass es ein unvergessliches Erlebnis für die Kinder wird. Wir reiten zusammen aus, putzen die Pferde und Mom stopft die Kleinen mit so viel Essen voll, dass sie kaum noch ›Papp!‹ sagen können. Dieser Hang zur Überfütterung liegt wohl in der Familie«, fügt Amy mit einem bedeutungsvollen Grinsen in meine Richtung hinzu, woraufhin ich nur kräftig nicken kann. Allein bei dem Gedanken an das Essen, das uns bei Elly heute Mittag erwartet und dessen herrlicher Duft schon morgens aus der Küche über den gesamten Hof gezogen ist, läuft mir bereits wieder das Wasser im Mund zusammen.

15. Kapitel
Laktoseintoleranz

»Claire, so geht das doch nicht weiter. Du musst es ihr endlich sagen!« Mit einer Spur Besorgnis, aber gleichzeitig mit einem leicht amüsierten Grinsen im Gesicht, das ich angesichts meiner Worte zu unterdrücken versuche, sehe ich meine Freundin an. Sie sitzt mir gegenüber am Esstisch, auf dem Teller vor sich ein gigantisches Stück Erdbeerkuchen mit einem noch gigantischeren Berg Sahne oben drauf.

»Kommt gar nicht infrage«, zischt Claire so leise, dass Elly sie durch das geöffnete Küchenfenster auf keinen Fall hören kann. »Das könnte ich ihr nicht antun. Außerdem schmeckt bei Elly alles einfach viel zu köstlich, um darauf zu verzichten!« Vor Bauchkneifen leicht gebeugt greift Claire demonstrativ zu ihrer Kuchengabel und steckt sich ein großes Stück Kuchen mit extra viel Sahne in den Mund.

»Dann nimm wenigstens deine Tabletten ein!«, flehe ich kopfschüttelnd.

»Jawohl, Mama!«, entgegnet meine Freundin mit kindlich verstellter Stimme, begleitet von einem Augenrollen. Dabei spuckt sie Erdbeerkuchen-Sahne-Sprenkel quer über den Tisch, sodass ich mit einer übertrieben gymnastischen Geste meine Hände zur Abschirmung abwehrend in die Höhe hebe.

Die halbe Nacht hat Claire auf der Toilette verbracht und die andere Hälfte auf ihrer Matratze gelegen und vor sich hin gestöhnt. Denn auch, wenn es für einen Urlaub auf der Farm unpassender wahrscheinlich nicht sein könnte, hat meine beste Freundin eine Laktoseintoleranz, die sie für gewöhnlich geflissentlich zu ignorieren versucht. Dass Molkereiprodukte in eigentlich jeder Mahlzeit hier eine Rolle spielen, ist der Sache natürlich nicht gerade zuträglich.

»Und was habt ihr zwei Hübschen heute bei der Wärme noch so vor?«, fragt Elly, während sie mit zwei Tassen kaltem Kakao in der Hand aus der Tür tritt. Ich werfe Claire einen warnenden Blick zu, doch diese ignoriert mich jetzt einfach völlig und nimmt Elly strahlend die für sie bestimmte Tasse ab.

»Keine Ahnung«, murmele ich, picke eine Erdbeere von meinem Kuchenstück und schiebe mir die süße Frucht genüsslich in den Mund. Bei Obstkuchen esse ich immer erst die Früchte runter und genieße den Boden danach einfach pur.

Heute ist Sonntag, das heißt, dass die Arbeit auf dem Hof bis auf die Versorgung der Tiere und das sonst Allernötigste ruht. Stattdessen geht fast das ganze Dorf in die Kirche und ruht sich den Rest des Tages von der anstrengenden Arbeit der Woche aus. Letzten Sonntag bin ich auch mitgegangen, aber heute hatte ich mit Claires Besuch eine gute Ausrede. Dazu kommt, dass es noch deutlich heißer ist als die Tage zuvor.

»Nicht weit von hier entfernt gibt es im Wald einen kleinen See. Da kann man es bei warmem Wetter ziemlich gut aushalten. Wäre das nicht etwas für euch?«

Claire wirft mir einen fragenden Blick zu, doch die Begeisterung, die in ihren Augen aufleuchtet, zeigt mir, dass die Sache eigentlich längst entschieden ist.

»Von mir aus gern«, gebe ich mich darum geschlagen, den gestrigen Ausritt habe ich ja schließlich auch unerwartet gut überlebt. Außerdem reizt mich die Aussicht auf einen Tag am kühlen See natürlich ebenfalls.

Claire klatscht begeistert in die Hände und ihre beinahe kindliche Freude lässt mich schmunzeln.

***

Die Begeisterung meiner lieben Freundin ist allerdings schnell verflogen, als sie wenig später oben in meinem kleinen Badezimmer vor dem Spiegel steht. »Ich sehe furchtbar aus«, quengelt sie nun schon seit mindestens fünf Minuten. »Woher hätte ich auch wissen sollen, dass ich in diesen drei Tagen einen Bikini brauchen würde?« Normalerweise ist meine Freundin immer und überall auf jede modische Eventualität vorbereitet, weswegen sie jetzt wahrscheinlich besonders brummig ist.

»Ach, Claire, dich kann doch wirklich nichts entstellen«, scherze ich, lege von hinten meine Arme um sie und meinen Kopf auf ihre warme, leicht schwitzige Schulter. Claires Topmodelfigur kommt in Susans Badeanzug, den sie extra noch vorbeigebracht hat, der aber mindestens zwei Nummern zu groß ist, zugegeben nicht wirklich gut zur Geltung. Aber ihre Sommerbräune und die endlos langen Beine sehen trotzdem spitze aus. Ich verkneife mir die Vermutung, dass es sich um einen Schwangerschaftsbadeanzug handeln könnte, denn das würde das Fass bei Claire sicher zum Überlaufen bringen. Denn so viel zusätzlichen Stoff um den Bauch herum benötigt Susan im Normalzustand sicher auch nicht.

»Hör sofort auf zu grinsen!« Meine Freundin versucht empört zu klingen, doch auch bei ihr bahnt sich ein Lachen seinen Weg.

»Was glaubst du denn, wen du hier beeindrucken musst? Wir fahren zu einem Badesee in *Roseville*. Wahrscheinlich sind wir bis auf einige niedliche Waldtiere ganz allein dort.«

***

Als wir etwa eine Stunde später leicht außer Atem und ziemlich verschwitzt an einer abgelegenen Lichtung ankommen, die den Blick auf einen kleinen, wunderschönen See freigibt, werde ich eines Besseren belehrt.

»Wir sind die Einzigen hier … ganz klar …«, brummt Claire, die scheinbar gerade das Gleiche denkt wie ich. Dabei beginnt sie unbehaglich an ihrem Badeanzug zu zuppeln, dessen grelles Grün unter ihrem leicht transparenten Sommerkleid deutlich hervorstrahlt. Alle unter dreißigjährigen Bewohner Rosevilles und aus der Umgebung scheinen für diesen heißen Tag die gleichen Pläne gehabt zu haben wie wir. Und auch wenn es kein Vergleich ist zu den vollen Freibädern zu Hause, wo man auf der Liegewiese quasi den großen Zeh des Nachbarn in der Nase hat, habe ich hier doch noch nie so viele junge Menschen auf einem Fleck gesehen.

Nach kurzer Orientierungslosigkeit lehnen wir schließlich unsere Fahrräder an einen Baumstamm. Zu Hause würde ich mein Fahrrad nie ungesichert irgendwo stehen lassen, aber hier in Roseville wird einem wohl etwa so häufig etwas geklaut, wie es WLAN gibt.

Elly hat uns geraten die Räder zu nehmen. Auch wenn mein Fuß jetzt wieder ein kleines bisschen wehtut, waren die Fahrräder in Anbetracht der Tatsache, dass der See etwas höher gelegen ist und wir zu Fuß durch die pralle Sonne sicher deutlich länger gebraucht hätten, eine sehr gute Idee.

Schon kurze Zeit später, nachdem wir uns einen schattigen Platz gesucht und auf unseren Handtüchern niedergelassen haben, hat uns der kleine See mit seinem Charme völlig verzaubert. Um uns herum sitzen Menschen auf Picknickdecken, spielen Karten, reden, lachen und irgendjemand hat tatsächlich sogar einen kleinen Grill durch die Hitze hier hochgeschleppt. Wenn man über einen schmalen Kiesstreifen läuft, gelangt man ins türkis schimmernde Wasser, wo Menschen schwimmen, Ball spielen oder sich einfach treiben lassen und die Erfrischung genießen. Und trotz des Getümmels ist es ungemein gemütlich.

»Hauptsache, hier sind einfach überall total süße Jungs und ich sehe in diesem Zirkuszelt aus wie meine Grandma beim wöchentlichen Seniorenschwimmen.«

Unschlüssig kniet Claire auf ihrem Badetuch, die Hände am Saum ihres Kleides, während ich schon meine Shorts abgestreift habe und mir gerade mein Top über den Kopf ziehen will.

»Quatsch, du siehst super aus!«, ermutige ich sie, nicht sicher, ob durch den Stoff überhaupt irgendetwas Verständliches bei ihr ankommt.

»Du hast gut reden. Schließlich hast du ja auch deinen Lieblingsbikini an!« Empört verschränkt Claire die Arme vor der Brust und sieht zu mir.

Da hat sie recht. Was jedoch nicht bedeutet, dass ich mich viel besser fühle. Zu Hause in unserer Mädelsclique bin ich viel selbstbewusster, aber hier ist irgendwie alles anders. Mit größter Sorgfalt ziehe ich den knappen blau-weiß gestreiften Stoff meines neuen Bikinis so zurecht, dass er zumindest alle wesentlichen Stellen überdeckt. Und als ich wieder aufblicke, hat auch Claire es endlich geschafft, sich von allen überflüssigen Textilien zu befreien.

»Wer als Erstes im Wasser ist?«, fragt sie mit einer kindlichen Aufregung in der Stimme, die mich an frühere Zeiten erinnert, und wirft mir einen herausfordernden Blick zu. Wie ich Claire kenne, will sie bestimmt einfach möglichst schnell ins schützende Wasser, um nicht weiter in ihrem Badeanzug gesehen zu werden.

»Als ob du mich einholen könntest!«, rufe ich über meine Schulter, erleichtert darüber, dass das Badeanzugdrama fürs Erste überwunden zu sein scheint.

»Na warte!«, höre ich Claires quietschige Stimme von irgendwo hinter mir. Doch ich bin schon zu weit weg, als dass sie mich noch einholen könnte.

Nachdem ich auf dem Kiesstück kurz etwas abbremsen muss, um auf den warmen runden Steinen nicht das Gleichgewicht zu verlieren, springe ich mit einem weiten Hechtsprung kopfüber in den See. Das Wasser umgibt meinen erhitzten Körper und fühlt sich auf meiner Haut kalt wie Eis an.

Eine gefühlte Ewigkeit später, als ich mit dem Kopf die Wasseroberfläche durchbreche, atme ich tief ein und lasse den Sauerstoff in meine Lunge strömen. Gegen die Sonne blinzelnd versuche ich Claire zu erspähen.

Kurz darauf entdecke ich meine Freundin, die keine zwei Meter von mir entfernt auf dem Wasser treibt und sich mit den Füßen strampelnd auf mich zubewegt.

»Herrlich!«, ruft sie und bekräftigt ihre Aussage mit einem genussvollen Seufzer. »Ich hatte die Abkühlung bitternötig.«

Ich mache es Claire nach und drehe mich ebenfalls auf den Rücken.

Eine Weile lassen wir uns einfach treiben und ich merke, wie die Sonne die Wassertropfen auf meinem Bauch nach und nach verdunsten lässt. Doch sobald ich mich auch nur ein wenig bewege, läuft wieder kühles Wasser über meine warme Haut. Der Himmel ist tiefblau und wolkenlos. Ich muss an das Aquarellbild denken, das zu Hause bei uns im Wohnzimmer hängt und bei dessen Anblick ich nie verstehe, wie meine Eltern dafür ein halbes Vermögen ausgeben konnten. Das hätten sie preiswerter haben können, denn eine Leinwand blau bemalen könnte ich schließlich auch. Doch offenbar handelt es sich um das Werk einer berühmten Künstlerin. Zu dieser Welt würde ich wohl nie einen Zugang bekommen. Und im Vergleich zu der anderen »Kunst«, die bei uns zu Hause so herumhängt, gefällt es mir eigentlich auch ganz gut. Ob ich von nun an wohl immer an den unvergleichlich blauen Himmel von Roseville denken muss, wenn ich das Bild ansehe?

»Autsch!«, rufe ich erschrocken, als ich plötzlich mit dem Kopf gegen etwas Hartes stoße, und reiße reflexartig meinen Arm nach oben. Das hätte ich besser gelassen, denn durch die ruckartige

Bewegung klappe ich wie ein Messer zusammen und als ich untertauche, schlucke ich mindestens hundert Liter Wasser. Zu meinem Glück sind wir nicht im Meer, sondern in einem nordamerikanischen Süßwassersee.

Als ich wieder auftauche, verschlucke ich mich so sehr, dass ich lautstark zu husten beginne und wegen meiner krampfhaft zusammengekniffenen Augen nur fühlen kann, wie mir jemand relativ unsanft auf den Rücken klopft.

»Es tut mir leid …«, setze ich krächzend zu einer Entschuldigung an, sobald ich wieder einigermaßen sprechen kann, breche jedoch mitten im Satz ab, als ich meine Augen aufschlage und sehe, wer vor mir steht. Meine Überraschung ist nur von kurzer Dauer und ich kann nicht verhindern, dass sich mein Gesicht zu einer trotzigen Miene verzieht, während mein Herz – sicher bloß durch den Schock – in meiner Brust rast wie Papas Porsche auf dem Highway. Er hat ihn sich auf dem kritischsten Level seiner Midlife-Crisis letztes Jahr gekauft.

Natürlich ist *er* es. Anderenfalls wäre es doch auch fast langweilig gewesen. Langsam verhärtet sich die Theorie, dass man hier in Roseville bereits das Klonverfahren erfunden hat. Wie sonst kann dieser Typ gefühlt überall und an jedem Ort in ganz Roseville gleichzeitig sein? Oder zumindest immer genau dort, wo ich auch bin. Dabei hatte ich doch auf ein zumindest einigermaßen Fynnfreies Wochenende gehofft. Quasi auf einen kleinen Entzug von der doch recht hohen täglichen Dosis der vergangenen Tage, die mir anscheinend nicht gut bekommen ist. Zumindest kreist dieser Kerl verdächtig oft durch meine Gedanken.

»Ach, sieh mal einer an!« Fynn grinst schelmisch.

Keiner kann mir erzählen, dass Elly nicht ganz genau gewusst hat, dass Fynn heute auch hier am See ist, als sie Claire und mir offensichtlich mit bloß geheuchelter Unschuld dieses Ausflugsziel vorgeschlagen hat. Sollte das Schicksal irgendwann mal alles hinschmeißen und kündigen, ist Elly ganz klar die Erste in der Nachfolge.

Lässig hebt Fynn seine Hand, um Claire zu begrüßen, die auf uns zugeschwommen kommt und schon aus einigen Metern Entfernung das Gespräch in die Hand nimmt.

»Fynn!«, ruft sie freudig. »Das ist ja eine nette Überraschung.«

Claire spricht mit ihrer Flirtstimme. Ich kenne meine beste Freundin, da kann sie mir nichts vormachen. Mittlerweile habe ich den Versuch aufgegebenen, mir einzureden, dass ich nicht verstehen könnte, warum alle weiblichen Wesen so auf Fynn abfahren.

»Ja, supernett«, grummele ich kaum hörbar und mit warnendem Blick in ihre Richtung, doch an Fynns belustigtem Gesichtsausdruck erkenne ich, dass er mich dennoch sehr wohl verstanden hat. Ich kann nicht bestreiten, dass Fynn mich durcheinanderbringt. Auf eine Art und Weise, die ich mittlerweile gar nicht mehr deuten kann. Eigentlich sind wir in den letzten Tagen ziemlich gut miteinander ausgekommen. Aber seit Claire hier ist und besonders, seitdem sie behauptet hat, Fynn würde auf mich stehen, ist es irgendwie wieder schlimmer geworden. Denn immer wenn andere dabei sind, gibt mein Gehirn den seltsamen Befehl, sich Fynn gegenüber besonders abweisend zu verhalten. So, als müsste ich beweisen, dass da absolut nichts läuft zwischen uns.

Eigentlich habe ich gehofft wenigstens heute vor meinem Gefühlschaos etwas Ruhe zu haben und einfach mit meiner Freundin den Tag genießen zu können.

»Sonntags ist auf dem Hof nicht viel zu tun. Da bin ich im Sommer meistens mit ein paar Freunden hier«, antwortet er an Claire gewandt, wobei er seinen Blick nicht von mir abwendet. Fynn deutet mit dem Arm zur Liegewiese, wo ich tatsächlich Amy und ein paar andere bekannte Gesichter erkenne. Keine Ahnung, ob es das Wasser ist oder der Himmel. Jedenfalls leuchten seine Augen im Sonnenlicht so intensiv, dass ich verlegen zur Seite schaue. Dabei versuche ich meinen Gesichtsausdruck so desinteressiert wie möglich aussehen zu lassen, damit man mir das Chaos in meinem Inneren nicht anmerkt.

Nach einem Moment des Schweigens, in dem ich Claires analytischen Blick wie Feuer auf meiner Haut spüre, ergreift Fynn wieder das Wort.

»Na ja, dann lasse ich euch Mädels mal wieder in Ruhe. Vielleicht sieht man sich ja noch!«

Er zwinkert mir verschwörerisch zu, bevor er Claire mit einem strahlenden Lächelnd bedenkt und in Richtung Ufer davonschwimmt. Als wüsste er nicht genauso gut wie ich, dass es in Roseville quasi unmöglich ist sich nicht zu sehen. Unglaublich dieser Kerl!

»O Mann, Nelly«, sagt Claire schließlich und legt mir ihren Arm um die Taille. »Es steht ja viel schlimmer um dich, als ich anfangs gedacht habe!«

»Spinnst du!«, rufe ich aufgebracht und stoße ihren Arm weg. Auch wenn ich weiß, dass meine trotzige Reaktion Claire bloß in die Karten spielt. Ihr breites Grinsen bestätigt meine Vermutung. Mit einem gequälten Laut lasse ich meinen Kopf auf die Schulter meiner Freundin sinken, woraufhin Claire mir beruhigend das Haar tätschelt.

»Was wäre eigentlich so schlimm daran?«, fragt sie und als ich nicht reagiere, fährt sie fort: »Ich mein, schau ihn dir doch mal an!«

Das braucht sie mir nicht zu sagen, denn ich kann gar nicht anders, als Fynn anzustarren, der gerade wie ein Surferboy aus dem Wasser steigt und dabei seinen trainierten Oberkörper perfekt in Szene setzt. Bisher habe ich mir wenigstens noch einreden können, dass Fynns hässliche Hemden stellvertretend für das stehen, was sich darunter befindet. Aber diese Illusion wird mir gerade eindrucksvoll geraubt. Sein Bauch ist flach, seine Brustmuskeln trainiert, aber nicht zu pumpermäßig, sondern wohl definiert. Es würde mich wirklich wundern, wenn irgendeine Frau an diesem Ort Fynn gerade *nicht* ansieht. Ich würde gern wegschauen, um Claire zu zeigen, wie wenig Wirkung Fynns Anblick auf mich hat. Doch mein Gehirn läuft mal wieder in Eigenregie und interessiert sich einen feuchten Kehricht dafür, was ich will.

»Na ja«, gebe ich schließlich so unbeeindruckt, wie es in Anbetracht der neuesten Erkenntnisse eben möglich ist, zu, obwohl mir die Worte nicht leicht über die Lippen kommen. »Er sieht nicht schlecht aus.« Dabei wende ich meinen Blick extra nicht zu Claire, denn es reicht mir schon, wenn ich ihr breites und triumphierendes Grinsen aus dem Augenwinkel wahrnehmen muss.

Claire hakt sich bei mir unter, was ich nur widerwillig zulasse. Es scheint Claire viel Mühe zu kosten, nicht laut aufzuschreien, aber ein unterdrücktes Quietschen kann sie sich doch nicht verkneifen.

»Was spricht denn gegen eine kleine Sommerromanze?« Claires Stimme klingt wie die der Verkäuferinnen auf einem Teleshopping-kanal, die es schaffen, einem irgendein Produkt anzudrehen, das garantiert niemand in seinem Leben jemals brauchen wird.

»Äh, alles?« Verständnislos starre ich Claire an. »In wenigen Wochen fahre ich wieder nach Hause. Außerdem … Worüber reden wir hier überhaupt?« Fragend hebe ich eine Augenbraue. »Okay, Fynn sieht gut aus, aber ich bin *nicht* in ihn verknallt!«

Claire sieht mich einen Moment lang schweigend an, wobei ihr Blick so durchdringend ist, dass ich kurz Angst habe, sie könnte meine Gedanken lesen und so meine Worte Lügen strafen.

Dann sagt sie trocken: »Du weißt schon, dass die Leute, die mit aller Vehemenz behaupten nicht verliebt zu sein, die sind, um die es bereits am schlimmsten steht?«

Einen Moment bin ich bis auf ein frustriertes Grummeln sprachlos. Obwohl mich doch die Hartnäckigkeit meiner besten Freundin langsam nicht mehr überraschen sollte. Schließlich weiß ich mir nicht mehr anders zu helfen. Ich weiß nur, dass dieses Thema jetzt so schnell wie möglich vom Tisch muss, bevor Claire noch weiter in den Untiefen meiner chaotischen Gefühlswelt herumwühlt und auf einmal wirklich noch Dinge zum Vorschein bringt, die ich absolut nicht gebrauchen kann. Ohne Vorwarnung stürze ich mich auf sie, packe sie an den Schultern und drücke sie unter Wasser. Claire stößt einen kurzen Schrei aus, bevor das kühle Nass sie zum Schweigen bringt.

»Na warte!«, ruft sie außer Atem, als sie wieder aufgetaucht ist, und setzt schließlich zur Rache an.

Claire wäre nicht Claire, wenn sie einfach so kampflos aufgeben würde. Kaum dass wir es uns wieder auf unseren Handtüchern bequem gemacht haben, ruft sie, ohne jede Vorwarnung oder gar Absprache, Fynn und seine Freunde zu uns, die ihrer Aufforderung natürlich liebend gern nachkommen.

Als Fynn sich neben mir auf die Wiese fallen lässt, habe ich plötzlich das Gefühl, viel zu wenig Kleidung zu tragen, sodass ich mir mein Handtuch um den Bauch wickele. Nicht nur ich habe Fynn heute zum ersten Mal so leicht bekleidet gesehen, sondern er mich ebenfalls.

***

Tatsächlich wird es ein ganz schöner Nachmittag und ich kann meine innere Unruhe wegen Claires Sticheleien weitestgehend abschütteln. Wir reden und lachen viel, und nachdem wir die gegrillten Würstchen aufgegessen haben, holt einer von Fynns Freunden, dessen Namen ich leider schon wieder vergessen habe, eine Gitarre hervor und beginnt nicht perfekt, aber dennoch stimmungsvoll, ein paar Lagerfeuersongs zu spielen. Amy stellt mir einen gut aussehenden Mann mit dunkelblonden strubbeligen Haaren vor, den ich nach all ihren Erzählungen auch ohne sie sofort als Josh erkannt hätte. Er ist etwas ruhiger als die anderen, hat jedoch trotzdem eine sehr einnehmende und offene Ausstrahlung. Jeder hier scheint ihn zu mögen und ich tue es ebenfalls auf Anhieb.

Josh und Amy wirken zusammen wie ein perfekt eingespieltes Team. Mir fällt auf, wie häufig Joshs Blick auf seiner Freundin ruht. Während Amy wild gestikulierend erzählt, streicht seine Hand immer wieder liebevoll über ihren Rücken. Jeder Blinde kann sehen, wie vertraut die beiden miteinander sind und dass sie unbestreitbar zusammengehören.

Doch anders als Claire, die – wie ich schmunzelnd feststellen muss – so neidisch aussieht, als würde sie Amy am liebsten aus Joshs Armen zerren und sich selbst hineinschmiegen, kann ich die beiden nicht ungestört beobachten, sondern werde immer wieder abgelenkt. Denn wann immer Fynn sich neben mir bewegt und meine Haut seine streift, weiche ich zurück.

Ist Claire überhaupt klar, was sie für einen riesigen Schaden angerichtet hat? Auch wenn ich sie natürlich vermissen werde, klammere ich mich momentan verzweifelt an die Hoffnung, dass die Dinge nach ihrer Abreise morgen wieder einigermaßen normal weiterlaufen.

16. Kapitel
Sonne und Mond

Nach dem Abendessen mache ich es mir in einem der Liegestühle auf der großen Wiese hinter dem Haus gemütlich, die sich neben der Kirschbaumbank klamm und heimlich zu einem meiner Lieblingsplätze hier auf dem Hof gemausert hat. Dort lasse ich mir nun das Gesicht von der Abendsonne bescheinen und spüre förmlich, wie mein Körper beginnt Vitamin D zu produzieren. Bei uns zu Hause ist der Himmel einfach viel zu viele Tage im Jahr bedeckt und selbst im Sommer fast durchgängig grau. Auch die Luft scheint hier meine Lunge intensiver zu durchströmen. Eigentlich habe ich mir vorgenommen ein wenig zu lesen, weil ich seit Tagen immer wieder die gleichen drei Seiten meines Romans anstarre. Aber stattdessen sind meine Augen nun genüsslich geschlossen und ich lausche den Geräuschen der Umgebung, während das Buch aufgeschlagen auf meinem Bauch liegt und sich im ruhigen Rhythmus meiner Atmung hebt und senkt.

Hier in Roseville klingt die Stille ganz anders als zu Hause, wo die Geräusche der Stadt eine permanente Hintergrundmusik bilden. Wenn ich so drüber nachdenke, kann ich auch nicht sagen, dass ich die Motorengeräusche, Autohupen oder Polizeisirenen besonders vermisse.

Außerdem bin ich ziemlich müde. Denn bevor Claire heute Morgen abgereist ist, haben wir die ganze Nacht durchgeredet. Selbstverständlich hat sie die Sache mit Fynn trotz meiner Proteste nicht einfach auf sich beruhen lassen können. Stattdessen hat sie mir noch einmal haarklein die konkreten Anzeichen für mein Verknalltsein und die Vorzüge einer Sommeraffäre aufgezählt. Irgendwann habe ich schließlich aufgegeben – gegen Claire kommt man sowieso nicht an – und mir schmunzelnd ihren Monolog angehört.

Auch wenn ich meiner Freundin für ihren Besuch unendlich dankbar bin, hat Claire mal wieder eingeschlagen wie eine Bombe und hinterlässt ein absolutes Chaos. Ein Gefühlschaos, mit dem ich nun allein klarkommen muss.

Selbst als sie heute früh zu Fynn ins Auto gestiegen ist, hat sie sich ein letztes verschwörerisches Grinsen nicht verkneifen könne. Typisch Claire eben. Aber jetzt ist sie weg und alles wird wieder entspannter.

Nachmittags sind Fynn und Alex zusammen unterwegs gewesen, sodass ich frei hatte. Erst habe ich versucht, an meinem Artikel zu schreiben. Als ich aber nicht weitergekommen bin, habe ich mich entschieden lieber Elly ein bisschen in der Küche zu helfen, weil es dort einfach immer irgendetwas zu tun gibt.

Gerade eben habe ich Darling einen Besuch abgestattet, was in den letzten Wochen zu einer Art abendlichem Ritual geworden ist. Man kann förmlich beobachten, wie die Kleine von Tag zu Tag wächst, und schon bald darf sie zusammen mit ihrer Mama und den anderen Kühen den ersten Tag auf der Weide verbringen. Ob ich es wohl schaffe, Darling bei meiner Abreise unauffällig in meinem Koffer verschwinden zu lassen? Wer hat schon was gegen täglich frische Kuhmilch einzuwenden? Für Darling wäre ich jedenfalls sogar bereit meine höchstens zwölf Quadratmeter zu teilen, und das, obwohl schon bestimmt sechs Quadratmeter allein für meine Kleidung draufgehen werden. Mit einem kleinen Seufzer atme ich tief ein. Vor meinem Aufenthalt hier konnte ich es kaum erwarten, dass mein Studium losgeht. Dass das echte und aufregende Leben endlich beginnt. Aber jetzt erscheinen mir all die Gedanken an zu Hause irgendwie Lichtjahre entfernt. So als wäre Roseville eine kleine Insel, abgeschottet von der echten Welt mit all ihrer Aufregung und Hektik.

»Kaum ist man mal einen Nachmittag nicht da, liegst du hier schon auf der faulen Haut herum«, tönt plötzlich eine Stimme direkt neben meinem Ohr und reißt mich unsanft aus meinem fast meditativen Zustand. Wie von der Tarantel gestochen schrecke ich hoch, sodass das Buch von meinem Bauch herunterrutscht, zusammenklappt und dramatisch auf dem Boden aufschlägt.

Mit weit aufgerissenen Augen und wild pochendem Herzen starre ich mein Gegenüber an und wer sollte dieser Störenfried sonst sein, wenn nicht Fynn?

»Aber sonst geht's noch?«, keuche ich mit ungesund schnellem Puls.

»Es tut mir leid!«, entgegnet er, aber sein zufriedenes Grinsen spricht eine ganz andere Sprache und führt das Gesagte ad absurdum. »Die Gelegenheit war wirklich zu günstig. Die hättest *du* dir doch auch nicht so einfach entgehen lassen?«

Angestrengt versuche ich böse zu gucken, was mir jedoch irgendwie nicht gelingen will. Mittlerweile habe ich mich so an unseren gemeinsamen Tagesablauf und all die Routinen gewöhnt, dass der Nachmittag ohne Fynn fast ein bisschen langweilig war. Gerade jetzt, wo auch Claire mit ihrem Alleinunterhaltertalent abgereist ist. Irgendein verräterischer Teil von mir freut sich sogar ein bisschen, dass Fynn nun endlich wieder da ist. Unschlüssig steht er vor mir, die Hände tief in den Taschen seiner Jeans vergraben.

»Das Zaunstück, das ich neulich morgens repariert habe, war wahrscheinlich nicht das einzige, das bei dem Sturm beschädigt wurde. Wenn ich eine Kleinigkeit gegessen habe, gehe ich eine Runde über die Weiden, um zu schauen, ob noch weitere Zäune repariert werden müssen.« Fynn macht eine Pause und ich sehe ihn eindeutig zu erwartungsvoll an.

»Du musst natürlich nicht, aber wenn du genug vom Faulenzen hast, kannst du gern mitkommen …«

»Klar, klingt gut«, antworte ich, noch bevor ich eine Sekunde darüber nachgedacht habe, dass ich eigentlich einen Artikel zu schreiben habe und mir ein bisschen Abstand zu Fynn ganz guttun würde. Verlegen räuspere ich mich. »Also wenn du meine Hilfe brauchst, kann ich es einrichten.« Während ich spreche, knete ich mit den Fingern wild mein Ohrläppchen, wie ich es immer tue, wenn ich Unsicherheit zu überspielen versuche.

»Super, dann bis gleich!«, sagt Fynn und verschwindet ins Haus, während ich mich stöhnend wieder in den Liegestuhl fallen lasse und mir für meine völlig uncoole übertriebene Begeisterung die Hand vor den Kopf schlage. Gut, dass Claire mich so nicht gesehen hat.

***

Am Sommer mag ich die Abende am liebsten, denn da ist die Sonne selbst für Rothäute wie mich gut auszuhalten, die Luft ist angenehm lau und hat diesen typischen Sommergeruch, den ich so sehr liebe.

Nebeneinander schlendern wir an den Zäunen der endlosen Weiden entlang. Hin und wieder halten wir an und Fynn prüft ein paar beschädigte Holzlatten oder entfernt lose aussehende Teile vollständig.

»Und du willst also Journalistin werden?«, fragt er plötzlich völlig unvermittelt, als wir wieder ein Stückchen gehen.

»Ja«, beginne ich zu erklären, überrascht, dass er sich plötzlich dafür interessiert. Bisher habe ich wenig von mir persönlich und meinem Zuhause erzählt. Außer der wenigen, da von mir bestmöglich vermiedenen Gespräche über meinen Artikel erschien mir das meiste aus meinem »echten« Leben einfach nicht wichtig, wenn ich mit Fynn zusammen war. Wahrscheinlich liegt sein Interesse daran, dass er am Wochenende für meinen Geschmack viel zu viel mit Claire gesprochen hat. Sie wird ihm auch von meinen Studienplänen berichtet haben. »Das war schon als Kind mein Traum. Im Wintersemester werde ich mein Studium beginnen.«

Wir laufen einen kleinen Hügel hinauf. Zwei Zitronenfalter fliegen vor uns im warmen Abendwind, als führten sie eigens für Fynn und mich einen Tanz auf und irgendwo kräht schon wieder ein Hahn. Denn wer glaubt, dass Hähne nur morgens krähen, ist einem gewaltigen Irrtum erlegen. Heute jedenfalls ist es bestimmt schon das siebte Mal. Vielleicht ist ja auch der Hahn auf unserem Hof überdurchschnittlich engagiert und nimmt seinen Job einfach ein bisschen zu ernst.

»Kennt man das Magazin, bei dem du gerade dein Praktikum machst?«

»Es heißt *Shiny*.«

Fynn wirft mir von der Seite einen fragenden Blick zu, aber es wäre wohl auch eher besorgniserregend, wenn *er* dieses Frauenmagazin kennen würde.

»Na ja, bestimmt hast du von unserem Artikel über die Wirksamkeit von Koffein gegen Cellulite gehört und auch die zehn Tipps, wie man einen Mann endlich vor den Altar kriegt, waren ein voller Erfolg.«

Fynn bleibt stehen und sieht mich einen Moment unsicher an. Dann beginnt er zu lachen und ich falle erleichtert mit ein. Es ist plötzlich so einfach mit ihm zu reden und die Anspannung der letzten Tage ist wie vom Abendwind weggeblasen.

»Also Journalismus der ganz ernsthaften Sorte?«

Wir setzen uns wieder in Bewegung. Die hohe Wiese, die von zahlreichen bunten Blümchen durchsetzt ist, kitzelt mich an den Waden.

»Ich mag es, ganz im Gegensatz zu meinen Eltern. Die würden mich lieber bei einem Fachmagazin oder einer Tageszeitung sehen.« Ich zucke mit den Schultern. »Über Wirtschaft und Politik zu schreiben ist bestimmt bedeutender für die Welt, aber für viele unserer Leserinnen bedeutet unser Magazin die Welt.« Wie immer, wenn ich über etwas rede, für das ich brenne, beginne ich so wild mit den Armen zu gestikulieren, dass ich Gefahr laufe, unfreiwillig einen Zuschlag zu erhalten, befände ich mich in einem Auktionshaus. Den faden Beigeschmack, den ich neuerdings auf der Zunge habe, wenn ich daran denke, wie es hinter den Kulissen meines Lieblingsmagazins zugeht, versuche ich, so gut es geht, zu ignorieren. »Wir geben Frauen Tipps, wenn sie Probleme haben, und zeigen ihnen, dass sie damit nicht allein sind. Selbst wenn die Probleme in Relation zum großen Ganzen vielleicht unbedeutend erscheinen ... Auch ein Bad-Hair-Day kann eine Frau ganz schön stressen.« Und das weiß ich aus eigener Erfahrung, denn ich habe eigentlich 365 Bad-Hair-Days im Jahr. Zumindest aber immer dann, wenn ich aus dem Haus gehen muss. Wenn ich sonntags auf der Couch Serien anschaue, abends vor dem Schlafengehen oder sonst immer, wenn es gerade keiner sieht, liegen meine Haare so perfekt wie frisch vom Friseur.

»Find ich gut!« Überrascht sehe ich Fynn an, denn eigentlich habe ich nach diesem Vortrag mit mindestens einem dummen Spruch gerechnet.

»Echt?«

»Echt. Man muss tun, wovon man überzeugt ist. Denn nur dann ist man gut und kann auch etwas bewegen. Wenn es dein Traum ist, über solche Themen zu schreiben, dann solltest du es auch machen.«

Wenn Fynn nur wüsste, was er da sagt. Wie viel komplizierter die Dinge mittlerweile stehen. Wie soll er auch ahnen, dass dieser Traum für mich gleichzeitig bedeutet, ihn und alle anderen hier in Roseville vor den Kopf zu stoßen. Kurz überlege ich, ihm einfach alles zu erzählen. Mein Herz sehnt sich so sehr danach, diese Last endlich loswerden zu können. Aber meine Vernunft unterbindet diesen spontanen Impuls noch gerade rechtzeitig. Auch wenn es feige ist und das Problem nicht löst, bin ich doch nicht stark genug alles aufs Spiel zu setzen, was sich mir in den letzten Wochen hier in Roseville eröffnet hat. Vielleicht würde Fynn mich sogar verstehen, mir vielleicht sogar verzeihen, dass ich nicht ehrlich mit ihnen allen war … Allein die klitzekleine Möglichkeit, dass er es nicht tut und die Seifenblase, die mich gerade so ungewohnt leicht fliegen lässt, zerplatzt, könnte ich nicht ertragen.

Eine Weile laufen wir schweigend nebeneinander her. Noch immer bin ich von Fynns Reaktion erstaunt. Vor meinen Eltern habe ich mich immer rechtfertigen müssen, warum ich ausgerechnet zu einem Magazin wie *Shiny* möchte. Es tut wirklich gut, verstanden und in der eigenen Entscheidung bestärkt zu werden.

»Und wie sieht es bei dir aus? Ist der Hof dein Traum?« Auf einmal merke ich, wie sehr ich darauf brenne, mehr über Fynn zu erfahren. Eigentlich weiß ich nichts von ihm, außer dass er nicht auf den Mund gefallen ist und eine ziemliche Nervensäge sein kann. Außerdem hat er mit Claire über mich gesprochen und dadurch, dass sie sehr redselig ist, wahrscheinlich einen eindeutigen Wissensvorsprung.

Doch Fynn antwortet nicht sofort, als müsste er erst gründlich darüber nachdenken.

»Das ist nicht so einfach zu erklären«, sagt er schließlich.

»Ich bin sicher, wenn du es versuchst, könnte ich es verstehen!« Ermutigend lege ich meine Hand auf seinen Arm. Für den Bruchteil einer Sekunde, der jedoch in Zeitlupe abzulaufen scheint, ruhen unser beider Blicke auf der Stelle, wo meine Haut seine berührt. Dann ziehe ich meine Hand hastig wieder zurück. Körperkontakt ist definitiv keine gute Idee, wenn ich Herrin der Lage bleiben möchte.

Fynn räuspert sich, um die sonderbare Verlegenheit zu überspielen, die zwischen uns schwebt, doch dann beginnt er tatsächlich zu erklären.

»Der Hof ist mein Leben. Ich bin hier aufgewachsen und ich liebe Roseville mehr als alles andere.«

»So weit, so verständlich«, scherze ich, um die Situation ein bisschen aufzulockern. Und es leuchtet mir wirklich ein. Auch wenn ich es vorher nicht für möglich gehalten habe, hat dieser Ort doch eine verzaubernde Wirkung, und schon jetzt ist mir alles hier unglaublich ans Herz gewachsen. Wie stark muss diese Verbindung dann erst sein, wenn man hier aufgewachsen ist und mit jedem Grashalm eine ganz persönliche Erinnerung verbindet?

»Ich könnte mir nicht vorstellen, mein Leben woanders als hier zu verbringen. Und doch wünschte ich manchmal …« Er fährt sich mit der Hand durch die dunklen Haare und scheint um die richtigen Worte zu ringen.

In dem Moment wird mir bewusst, dass ich wahrscheinlich die erste Person bin, mit der Fynn so offen über dieses Thema spricht.

»Ich wünschte, da gäbe es noch mehr!« Sichtlich erleichtert atmet er aus, als wäre eine schwere Last von seinen Schultern gefallen.

»Und was?«

»Verdammt, Nelly!« Fynn schüttelt lachend den Kopf. »Ich komme mir vor wie bei einem Psychiater.«

»Scheinbar hast du den nötig«, necke ich und verziehe grinsend eine Grimasse in seine Richtung. »Nein, mal im Ernst. Was ist es denn, wovon du träumst?«

»Ich würde gern studieren. Agrarwissenschaften.« Überrascht drehe ich mich vollständig zu ihm um und sehe ihn an. Das ist alles? Ein Bauernsohn möchte Agrarwissenschaften studieren. Alarmiere jemand die Ordnungsbehörde!

»In jedem Fall möchte ich später mit Alex zusammen den Hof übernehmen. Unglaublich viel, was ich dafür wissen muss, habe ich in den letzten Jahren gelernt. Von meinem Vater, von Grandpa, von Alex. Aber ich möchte es richtig machen und so gut, wie es eben möglich ist. Ich möchte bereit sein für alles, was den Hof in Zukunft erwartet. Für jede Herausforderung, die auf uns zukommt, und das werden einige sein. Ich möchte Neues lernen, damit der Hof auch in den nächsten fünfzig Jahren unter unserer Leitung bestehen kann.«

Das kann ich natürlich verstehen und doch verstehe ich es nicht. Darum frage ich etwas verwirrt weiter: »Und wo genau liegt jetzt das Problem? Das müssten deine Eltern doch supertoll finden!«

»Du weißt nicht, wie das Leben auf einem Hof wie unserem funktioniert.« Der Glanz, der noch eben in seinen Augen geleuchtet hat, weicht nun einer Trübseligkeit, die Fynns Gesicht ungewohnt ernst und erwachsen aussehen lässt. Ein wenig trifft es mich, dass er mich so ausschließt. Mir immer noch nicht zutraut, dass ich schon einen ganz guten Eindruck vom Leben hier bekommen habe. Auch wenn er ja wahrscheinlich recht hat. Was weiß ich letztlich wirklich über das Leben auf dem Land?

»Die Arbeit, die wir jeden Tag tun, ist hart. Das Geld, das man für unsere Milch bezahlt, deckt kaum unsere hohen Kosten. Zusätzlich werden immer mehr Anforderungen an uns Bauern gestellt. An unser Futter, an die Lebensbedingungen an die Leistungsfähigkeit unserer Kühe.« Fynn kratzt sich nervös am Kopf. Das Thema scheint ihn ziemlich aufzuwühlen. »Manchmal habe ich das Gefühl, dass man am liebsten noch kontrollieren würde, wie viel unsere Kühe pupsen, damit die Methan-Belastung für die Umwelt möglichst gering ist.« Fynn lacht, aber es klingt nicht freudig, sondern bitter. »Versteh mich bitte nicht falsch!« Eindringlich sieht Fynn mich an und ich nicke ganz automatisch. »Jede neue Richtlinie hat ihre Berechtigung und ihr Gutes, aber was deren Umsetzung für uns Bauern bedeutet, gerade finanziell, das bedenkt an den großen Tischen kaum jemand. Jede Veränderung kostet Mühe, Zeit und somit auch Geld.«

»Dabei habe ich noch nie irgendwo so glückliche Kühe gesehen wie bei euch!« Das stimmt wirklich. Beste Freunde werden die wiederkäuenden Vierbeiner und ich – abgesehen natürlich von Darling – in diesem Leben wohl nicht mehr, aber man muss keine Kuhflüsterin sein, um zu erkennen, dass es eine Kuh kaum irgendwo besser treffen kann als hier.

»Ja, aber das ist ein teurer Luxus, den wir uns im Gegensatz zu anderen Kuhbauern leisten. Die Ansprüche an uns werden immer höher, aber unsere Preise sollen immer niedriger werden. Eine Aufgabe, die für Kleinbauern wie uns eigentlich nicht zu leisten ist. Die großen Massenbetriebe rücken uns immer mehr auf die Pelle. Viele von uns Kleinen wurden schon verschluckt.«

Ich verkneife mir den Kommentar, dass auch bei uns zu Hause im Kühlschrank die günstige Milch vom Discounter steht. Eine Zeit lang haben wir mal jede Woche Milch von irgendeinem Biobauern geliefert bekommen, den Moms Kanzlei vertreten hat. Aber als dieser sich nach einem Krach einen neuen Anwalt gesucht hat, war es mit Moms Engagement für Nachhaltigkeit und regionale Produkte relativ schnell vorbei.

Fynn hält einen Moment inne und fährt dann merklich leiser fort. »Meine Eltern brauchen mich hier. Da kann ich nicht einfach so die Koffer packen und zum Studium verschwinden.«

Das klingt plausibel. Wenn ich ehrlich bin, fällt mir nichts ein, was ich darauf noch sagen könnte, das nicht völlig unrealistisch oder naiv klingen würde.

»Es ist okay für mich. Wirklich, Nelly.«

Bekräftigend nicke ich Fynn zu, denn ich möchte ihm das Herz nicht noch unnötig schwerer machen. Doch wir beide wissen, dass er nicht meint, was er sagt, sondern dass er bloß meint, es sagen zu müssen.

»So, jetzt aber genug davon!« Das gewohnte Lächeln kehrt in sein Gesicht zurück und lässt mein Herz unpassenderweise einen kleinen Stolperer vollführen. »Der Abend ist zu schön, um ihn sich mit solch trüben Gedanken zu verderben.« Es erstaunt mich, wie Fynn so schnell wieder auf einen so unbekümmerten Modus umschalten kann, wo es doch hier gerade um sein Leben ging. Vielleicht ist es aber auch eine Art Selbstschutz. Außerdem rede ich ja auch nicht gerade gern über mich. Wer könnte ihn also besser verstehen als ich?

Nachdem wir bestimmt mehrere Hundert Meter leicht bergauf gegangen sind, befinden wir uns nun auf dem höchsten Punkt des Hügels. Durch das Gespräch ist mir gar nicht aufgefallen, dass wir schon lange nicht mehr am Zaun entlang gehen, sondern Fynn eine andere Route eingeschlagen hat. Mittlerweile sind wir bestimmt schon zwei Stunden unterwegs und der Abend ist kurz davor, der Nacht zumindest für heute zu weichen. Meine Armbanduhr trage ich schon seit Tagen nicht mehr und mein Handy liegt ungenützt in meiner Nachttischschublade. Wer hätte gedacht, dass ich auch nur einen Tag überstehen könnte, ohne permanent die Uhrzeit zu checken?

Überwältigt sehe ich mich um. »Wow!«, entfährt es mir.

Von hier oben hat man eine unvergleichliche Sicht über die gesamte Gegend. In weiter Ferne sehe ich die Farm, die von hier so klein wirkt, dass sie mich an den Bauernhof von Playmobil erinnert, den ich zu meinem achten Geburtstag geschenkt bekommen habe und zu dem ich noch immer manchmal auf den Dachboden steige, wenn mir diese Sache mit dem Erwachsensein mal wieder über den Kopf wächst. Auch das Dorf selbst liegt ein gutes Stück von hier entfernt fast am Horizont und ist nur winzig klein zu sehen.

Der Himmel strahlt in allen erdenklichen Farben. Während über uns noch ein immer dunkler werdendes tiefes Blau dominiert, verschmelzen am Horizont Lila, Rosa und Orange. Alles erstrahlt in harmonischer Wärme.

»Die Sonne und der Mond sind wie zwei Liebende, die nicht

zusammen sein können«, beginnt Fynn wie der Erzähler eines bittersüßen Märchens. »Geht die Sonne unter, geht der Mond auf, sodass die beiden nie nebeneinander am Himmel stehen können. Bei Sonnenaufgang und Sonnenuntergang kommen sie sich so nah wie sonst nie und ihre unerfüllte Sehnsucht zeigt sich in einem atemberaubend schönen Naturspektakel.«

Fynns Worte klingen in meinem Kopf nach und ich spüre eine Gänsehaut, die sich über meine Arme ausbreitet. Die Geschichte gefällt mir. Eine Weile lausche ich schweigend der Stille, die erfüllt ist vom zarten Rauschen der Gräser, vom Zirpen der Grillen und vom sommerlichen Abendlied der Vögel.

»Was ist los, Nelly?« Fynns Stimme klingt so warm und sanft, wie ich sie bisher noch nie gehört habe. Wahrscheinlich macht er sich Sorgen, ob ich urplötzlich ernsthaft erkrankt bin, denn Schweigen ist sonst eher nicht so mein Ding. Wenn es mich nicht täuscht, habe ich noch nicht ein einziges Wort aus seinem Mund einfach so stehen lassen.

Doch ich kann noch immer nicht antworten, bin so gefesselt, dass ich meine Augen nicht von dem Anblick abwenden kann, der sich uns gerade bietet. Die Wiesen, die Felder, die Bäume. Alles um uns herum scheint eine Geschichte zu erzählen. Ganz sanft und leise, aber doch so eindrucksvoll.

»Es ist beeindruckend, nicht wahr?« Fynn scheint mich auch ohne Worte zu verstehen und mein Schweigen genau richtig zu deuten.

Ich nicke stumm, seltsam berührt von der ganzen Situation. Seltsam angekommen dort, wo ich doch beim besten Willen nicht hinwollte. Seltsam zu Hause in dieser Fremde. Seltsam zufrieden mit der Welt und mit mir selbst.

»Alle Probleme und Sorgen werden angesichts dieser endlosen Weite irgendwie relativiert und man kommt sich klein und schrecklich unbedeutend vor.«

Nun wende ich mich ihm doch zu und seine kastanienbraunen Augen sehen mich nicht nur an, sondern scheinbar direkt in mich hinein. »Vielleicht ist es manchmal genau das, was wir brauchen.«

***

Auf dem Weg zurück zum Hof haben wir kaum geredet, denn Schweigen sagt manchmal alles und noch viel mehr.

Als ich meine Zimmertür hinter mir ins Schloss ziehe, lehne ich mich kurz dagegen und schließe für zwei Atemzüge meine Augen. Die Dunkelheit, die den Raum langsam einnimmt, lässt mich vermuten, dass es schon bald nach Mitternacht ist. So spät bin ich hier in Roseville noch nie ins Bett gegangen, denn schließlich geht morgen schon um sechs Uhr in der Früh mein tierischer Wecker. Dann werfe ich mich, von dem langen Weg zu Fuß völlig erschöpft, auf mein Bett und starre eine Weile Löcher in die Decke. Während ich den Abend in Gedanken noch einmal Revue passieren lasse, habe ich ein merkwürdiges Dauerlächeln auf den Lippen, das auch nach ein bisschen Gesichtsgymnastik nicht verschwinden will. Auch wenn ich furchtbar müde bin, schlägt mein Herz doch viel zu wild, um einzuschlafen, und ich muss erst einmal das Gefühlschaos des Abends ein bisschen ordnen. Der Plan war, nach dem ganzen Durcheinander, das Claire verursacht hat, ein bisschen Abstand zwischen Fynn und mich zu bringen. Doch heute Abend habe ich ihn von einer ganz neuen Seite kennengelernt, die uns eher noch näher zusammengeführt hat. Stöhnend schlage ich mir die Hände vor die Augen und versuche mit einem wilden Kopfdrehen von rechts nach links alle Gedanken aus meinem Kopf zu schütteln. Vielleicht sollte ich einfach aufhören überhaupt noch Pläne zu machen.

17. Kapitel
Baseball

Als ich im Spätnachmittag des nächsten Tages nach dem Stallausmisten das Haus betrete, folge ich wie hypnotisiert dem himmlisch süßen Duft von frisch gebackenem Kuchen. Er führt mich in die Küche.

»O Elly«, rufe ich verzückt, nachdem ich die Tür aufgeschoben habe und der Anblick eines noch dampfenden Marmorkuchens meinem Geruchssinn recht gibt. Obwohl ich erst vor wenigen Stunden gegessen habe, läuft mir schon wieder das Wasser im Mund zusammen. Gut, dass ich keine Waage dabeihabe, denn mein mittlerweile komplett eskaliertes Essverhalten lässt einen Gewichtshöchststand befürchten, wie ich ihn seit meiner pummeligen Phase in der Pubertät nicht mehr gehabt habe. Da ich hier auf körperbetonte Bekleidung mittlerweile weitestgehend verzichte und mir einen bequemen Look aus Tops, Stoffshorts oder weiten Maxiröcken angewöhnt habe, die ich in weiser Voraussicht auch eingepackt hatte, graut es mir richtig davor, meine Lieblingsjeans anzuprobieren.

»Im ganzen Haus riecht es einfach köstlich!«, schwärme ich. Elly steht in einer weißen und mit Spitze umhäkelten Schürze vor der Arbeitsfläche und füllt gerade schon wieder Teig für einen weiteren Kuchen in eine Springform. Lächelnd schaut sie über die Schulter und deutet, weil sie gerade keine Hand frei hat, mit dem Ellenbogen auf den Tisch. »Dort drüben steht ein Teller mit ein bisschen Kuchenbruch. Bedien dich, Liebes!«

Dieses Angebot muss sie mir nicht zweimal machen. Schnell hole ich mir ein Glas Milch aus dem Kühlschrank, setze mich gemütlich auf einen der großen Küchenstühle und greife zu.

»Schmeckt's?«, fragt Elly amüsiert, als sie sieht, wie ich über den Kuchen herfalle.

Doch mein Mund ist so voll, dass ich nicht mehr als einen schwärmerischen Laut hervorbringe, der ganz eindeutig Zustimmung bedeutet. »Brauchst du Hilfe?«, frage ich, nachdem ich fast den gesamten Teller leer geputzt habe, doch Elly schüttelt nur den Kopf.

»Wenn dieser Kuchen im Ofen ist, räume ich nur noch schnell auf und dann bin ich auch schon fertig.« Sorgfältig kratzt sie mit einem Löffel die Schüssel aus.

»Hat jemand Geburtstag?«, frage ich reichlich spät, als mein Gehirn nicht mehr ganz so zuckervernebelt ist und ich mir die Frage stelle, wofür der ganze Kuchen gedacht ist.

»Nein, morgen ist doch das große Baseball-Turnier«, antwortet Elly, als würde das alles erklären, während sie die Rührschüssel in der Spüle unter Wasser setzt.

»Roseville tritt gegen das Team aus dem Nachbardorf an«, erklärt sie auf meinen verständnislosen Blick hin weiter. »Das ist *das* Spiel der Saison.«

»Äh, Roseville hat ein eigenes Baseball-Team?« Ungläubig sehe ich zu Elly hinüber, die gerade beginnt den Marmorkuchen auf der Anrichte mit herrlich duftender Schokoladenglasur zu bestreichen, die sie zuvor in einem Topf auf dem Herd zum Schmelzen gebracht hat.

»Natürlich!«, ruft sie, obwohl ich es nicht ganz so natürlich finde, dass ein Dorf, das nicht mehr als eine Schule und eine Kirche zu haben scheint – ganz zu schweigen von einem Einkaufszentrum oder Ähnlichem – über ein eigenes Trüppchen schwitzender Kerle mit Helmen, Schlägern und übergroßen Handschuhen verfügt. Hätte ich auch bloß noch einen Funken an Motivation, den gehässigen Artikel nach Doreens Vorstellung zu schreiben, würde mir das sicher neuen Stoff bieten.

»Und Fynn, spielt er da auch mit?«, frage ich vielleicht einen Tick zu ungläubig, denn Elly legt direkt den Pinsel zur Seite und sieht mich mit gespielt entrüsteter Miene an. »Ja, selbstverständlich tut er das!«

In ihrer Stimme klingt unüberhörbar mütterlicher Stolz mit, sodass ich mir noch mehr Mühe geben muss ein Kichern zu unterdrücken. Das Bild von Fynn im Baseball-Dress, wie er mit siebzehn anderen Jungs einen Ball, kaum größer als ein Apfel, zu werfen, fangen oder treffen versucht und dabei wild durch die Gegend rennt, will einfach nicht in meinen Kopf hineingehen.

»Er ist Rosevilles bester Batter!«, erklärt Elly weiter. Bestimmt ist er auch der einzige, denn so wirklich groß wird hier die Auswahl an »Spitzenbattern« wohl nicht sein. Aber diesen Kommentar kann ich mir gerade noch rechtzeitig verkneifen. Zwar kenne ich mich nicht sonderlich gut mit Baseball aus, aber dank Claires Dad, der jedes Wochenende lautstark vor dem Fernseher sein Team abwechselnd anfeuert oder beschimpft, weiß ich zumindest, dass ein Batter der Spieler ist, der den Ball schlägt und dann so schnell wie möglich versucht das Spielfeld zu umrunden.

Schnell springe ich auf, um ihr zu Hilfe zu eilen, und öffne die Ofenklappe. Zusätzliche Wärme flutet die ohnehin schon aufgeheizte Küche.

»Danke, Liebes!«, sagt Elly, bevor sie wieder zum ursprünglichen Thema zurückkehrt. »Alex ist auch dabei. Genau wie Amys Freund Josh.«

Die Frage scheint wohl eher zu sein, welcher junge Mann nicht in Rosevilles Baseball-Team spielt. Wahrscheinlich wird man hier schon als Baby ins Mannschaftstrikot gewickelt.

»Alex' stärkste Position ist im Centerfield. Mein Junge fängt jeden Ball. Und kein anderer Pitcher wirft den Ball so ausgeklügelt wie Josh.«

Ich nicke, etwas erschlagen von den Informationen. So weit reicht mein Verständnis für die Spielregeln dann doch nicht. Dafür könnte ich wohl noch ein paar astreine Beschimpfungen beisteuern, die ich von Claires Dad gelernt habe. Aber die spare ich mir vielleicht besser für morgen auf.

»Drei Jahre in Folge ist es uns nun nicht mehr gelungen, diese Angeber zu besiegen.«

Der unüberhörbare leicht verbitterte Klang in Ellys Stimme bringt mich zum Schmunzeln. Scheinbar sitzt der Schmerz der vergangenen Niederlagen noch tief. Mein Dad sagt immer: »Wenn du mit jemandem Streit haben willst, fang ein Gespräch über Politik oder Sport an«, womit seine Theorie wohl mal wieder belegt wäre.

»Morgen früh fahren wir alle mit dem großen Planwagen ins Nachbardorf. Nach dem Spiel wird es ein stattliches Lagerfeuer geben. Jeder bringt etwas zu essen oder zu trinken mit. Frag doch Amy, ob du beim Cheerleading mitmachen kannst. Die Choreografie ist bestimmt ganz einfach zu lernen.«

»Ähm ... ähm ...«, stammele ich sprachlos. Scheinbar ist es ja bereits beschlossene Sache, dass ich diesem Jahrtausendevent beiwohnen werde, aber garantiert nicht im Miniröckchen und mit Pompons. »Lieber nicht«, lehne ich darum möglichst höflich ab.

Eins ist jedenfalls schon mal sicher. Der morgige Tag wird garantiert nicht langweilig werden.

***

Am nächsten Morgen geht es schon los, bevor die Sonne vollständig am Himmel steht. Im Haus herrscht reger Trubel. Während George draußen den Planwagen hinter den Traktor spannt, verstaut Elly in der Küche Essen in Körben, von dem auch ein komplett gefülltes Stadion ein Jahr satt werden könnte.

Als Fynn dicht gefolgt von Alex in einer engen, dreiviertellangen weißen Hose und einem rot-grün gestreiften Trikot die Treppe heruntergelaufen kommt, muss ich mir die Hand vor den Mund pressen, um nicht laut loszuprusten.

»Ich wusste, dass es dir gefallen würde«, sagt er mit einem zufriedenen Grinsen, worauf ich bloß entgegne: »Und ich wusste gar nicht, dass Baseball auch zu einem deiner zahlreichen Talente gehört.« Mit verschränkten Armen sehe ich ihn spöttisch an.

»Da staunst du, was?«

Fynn ist am Ende der Treppe angekommen und steht einen Moment so beunruhigend dicht vor mir, dass ich meinen Kopf in den Nacken legen muss, um ihm weiter in die Augen sehen zu können.

»Du siehst aber auch nicht schlecht aus!« Fynn sieht an mir hinunter und ich streiche verlegen mit der Hand über den Stoff meines türkisblauen Maxikleides, das anzuziehen ich entschieden habe, weil wohl hier in Roseville kein passenderer Anlass mehr kommen wird als das entscheidende Spiel der Saison.

War das gerade etwa ein Kompliment? Zum Glück drängelt Alex von hinten, sodass Fynn und ich zur Seite treten müssen, um ihm Platz zu machen, und hoffentlich niemand bemerkt, dass sich meine Wangen leicht rosa verfärbt haben.

Tatsächlich fahren wir jeden einzelnen Hof ab und laden gut gelaunte, mit Essen bepackte Menschen auf. Anscheinend lässt sich keiner hier in Roseville dieses Ereignis entgehen. Alle begrüßen sich herzlich und fallen sich in die Arme. Obwohl ich die meisten gar nicht oder bloß vom Sehen kenne, wird bei mir keine Ausnahme gemacht. Ich gehöre dazu. An jedem Halt kommt auch mindestens ein Mitglied des Teams hinzu, sodass wir eine gute Stunde später mit neun Spielern plus Ersatzspieler und mindestens dreimal so großem Fanklub über die Landstraßen in Richtung Schlachtfeld tuckern.

***

Nach den ersten Runden, in denen wir abwechselnd angegriffen und verteidigt haben, liegt das gegnerische Team klar in Führung, was der Stimmung jedoch keinen Abbruch tut. Ich hätte wissen müssen, dass die Bezeichnung »Stadion« etwas danebengegriffen war. Tatsächlich handelt es sich lediglich um eine große Rasenfläche, auf der Spielfeldlinien aufgesprüht wurden, die so krumm und schief verlaufen, dass sie selbst für mich, die in Geometrie immer nur mit Hängen und Würgen bestanden hat, ein schlimmer Anblick sind.

Doch um das Spielfeld herum steht eine erstaunlich große Menge an aufgeregt jubelnden Zuschauern – scheinbar lässt sich wirklich niemand im Umkreis von zweihundert Kilometern dieses Event entgehen –, von deren Engagement sich jede Fankurve was abschauen könnte. Wie gesagt kenne mich mit Baseball nicht wirklich aus, aber selbst mein Laienblick erkennt, dass wir nicht gerade gut sind. Wenn man überhaupt eine Taktik erkennen kann, dann lautet diese wohl: Alle Spieler auf dem Feld stürzen sich auf den Ball und der Rest rennt einfach so schnell er kann drum herum. Selbst wenn ich mit meiner Ballphobie und meinen zwei linken Füßen mitspielen würde, würde es wahrscheinlich nicht viel schlechter laufen. Und das soll schon was heißen. Das kleine Cheerleading-Team unter Amys Leitung ist hingegen echt klasse. In niedlichen rot-grün gestreiften Kleidchen, von denen Elly stolz erzählt, dass Joshs Mom Caren sie selbst genäht hat, machen die Mädels trotz der drohenden Niederlage ziemlich gute Stimmung.

In der Pause versorgen wir unser Team mit kühlen Getränken, denn die Sonne knallt unbarmherzig auf das Spielfeld hinab. Zum Glück habe ich meinen großen Sonnenhut dabei, denn mittlerweile pellt sich auf meinen Schultern bereits die Haut vom Sonnenbrand über dem Sonnenbrand über dem Sonnenbrand. Fynn scheint so etwas wie der Kapitän der Mannschaft zu sein, denn bevor der Schiedsrichter die nächste Runde anpfeift, ruft er das Team zusammen und mit zusammengesteckten Köpfen schwören sie sich noch einmal ein.

Leider hilft das nicht viel, denn auch danach haben die Gegner nicht nur klar die besseren Chancen, sondern verwandeln diese auch reihenweise in Punkte. Es gibt wohl einen Grund, warum sie die bisher unangefochtene Siegermannschaft sind. Oder sollte man besser sagen, warum wir die unangefochtene Verlierermannschaft sind?

Nach einigen flotten Sprüchen wie »Lauf, Forrest, lauf!« muss ich feststellen, dass alle Beteiligten hier das Spiel offensichtlich ziemlich ernst nehmen und meine lockere Zunge eher fehl am Platz ist.

Lächelnd schaue ich Fynn hinterher, der gerade mit vollem Einsatz das Spielfeld zu umrunden versucht. Er sieht gut aus. Kaum lasse ich den Gedanken zu, merke ich, wie wahr er ist. Seine hochgezogenen Socken sind mittlerweile ganz schön nach unten gerutscht und geben den Blick auf seine trainierten und sonnengebräunten Waden frei. Außerdem zeigt dieser Tag schon wieder eine ganz neue Seite von Fynn und ich muss zugeben, dass ich sie mag. Er wirkt noch so viel lockerer und freier als sonst. Das Spiel scheint ihm wirklich Spaß zu machen.

Kurz vor Schluss passiert irgendein schweres Foul, das ich zu meiner Schande nicht richtig mitbekommen habe, weil ich peinlicherweise durch Fynns Anblick abgelenkt war. Nach ohrenbetäubend lautem Gepfeife und Gebrüll aus unseren Reihen darf Fynn schließlich seinen Schlag wiederholen.

Dieses Baseball-Fieber scheint ansteckend zu sein, denn auch mein Herz schlägt mir bis zum Hals, als der Pfiff ertönt, Fynn, den Schläger in der Hand, in Position geht und der gegnerische Pitcher zum Wurf ausholt. Der Pitcher wirft und … Fynn trifft. Während der Ball in einer perfekten Kurve über das Spielfeld fliegt, rennt Fynn los. Schnell wie der Blitz hat er binnen weniger Sekunden das Spielfeld schon halb umrundet.

Als er mit einem dramatischen Satz auf der letzten Base landet, springe ich mit allen anderen auf und jubele begeistert.

»Home Run, Home Run!«, rufen alle laut durcheinander.

Elly fällt mir in die Arme und wir freuen uns, als hätten wir die Weltmeisterschaft gewonnen. Und für den Moment kommt es mir nicht weniger bedeutsam vor.

Am Ende des Spiels haben wir trotzdem verloren. Aber auch wenn sich sicherlich einige hier den lang ersehnten Triumph über den ewig unbesiegten Gegner gewünscht hätten, scheinen doch alle zufrieden. Spieler und Fans beglückwünschen sich gegenseitig zu dem gelungenen Match. Fast bin ich ein bisschen traurig, dass es vorbei ist.

Ich lehne lässig am Geländer und schaue aufs Spielfeld, als Fynn im leicht erschöpften Laufschritt auf mich zukommt. Ich hebe meine Hand, damit er einschlagen kann.

»Glückwunsch zum Home Run«, sage ich, woraufhin Fynn eine kleine Verbeugung andeutet. Dann stellt er sich vor mich hin, die Arme rechts und links neben meinen auf dem Geländer abgestützt. Sein Lächeln scheint vom rechten bis zum linken Ohr zu gehen und steckt mich sofort an. Seine dunklen Locken kleben ihm vorn leicht verschwitzt auf der Stirn, aber seine Augen strahlen zufrieden.

»Schade, dass du kein Cheerleader warst. Wenn du für mich getanzt hättest, hätte ich bestimmt noch einen weiteren Home Run geschafft.«

»Ha!«, rufe ich belustigt aus. »Wovon träumst du nachts?«

Mein Puls beschleunigt sich beängstigend, als Fynn daraufhin nur verschwörerisch die Augenbrauen nach oben zieht. Plötzlich verlegen streiche ich mir eine Haarsträhne aus dem Gesicht. Diese

Unsicherheit wird auch nicht gerade besser, als Fynn sein Trikot über den Kopf zieht, um es einem Spieler aus der gegnerischen Mannschaft zu reichen, der ihm seins zum Austausch hinhält.

»Na los, ihr beiden. Kommt schon her, wir wollen anstoßen!«, rettet mich Elly gerade rechtzeitig, bevor ich noch irgendetwas Peinliches sagen oder tun kann, und wir folgen den anderen auf eine Wiese nebenan, wo bereits ein großes Lagerfeuer entzündet wurde.

Bei meiner Vermutung, dass wir nie im Leben den ganzen Proviant würden aufessen können, habe ich den Bärenhunger von achtzehn ausgepowerten Baseballspielern unterschätzt.

Bis der Himmel sich verfärbt und die Sonne ihren Beobachtungsposten an den Mond abgibt, sitzen wir um das knisternde Feuer, lachen und diskutieren noch mindestens zwanzig Mal jede einzelne Szene des vergangenen Spiels. Von Rivalitäten zwischen den Teams ist dabei nichts mehr zu spüren. Es wirkt eher wie ein gemütliches Zusammensein unter Freunden. Daran könnten sich Profisportler wirklich mal ein Beispiel nehmen. Schließlich ist das alles ja immer noch bloß ein Spiel.

Am Ende stoßen Fynn und Alex auf den Masterplan an, den sie tuschelnd ausgeheckt haben und mit dem sie das gegnerische Team in der Rückrunde im Herbst zu schlagen gedenken. Auch wenn ich skeptisch bin, dass es klappen wird, finde ich es irgendwie schade, dass ich die Einzige hier bin, die dann nicht mehr dabei sein wird.

18. Kapitel
Grandma Luise

»Komm doch rüber und setz dich einen Moment zu mir, Liebes«, fordert Grandma Luise mich auf.

Sie sitzt auf der Bank neben dem Eingang, vor sich einen himmlisch duftenden Korb mit Erdbeeren, die sie in kleine Stücke zerteilt. Fynn hat mir erklärt, dass die Obsternte dieses Jahr wegen des sonnigen Wetters und der regelmäßigen nächtlichen Regenschauer besonders gut ist. Und egal wie viele Körbe Fynn auch anschleppt, Elly scheinen immer neue Kreationen einzufallen, in denen sie die Beeren verarbeiten kann. Anfangs habe ich mich noch gefragt, ob Elly nicht vielleicht auch gern andere Dinge tun würde, als immer zu kochen, zu backen oder in der Käserei zu arbeiten. Meine Mom zum Beispiel ist der totale Karrieretyp. Für sie käme es einem Todesurteil gleich, müsste sie den ganzen Tag in der Küche stehen. Doch schnell habe ich bemerkt, dass es bei Elly anders ist. Für sie ist es keine Last, die ihr auferlegt wurde. Keine Rolle, der sie gerecht werden muss. Die frischen Lebensmittel der Region zu verarbeiten, ist ihre Leidenschaft. »Kochen ist lebendig«, hat sie neulich zu mir gesagt, als ich sie beim Einkochen von Bohnen danach gefragt habe. »Ein Bürojob wäre mir viel zu langweilig.«

Erschöpft lasse ich mich auf die Bank neben Granny Luise sinken, lehne mich nach hinten und schließe meine Augen. Genüsslich wende ich mein Gesicht der tief stehenden Abendsonne zu, die uns mit ihrem warmen Licht anstrahlt. Heute ist wieder viel zu tun gewesen und ich bin fix und fertig. Während Fynn und ich bei der Arbeit sind, bin ich zum Glück weitestgehend abgelenkt. Doch trotzdem kann ich meine Gedanken nicht vollständig zum Schweigen bringen, denn irgendetwas hat sich verändert.

Es waren all die kleinen und eher unscheinbaren Momente zwischen Fynn und mir, die mich in den letzten Tagen beinahe um den Verstand gebracht haben. Unzählige »zufällige« Berührungen, die aber so elektrisierend auf mich gewirkt haben, als würde ich unter Starkstrom stehen. Einzelne Worte aus Fynns Mund, denen ich automatisch eine tiefere Bedeutung zugemessen oder eine Zweideutigkeit unterstellt habe.

Aber am schlimmsten sind seine Blicke, die mich immer wieder streifen und viel tiefer in mich hineinzutreffen scheinen, als es mir eigentlich lieb ist.

Nur um Missverständnissen vorzubeugen: Fynn bringt mich nach wie vor ziemlich auf die Palme. Aber eben nicht mehr bloß auf diese eine Art und Weise, wie er es anfangs getan hat, sondern nun noch viel schlimmer.

»Die gute Landluft scheint dir zu bekommen«, stellt Granny Luise fest und sieht mich mit einem Lächeln von der Seite an, ohne dabei in ihrer Arbeit zu pausieren. »Du hast schon ganz schön Farbe im Gesicht bekommen und irgendwie siehst du sehr glücklich aus!«

Mit der Rückseite der Hände befühle ich meine Wangen, die den Tag über wieder etwas zu viel Sonne abbekommen haben und ganz sicher eher hellrosa als wirklich braun sind. Aber ich nicke Granny Luise zu, weil ich weiß, dass sie mir bloß ein lieb gemeintes Kompliment machen wollte.

»Die Abendstunden sind die schönsten hier auf dem Hof«, beginnt die alte Dame nach einer Weile entspannten Schweigens zu schwärmen. »Wenn das Sonnenlicht von Westen her scheint, ist seine Kraft so sehr abgeschwächt, dass man die Wärme gut aushalten kann. Wenn dazu dann noch ein laues Lüftchen weht, gibt es kaum einen perfekteren Ort. Außerdem singen die Vögel, die oben im Kirschbaum hocken, um diese Tageszeit ihr schönstes Lied.«

Mit geschlossenen Augen sitze ich da und empfinde alles nach, was Granny Luise mit ihrer ruhigen Stimme erzählt: die Abendsonne, den Sommerwind und die Vögel. Es ist, als wären all meine Sinne plötzlich geschärft und würden so viel mehr wahrnehmen, als das Auge sieht.

»Du liebst den Hof sehr?«, frage ich, öffne meine Augen und lächele Fynns Grandma an, die nach wie vor in ihre Arbeit vertieft ist. Angesichts der offensichtlichen Liebe, die in jedem ihrer Worte mitgeschwungen hat, ist es mehr eine Feststellung als eine Frage.

»Ja, das tue ich.« Sie hebt ihren Kopf und nickt, den Blick nun in die Ferne gerichtet. Dabei glaube ich für einen kurzen Moment ein Glitzern in ihren Augen zu sehen, doch Granny Luise gehört wohl zu der Generation, die schon zu viel erlebt hat und zu beherrscht ist, um ihren Gefühlen freien Lauf zu lassen. Denn im nächsten Augenblick ist das Glitzern verschwunden und sie ist wieder konzentriert auf ihre Arbeit.

»Seit wann lebst du hier, Luise?« Während ich spreche, ziehe ich mein linkes Bein zu mir heran auf die Bank und drehe meinen Oberkörper so zu ihr hin, dass ich sie besser ansehen kann. Irgendwie ist mit einem Mal meine Neugier geweckt. Ältere Menschen haben oft so viel zu erzählen, wobei ihnen viel zu selten zugehört wird. Was für uns längst vergangener Stoff aus Geschichtsbüchern ist, ist bei Luise und so vielen anderen alten Menschen Teil ihres Lebens, der sie geprägt hat und noch immer nicht loslässt. Auch hinter Granny Luises Stirn sind sicher einige besondere Geschichten verborgen.

»Ich wurde hier auf dem Hof geboren.« Eindeutig schwingt ein Hauch von Stolz in ihrer Stimme mit. Unsicher senke ich meinen

Kopf, nur um direkt wieder zu ihr hoch zu schielen. Daraufhin beginnt sie laut zu lachen. »Ach, Liebes!« Kurz streicht sie mir mit ihrer Hand über die Wange. »Ich bin vierundachtzig Jahre alt, falls du das fragen wolltest.« Ertappt nicke ich, kann mir ein Lächeln jedoch auch nicht verkneifen. »Das Alter ist ein Privileg. Leider erkennen das nur die wenigsten Menschen und wenn, dann erst, wenn es zu spät ist. Mein Mann ist so früh von uns gegangen. Glaub mir, er hätte jeden Tag geliebt, den er älter geworden wäre.«

Das sollte sie mal meiner Mom erzählen. Die ist nämlich noch keine 45 Jahre alt und schmiert sich schon seit Jahren irgend so eine sündhaft teure Anti-Aging-Creme ins Gesicht, weil sie panische Angst vor Falten hat.

Alles, was Granny Luise sagt, steckt voller Weisheit. Ganz unaufgeregt und ohne nach Kalendersprüchen zu klingen.

»Wie habt ihr euch kennengelernt, du und dein Mann?«

Fynn hat seinen Großvater schon einige Male erwähnt, aber viel weiß ich nicht über ihn. Außerdem ist mir der Funke, der bei der Erwähnung ihres Mannes in Luises Augen aufgeleuchtet hat, nicht entgangen und ich will ihn unbedingt noch einmal sehen. Sie lacht wieder, dann beginnt sie zu erzählen: »Als ich ein kleines Mädchen war, waren die Zeiten nicht einfach. Die Menschen haben hart gearbeitet und besaßen nicht viel. Es war nicht selbstverständlich, dass wir jeden Tag genug zu essen auf dem Tisch hatten.«

Trotz der Wärme lässt mich ein kleiner Schauer kurz so frösteln, dass ich intuitiv die Arme um meinen Oberkörper schlinge. In meinem ganzen Leben hat mir noch nie wirklich etwas gefehlt, zumindest nichts Materielles.

»Ich kann mich noch genau an den Tag erinnern, als ich mit meinem kleinen Bruder und meinen Eltern am Mittagstisch saß. Schon damals haben wir Kirschsaft getrunken«, wirft Granny Luise lachend ein und ich stelle sie mir als kleines Mädchen mit rotem Kirschsaftmund vor.

»Nur war der Baum da noch jünger und der Saft hatte noch nicht ganz die fruchtige Süße wie heute, sodass unsere Mutter mit ordentlich Zucker nachhelfen musste. Na ja, wo war ich?« Kurz sucht sie den Faden, dann erzählt sie weiter: »Ach ja … Als wir an jenem Tag zusammen am Tisch saßen, hat unser Vater erzählt, dass wir in den nächsten Tagen Besuch von drei Kindern aus einem Dorf etwas weiter östlich von Roseville bekommen würden, die für einige Zeit hier auf dem Hof leben sollten. Ein alter Freund meines Vaters hatte ihn um Hilfe gebeten. Seine Frau war schwer krank geworden und neben der harten Arbeit auf dem Hof hatte er keine Zeit, sich um die Kinder zu kümmern. Weil wir zumindest noch die Unterstützung meiner Großeltern hatten, haben Mom und Dad angeboten, die Kinder für eine Weile bei sich aufzunehmen.«

Ohne Rücksicht auf Verluste springt Fat Lilly mit einem Satz auf meinen Schoß, kringelt sich ein und spitzt ihre Ohren, als wollte sie ebenfalls Luises Geschichte lauschen.

»Mein Bruder Harry und ich haben uns gefreut, dass wir neue Spielkameraden bekommen sollten. Natürlich haben wir aufgrund unseres Alters noch nicht verstanden, was für eine zusätzliche Belastung der Besuch für unsere Familie werden würde. Besonders für meine Mom, die ja schon mit uns zwei Kindern alle Hände voll zu tun hatte. Aber für meine Eltern war es keine Frage, dass sie helfen wollten. Auch wenn es für uns bedeutete, dass wir das wenige mit noch mehr Menschen teilen mussten.«

Ein trauriges Lächeln huscht kurz über Luises Gesicht. Es ist offensichtlich, wie sehr sie ihre Eltern geliebt hat. So lange lebt sie jetzt schon ohne sie.

»Jedenfalls war ich an dem Abend so aufgeregt, dass ich kaum ein Auge zubekommen habe. Am nächsten Tag habe ich mein bestes Spielzeug zusammengesammelt, damit die Kinder sich bei uns auch wohlfühlten. Denn die Vorstellung, dass sie so lange Zeit von ihren Eltern getrennt sein sollten, war für mich schlimm.«

Luises Blick wirkt abwesend, während sie redet. Beinahe so, als würde sie alles von damals wieder vor Augen sehen. Alles wieder fühlen, als würde es gerade passieren.

»Zwei ganze Tage musste ich noch warten, am Nachmittag des dritten Tages kam mein Vater mit drei Kindern durch unser Hoftor gelaufen. Zwei Jungen und ein Mädchen, die kaum etwas bei sich hatten und sich verängstigt umschauten. Ein Junge und das Mädchen waren jünger als ich. Vielleicht etwas älter als Harry. Doch der zweite Junge war etwa in meinem Alter, ein Jahr älter, wie sich später herausstellte. Als er vor mir gestanden hat und mich verlegen aus seinen dunkelgrünen Augen angesehen hat, hat sich mein Leben verändert.« Liebevoll lege ich meine Hand auf Luises Arm, als ich ihre Rührung bemerke. Dankbar legt sie ihre darüber und nickt mir zu.

»John und ich waren vom ersten Moment an Freunde. Ich habe ihm den Hof gezeigt und wir haben jeden Tag von morgens bis abends zusammen verbracht. Als mein Vater ein halbes Jahr später ihn und seine Geschwister auf den Traktor geladen hat, um sie zurück nach Hause zu fahren, ist meine kleine Welt zusammengebrochen. Mama konnte mir noch so oft tröstend erklären, dass es doch wunderschön sei, dass es Johns Mom wieder besser ginge und er nun wieder zu seinen Eltern zurückkönnte. Ich hatte einen Freund verloren. Und es fühlte sich so an, als wäre es noch viel mehr.«

Plötzlich bin ich selbst unerwartet gerührt und beinahe kann ich den Schmerz des kleinen Mädchens fühlen, als wäre es mein eigener. Granny Luise hat ihr Schälmesserchen mittlerweile zur Seite gelegt und ich schaue sie mit großen Augen an. Kann kaum erwarten zu erfahren, wie die Geschichte weitergeht.

»Na ja …« Granny Luise räuspert ihre Rührung weg und bei ihren nächsten Worten erfüllt ein vorher nie da gewesenes Strahlen ihre Augen. »Vielleicht kannst du dir vorstellen, wie ich mich gefühlt habe, als zehn Jahre später ein junger Mann mit moosgrünen Augen auf der Suche nach Arbeit bei uns vor der Tür gestanden hat.« Gebannt halte ich die Luft an. Mein Herz schlägt aufgeregt einen schnellen Rhythmus. »John?«, hauche ich ungläubig, woraufhin Granny Luise bedächtig nickt.

»Das mittlerweile herangewachsene Herz in meiner Brust hat, als wäre seitdem nicht ein einziger Tag vergangen, noch genauso unbändig für ihn geschlagen wie das des kleinen Mädchens vor so vielen Jahren.«

Die Abendsonne wirft ein warmes Licht auf unsere Gesichter. Ihr goldener Schein passt so perfekt zu der Situation, als würde der glühende Ball gerade nur für uns am Himmel stehen.

»Es hat nicht lange gedauert, bis wir beide ein Paar wurden. Es war, als würden wir uns schon immer kennen und doch war alles so neu und so aufregend. Ein Jahr später haben wir geheiratet. Das war damals so«, beginnt sie zu erklären und sieht mich dabei ernst an. »Nicht so wie heute bei euch. Jeder hat etwas mit jedem, wie und wann er will.«

So, wie sie es sagt, kann ich mir ein kleines Grinsen nicht verkneifen.

»Ja, lach du nur!« Granny Luise gibt sich Mühe, ernst zu klingen, aber auch sie lächelt schließlich. »Wenn man zu meiner Jugend richtig mit jemandem zusammen sein wollte, musste man sich offiziell für ihn entscheiden. Aber eins sag ich dir ...« Sie schluckt, bevor sie leise haucht: »Noch nie in meinem Leben habe ich eine Entscheidung so gern getroffen.«

Behutsam lege ich einen Arm um die alte Frau und lehne meinen Kopf an ihre Schulter. Nachdem sie eine so persönliche und für sie so bedeutsame Geschichte mit mir geteilt hat, sind wir einander viel vertrauter und es erscheint mir ganz selbstverständlich, ihr nahe zu sein. Wie schön all die Erinnerungen sind, die sie in ihrem Herzen trägt, und wie sie gleichzeitig schmerzen müssen, weil sie doch der Vergangenheit angehören ...

»Erst haben wir den Hof einige Jahre zusammen mit meinen Eltern geführt und später dann allein. Es war nicht immer einfach. Es gab gute Zeiten, aber es gab auch schlechte. Manchmal habe ich geglaubt, dass wir alles verlieren. Doch John und ich, wir haben zusammengehalten. Wir haben alles gemeinsam durchgestanden. Die Umstellung auf Melkmaschinen und jede andere Modernisierung. Nicht zuletzt haben wir drei Kinder großgezogen. Und was für Rabauken.« Luise lacht laut auf. »Aber wir waren immer ein Team. Und der Hof unser Leben.«

»Das klingt wundervoll«, schwärme ich. Was früher so selbstverständlich war – zwei Menschen, die ein Leben lang zusammenbleiben, alles gemeinsam durchstehen –, ist heute so etwas Besonderes geworden. Angesichts meiner bisher doch eher kläglichen Erfolgsquote bei Jungs sehe ich meine Aussichten auf eine solche Verbindung jedoch immer weiter schwinden.

»Als John vor einigen Jahren starb, habe ich nicht gewusst, wie ich weiterleben soll. Nichts hatte mehr einen Sinn.«

Ich nicke bloß verständnisvoll, denn dazu gibt es nichts weiter zu sagen.

»Doch dann habe ich etwas sehr Wichtiges erkannt.« Granny Luise nimmt meine Hand und drückt sie feste. »Solange es diesen Hof gibt, wird John weiterleben. Und jeder andere, dessen Herz für diese Farm geschlagen hat.«

Mein Blick schweift langsam umher. Von der alten Scheune zum Kuhstall und zu dem alten Kirschbaum mit seiner Bank. Ich drehe mich schließlich leicht um und mein Blick bleibt an dem schönen Bauernhaus hängen, vor dem wir sitzen. Dieser Hof, einfach alles hier, erzählt eine Geschichte. Die Geschichte der Menschen, die hier gelebt und geliebt haben. Die gemeinsam durch dick und dünn, durch gute und schlechte Zeiten gegangen sind.

»Ich weiß, dass Fynn Träume hat.« Granny Luises Stimme klingt nun fast traurig. »Und glaub mir, Liebes, ich bin die Letzte, die will, dass ihr Enkelkind unglücklich ist. Aber wir brauchen ihn hier, der Hof braucht ihn. Ohne ihn funktioniert es nicht.«

Plötzlich wird mir so vieles klarer. Nachdem ich neulich mit Fynn darüber gesprochen habe, sehe ich auch die andere Seite der Medaille. Aufmunternd drücke ich Granny Luises Hand. »Ihr seid eine wundervolle Familie. Fynn liebt den Hof ebenso sehr, wie ihr alle es tut. Ich bin mir sicher, dass ihr gemeinsam eine Lösung finden werdet!«

19. Kapitel
Streit und Versöhnung

»Glaubst du wirklich, nur weil du deine glitzernden Sandalen gegen ein paar Gummistiefel eingetauscht hast, bist du jetzt zur Expertin geworden?« Wütend funkelt Fynn mich an und kommt mit bedrohlich erhobenem Zeigefinger ein paar Schritte auf mich zu. »Wenn du also wirklich meinst, dass du plötzlich das Leben hier in Roseville oder gar die Probleme meiner Familie auch nur annähernd verstehst, dann irrst du dich gewaltig.«

Es war ganz offensichtlich ein Fehler, ihn noch einmal auf das Thema Studium anzusprechen. Doch nach meinem Gespräch gestern mit Granny Luise musste ich es einfach tun. Wer hätte auch damit rechnen können, dass Fynn gleich an die Decke geht und unser Gespräch in wenigen Sekunden völlig aus dem Ruder läuft?

»Könnt ihr nicht jemanden einstellen, der deiner Familie auf dem Hof hilft, während du weg bist?«, habe ich gefragt, woraufhin Fynn bloß einen überheblichen und freudlosen Lacher ausgestoßen und sich angestrengt die Schläfen gerieben hat.

»Na klar, es werden sich sicher massig junge Menschen finden, die erstens aufs Land ziehen und zweitens auf einem Hof körperliche Schwerstarbeit leisten und drittens dafür kein Geld haben wollen.«

»Du könntest dich aber doch für ein Stipendium bewerben, dann kostet euch das Studium nicht so viel«, habe ich weiter unbeirrt die Argumente vorgetragen, die ich mir am Abend zuvor im Bett zurechtgelegt hatte. Doch Fynn hat nur ganz unsachlich »Das ist doch alles Quatsch!« geantwortet und damit das Fass bei mir zum Überlaufen gebracht.

»Weißt du, was ich glaube?« Obwohl ich eigentlich nur helfen wollte, funkelten meine Augen plötzlich wütend. »Ich glaube, dass du gar nicht wirklich studieren willst. Denn du hast Angst davor, was passiert, wenn dein Traum tatsächlich in Erfüllung geht.«

Denn diese Angst kenne ich nur zu gut. Ja, und dann hat er jene Worte gesagt, die mich völlig aus dem Konzept gebracht haben.

Einen Moment starre ich ihn bloß an, von seiner plötzlichen Impulsivität erschrocken und zu sprachlos, um irgendetwas zu sagen. Keine Ahnung warum, aber dass er mich nach wie vor bloß für einen ungebetenen Eindringling aus der Stadt hält und mir so wenig taktvoll beigebracht hat, dass ich hier niemals wirklich dazugehören werde, versetzt mir einen Stich direkt in die Brust. Ich wollte doch bloß, dass er noch einmal mit seiner Familie spricht. Die Liebe zum Hof verbindet sie doch alle und wenn ihnen das erst klar wird, können sie sicher eine Lösung finden.

Mein Mund klappt auf, während ich einen Schritt auf Fynn zumache. Und klappt direkt wieder zu, als ich so nah vor ihm stehe, dass ich seinen warmen und aufgeregt unruhigen Atem in meinem Gesicht spüre. Irgendein verräterischer Teil meines Gehirns lenkt meinen Blick von Fynns Augen hinab auf seine Lippen und für den Bruchteil einer Sekunde frage ich mich, wie sie sich wohl auf meiner Haut anfühlen würden. Bestimmt schmecken sie süßlich nach Kirschsaft, so wie meine, wenn ich mit der Zunge darüberfahre.

Doch dann gewinne ich zum Glück die Kontrolle über mein ganz offensichtlich verwirrtes Gefühlsleben zurück.

»Du hast recht«, stoße ich schließlich mühsam und mit leicht brüchiger Stimme hervor. »Ich habe wirklich keine Ahnung …« Ich bin mir nicht sicher, ob es bloß eine Täuschung ist oder ob Fynns Hand tatsächlich leicht zuckt, als wollte er sie in meine Richtung anheben. Doch bevor ich es herausfinden kann, mache ich fluchtartig auf dem Absatz kehrt und eile in meinen Gummistiefeln über den Hof davon.

***

Man möchte meinen, dass es mir heute leichter fallen würde, an meinem Artikel weiterzuschreiben, jetzt, da ich so viel Wut und vor allem Enttäuschung in mir trage. Doch das trifft nicht zu. Der Streit gestern mit Fynn hat mich mehr getroffen, als es mir lieb ist, aber es ändert nichts. Meine Beziehung zu Roseville und all den Menschen, denen ich in meiner Zeit hier begegnet bin und deren Leben ich zumindest teilweise zu verstehen gelernt habe, hat sich bereits grundlegend verändert.

Abwesend streiche ich mit einer Hand über Darlings kühle Nase. Das kleine Kälbchen hat sich neugierig zwischen mich und meinen Laptop gedrängt, als wollte es überprüfen, was ich da eigentlich gerade schreibe. Ich bin so froh, dass es mich nicht verstehen kann. Ja, selbst vor Darling wäre mir peinlich, was ich da schreibe.

Zu behaupten, dass ich mich den Tag über vor Fynn versteckt habe, wäre sicher übertrieben. Aber die Tatsache, dass ich mir Darlings Box als Arbeitsplatz ausgesucht habe, weil ich im Kuhstall meine Ruhe habe und ich ihm hier ziemlich sicher eher nicht über den Weg laufen werde, kann ich auch nicht leugnen. Fat Lilly hat sich ebenfalls zu unserer kleinen Runde dazugesellt. Tiere sind eben manchmal die besseren Menschen und ganz klar die weniger komplizierte Gesellschaft. Anfangs haben sie und Darling noch um meine Aufmerksamkeit gebuhlt, dann hat Darling jedoch mehr Interesse an meiner schnurrenden Freundin gefunden, die davon nur mäßig begeistert war.

Aus Wut und auch Verletzung tippe ich wild auf den Tasten meines Laptops herum, der auf meinen Oberschenkeln liegt. Beliebig reihe ich Wörter aneinander, die absolut keinen Sinn ergeben, nur um sie kurz darauf mit fest gedrückter Entfernen-Taste direkt wieder zu löschen, sodass die Fingerknöchel meiner Hand vom viel zu starken Druck weiß hervortreten.

So sehr ich auch versuche mich auf meine Arbeit zu konzentrieren, so sehr spukt mir doch der Streit mit Fynn noch immer durch den Kopf und nimmt all meine Aufmerksamkeit für sich in Anspruch. Es war nicht fair von Fynn, mich so anzugehen, bloß weil ich ganz offensichtlich seinen wunden Punkt getroffen hatte. Das Gespräch mit Granny Luise kürzlich hat mir gezeigt, dass Fynns Traum vielleicht gar nicht so weit entfernt ist, wie er glaubt, und dass man vielleicht sogar eine Lösung für das Problem finden könnte, wenn nur alle einfach offen miteinander reden würden.

»Das musst du gerade sagen«, zischt das imaginäre Teufelchen auf meiner Schulter, das mir immer genau die unbequemen Wahrheiten zuzuflüstern scheint, die ich gerade überhaupt nicht hören möchte. Wohl wissend, dass sie recht hat, blende ich meine innere Stimme einfach aus.

Natürlich ist es möglich, dass ich Fynn gestern überrumpelt und etwas zu sehr bedrängt habe. Möglicherweise ist der Zeitpunkt nicht günstig gewählt gewesen und ich hätte das Thema taktisch klüger ansprechen können. Aber ganz unabhängig davon, war Fynns Reaktion einfach unsachlich und furchtbar gemein. Und auch wenn ich über die Gründe dafür eigentlich gar nicht näher nachdenken möchte, haben mich seine Worte doch sehr getroffen. Am schlimmsten ist jedoch, dass ich ihn vermisse. Den ganzen Tag habe ich insgeheim gehofft, er würde mich doch finden. Würde auf mich zukommen und mich zu einer Traktorfahrt einladen. Ich hätte auch Kuhmist vom Stallboden gekratzt, wenn es nur mit ihm zusammen gewesen wäre.

Ich wünsche mir so sehr, alles würde wieder in Ordnung kommen.

»Hi«, erklingt wie auf Stichwort plötzlich eine Stimme so dicht hinter mir, dass nur dank Fynns schneller Reaktionszeit ein unsanfter Zusammenprall meines Laptops mit dem Boden in letzter Sekunde vermieden werden kann.

Mit zerknirschtem Lächeln schiele ich zu Fynn hinüber und bringe ein zaghaftes »Danke« hervor. Keine Ahnung, warum mein Mund plötzlich so trocken ist. »Wie bist du darauf gekommen, dass ich ausgerechnet *hier* bin?«, will ich wissen und bemerke die Sinnlosigkeit meiner Frage, noch bevor Fynn skeptisch seine Augenbrauen nach oben zieht. Er schiebt Darling ein Stück zur Seite, die zwar anfangs nur widerwillig den Platz an meiner Seite aufgibt, dann jedoch wieder aufgeregt auf Fat Lilly zuspringt, die sich wohl trügerischerweise vor dem kontaktfreudigen Kälbchen in Sicherheit gefühlt und es sich auf der gegenüberliegenden Seite der Box für ein Nickerchen bequem gemacht hat.

Mit einem Stöhnen, als wäre er zweihundert und nicht zwanzig Jahre alt, lässt Fynn sich neben mich ins Heu sinken. Durch seine plötzliche Nähe nervös beginne ich an einer meiner lockigen Haarsträhnen zu spielen, die sich aus meinem unordentlich auf dem Kopf zusammengebundenen Dutt gelöst haben.

»Hier!« Fynn reicht mir zwei Kekse, die er offenbar die ganze Zeit über in der Hand gehalten hat. »Die hat Elly mir für dich mitgegeben.«

Mit einem Lächeln nehme ich die leicht deformierten Cookies entgegen. Es würde mich nicht wundern, wenn Elly auch dafür verantwortlich wäre, dass Fynn jetzt hier neben mir sitzt. Denn dass sie nur allzu gern Schicksal spielt, habe ich ja schon öfter bemerkt.

»Es tut mir leid …«, sagen Fynn und ich nach einer Weile bedrückenden Schweigens in so perfekter Synchronität, dass wir bei Olympia sicher Bestnoten dafür erhalten hätten. Ebenfalls synchron beginnen wir schließlich beide zu lachen, sodass Fat Lilly und Darling verwirrt zu uns herübersehen. Es ist ein unsicheres Lachen, aber irgendwie auch ein Lachen der Erleichterung, das den Knoten auflöst, der seit gestern in meiner Brust gesessen hat.

»Es ist wahrscheinlich einfach ziemlich kompliziert«, fährt Fynn nach einem ausführlichen Räuspern fort, doch ich hebe sofort abwehrend die Hände, um ihn zu unterbrechen.

»Das weiß ich doch und du musst mir auch überhaupt gar nichts erklären!« Vielleicht gibt es einfach Dinge, in die ich mich nicht einmischen sollte. Obwohl mir das höchstwahrscheinlich nicht gelingen wird, weil ich mich nur schwer aus anderer Leute Angelegenheiten heraushalten kann. Fynn nickt mir dankbar zu. Auch wenn ich mir gewünscht hätte, dass er sich mir anvertraut, merke ich doch, dass er das im Moment nicht möchte. Jeder hat sein ganz persönliches Päckchen zu tragen und kann nur selbst entscheiden, wann er bereit ist die Last mit jemand anderem zu teilen. Wer sonst könnte das verstehen, wenn nicht ich?

»Dann ist jetzt alles wieder in Ordnung zwischen uns?«, fragt Fynn und schielt auf einmal wieder ganz unsicher zu mir herüber.

»Ja!«, rufe ich lachend, weil auch ich mir nichts sehnlicher wünsche, als dass alles wieder so ist wie vor unserem kleinen Streit. »Du hast mir Cookies mitgebracht. Ich hätte dir auch noch einiges mehr verziehen!«

Wahrscheinlich aus einem Impuls der Erleichterung heraus hebt Fynn seine Hand an und legt sie über meine, die auf meinem Knie ruht. Erschrocken atme ich ein, halte gebannt die Luft an und starre auf unsere Hände. Dabei durchströmt eine kribbelnde Wärme meinen gesamten Körper und katapultiert meinen Puls auf eine kardiologisch bestimmt bedenkliche Geschwindigkeit.

»Äh«, stammelt Fynn, über seine spontane Aktion offenbar selbst etwas erstaunt. Seine Hand verharrt jedoch für einen weiteren schier endlos langen Moment auf meiner, bevor er sie schließlich wegzieht. Dort, wo seine Haut meine berührt hat, bleibt eine leere Kälte zurück.

Fynn räuspert sich ausgiebig und es ist überdeutlich nur ein Ablenkungsmanöver, um nichts sagen zu müssen. Dann springt er so schwungvoll auf, dass er sich den Kopf an dem Holzbalken über uns stößt.

»Autsch!«, ruft er und hält sich mit der Hand die Stelle an seinem Hinterkopf, an der garantiert ganz bald eine gigantische Beule erscheinen wird.

Hastig erhebe ich mich ebenfalls. »Ist alles okay?«, frage ich und will schon reflexartig über seine Haare streichen, als ich mich gerade noch rechtzeitig bremsen kann, um nicht noch mehr Unheil anzurichten. Warum scheinen unsere Körper sich plötzlich so anzuziehen, dass es richtiggehend schwerfällt, sich nicht zu berühren? Unsicher beiße ich mir auf meine Unterlippe.

Fat Lilly und Darling beobachten unser merkwürdiges Schauspiel. Wer kann es ihnen verdenken?

»Der Kopf ist noch dran«, befindet Fynn mit nach wie vor leicht schmerzverzerrtem Gesichtsausdruck, der sich dann jedoch in ein verschmitztes Grinsen verwandelt.

»Na ja, ich geh dann jetzt wieder an die Arbeit.« Fynn streichelt Darling ein letztes Mal übers Fell und öffnet das Boxentor. »Ich muss die Milch unter die Leute bringen. Eigentlich dachte ich ja, du hättest vielleicht Lust, den Traktor zu fahren. Aber wie ich sehe, hast du ja gerade schwer zu tun.«

Im Weggehen deutet er auf meinen Laptop im Heu, seine Stimme klingt jedoch herausfordernd, als wüsste er genau, dass ich diesem Angebot nicht widerstehen kann.

Hastig klemme ich mir den Laptop unter den Arm und eile Fynn hinterher. So ein Angebot lasse ich mir nicht entgehen.

20. Kapitel
Glühwürmchen

Von einer gigantischen Dampfwolke begleitet trete ich aus dem kleinen Bad in mein Zimmer und habe mir gerade provisorisch mein viel zu kleines Handtuch zu einem Minikleid um den Körper gewickelt, als die Tür aufgerissen wird und die einzige Person hineinstürmt, zu der das Eintreten ohne Anklopfen einfach perfekt passt.

»Fynn!«, rufe ich erschrocken aus und versuche mit beiden Händen den Handtuchturban zu richten, den ich wie den Schiefen Turm von Pisa auf meinem Kopf trage.

»Du musst unbedingt mitkommen!«, ruft Fynn mit einem so aufgeregten Strahlen in den Augen, wie ich es sonst höchstens bei Claire sehe, wenn mal wieder Schlussverkauf ist.

Rückwärts, da ich nicht hundertprozentig sicher bin, wie weit das Handtuch meine Pobacken bedeckt, laufe ich zu meinem Bett und lasse mich ungalant darauf nieder. »Es ist gerade nicht wirklich günstig«, sage ich mit einer eigentlich alles erklärenden Geste in Richtung meines Outfits. »Gib mir zwanzig Minuten, dann bin ich angezogen und wir können reden.«

»Zwanzig Minuten? Du sollst dich nicht für eine Modenschau stylen. Außerdem haben wir die Zeit nicht. Du musst *jetzt* direkt mitkommen!«

Herrje, wenn dieser Kerl so weitermacht, bekomme ich meine ersten grauen Haare, noch bevor ich zu studieren angefangen habe.

»Jetzt mach schon!«, drängt er weiter und ich starre ihn abwartend an.

»Ja, äh, ganz bestimmt nicht, während du im Zimmer stehst.« Trotzig verschränke ich die Arme vor der Brust. Das hätte er wohl gern.

Meine Vermutung bestätigend stöhnt Fynn genervt auf. »Ob du es glaubst oder nicht, ich habe schon deutlich nacktere Mädchen gesehen als dich!« Dabei grinst er anzüglich und mustert mich ungeniert von oben bis unten. Seine Blicke brennen wie Feuer auf meiner nackten Haut und augenblicklich spüre ich, wie mir die Röte ins Gesicht steigt, was ich gar nicht erst zu verbergen versuche.

»Und ob *du* es glaubst oder nicht«, setze ich darum – ohne großes Zögern – zur Flucht nach vorn an, »das hier wird der höchste Grad an Nacktheit sein, den du jemals von mir zu sehen bekommen wirst!«

Fynns Mundwinkel verziehen sich langsam nach oben, bis wieder das Grübchen auf seiner linken Wange erscheint. Es kostet mich viel Überwindung, ihn weiter mit wütenden Blicken anzufunkeln. Und dass ich unentwegt über Fynns Worte nachdenken muss und die Frage, wie viele Mädchen er wohl schon nackt gesehen hat, mir nicht mehr aus dem Kopf geht, macht es nicht gerade einfacher. Zumal all diese Gedanken von einem Ziehen im Bauch begleitet werden, von dem ich inständig hoffe, dass es keine Eifersucht ist.

»Jetzt geh schon!«, rufe ich schließlich in meiner Verzweiflung, zumal Fynn mich immer noch mustert, und deute mit dem Arm zur Tür.

»Du beeilst dich?«, fragt er noch einmal, worauf ich nur mit einem genervten »Ja doch!« und dem entsprechenden Augenverdrehen antworte.

Dann schiebe ich Fynn unsanft aus meinem Zimmer hinaus und donnere die Tür hinter ihm zu.

***

Fünf, maximal zehn Minuten später springe ich fertig angezogen die Treppenstufen im Flur hinunter ins Erdgeschoss. Ziemlich wahllos habe ich mir lediglich ein Top und die Jeansshorts übergestreift, deren Loch Elly mir notdürftig gestopft hat und deren Knopf zum Glück tatsächlich noch zuging. Aus Angst, Fynn könnte ansonsten erneut in meinem Zimmer aufkreuzen, habe ich mir das Föhnen gespart, sodass meine rotblonden Haare mir nun lockiger als sonst feucht über die Schultern fallen.

»Ich hoffe sehr für dich, dass dieser Riesenaufstand sich gelohnt hat«, knurre ich Fynn an, der freudestrahlend vor der Tür auf mich wartet.

»Etwas nackter hast du mir eigentlich auch nicht schlecht gefallen«, sagt Fynn und packt mich am Arm, als ich mich daraufhin umdrehe und zurück ins Haus gehen möchte.

»Noch so ein Spruch und ich erzähle Elly, dass du mich stalkst. Und unterschätze niemals die Solidarität unter Frauen!«

Warnend hebe ich meinen Zeigefinger, doch meine Drohung scheint ihn nur weiter zu amüsieren.

Widerwillig folge ich Fynn über die Wiese hinter dem Haus, die leicht schräg abfällt, bis sie schließlich am Ufer eines kleinen Baches endet, der sich quer durch die Felder rund um Roseville schlängelt. Es dämmert bereits, doch ich bin so damit beschäftigt, auf Fynn einzureden, dass ich erst bemerke, weswegen er mich hierhergeführt hat, als mein Blick seinem ausgestreckten Arm nach vorn folgt. Augenblicklich stockt mir der Atem.

»Ohhh«, hauche ich andächtig, weil mir nichts anderes einfällt. Überwältigt lasse ich mich auf den umgekippten Baumstamm sinken, der am Ufer des Baches als eine Art Bank dient. Sprachlos sitze ich einfach so da und lasse den Anblick auf mich wirken, weil ich mich nicht erinnern kann, in meinem Leben schon einmal so etwas Schönes gesehen zu haben.

Fynn setzt sich neben mich, so dicht, dass sein Arm meinen streift. Doch ich weiche nicht zurück.

»Zu dieser Jahreszeit kann man hier öfter Glühwürmchen sehen.«

Fasziniert betrachte ich den Schwarm aus zarten Lichtern, der einige Meter vor uns in der Dämmerung leuchtet. Noch nie habe ich echte Glühwürmchen gesehen – und schon gar nicht so viele auf einmal.

»Sie wirken irgendwie ...« Ich muss schlucken, obwohl ich für gewöhnlich durch die Gene meiner eher wissenschaftlich-nüchternen Eltern weit weg von Sentimentalität bin. »... magisch.«

»Das sind sie auch«, stimmt Fynn mir lächelnd zu. »Früher haben sich die Menschen viele Geschichten über Glühwürmchen erzählt. Man glaubte, dass sie Lichter des Himmels seien, die Gott zu uns Menschen sendet, um uns daran zu erinnern, dass wir nicht allein sind.«

»Schön«, hauche ich gerührt. Auch wenn ich den Religionsunterricht freitags in der siebten Stunde zugegeben mehr als ein- oder zweimal geschwänzt habe, kann ich doch niemandem verwehren, dass er übernatürliche Kräfte für den Ursprung dieser Schönheit hält.

Schweigend sauge ich diesen einmaligen Moment in mich auf, während es um uns herum immer dunkler wird.

»Ähm«, beginne ich nach einer Weile unsicher und ärgere mich noch in der nächsten Sekunde darüber, dass meine Neugier mal wieder größer ist als mein Selbsterhaltungstrieb. »Was du da vorhin gesagt hast ...« Ich stocke und spüre schon wieder die Hitze in meinen Kopf steigen.

Forschend sieht Fynn mich von der Seite an. Dann beginnt er wissend zu grinsen. »Über nackte Frauen meinst du?«

»O Mann!«, stöhne ich und boxe ihm so fest gegen den muskulösen

Oberarm, dass meine Hand leicht zu schmerzen beginnt. In der Dämmerung leuchtet mein Gesicht sicher bereits wieder rot wie das Licht einer Verkehrsampel.

»Hast du schon viele Freundinnen gehabt?« Da hab ich ja gerade noch rechtzeitig die Kurve gekriegt! Denn das Thema Nacktheit ist für heute definitiv mehr als überstrapaziert.

Fynn richtet seinen Blick wieder nach vorn. Noch immer tanzen die Glühwürmchen vor uns durch die Luft, was der Situation etwas Romantisches verleiht. Und ich bin mir nicht sicher, ob das meiner momentanen Gefühlsverirrung zuträglich ist.

»Es gab ein paar Mädchen, die ich mochte. Aber eine richtige Freundin hatte ich erst einmal.«

Als er nicht weiterredet, hebe ich abwartend eine Augenbraue. Jungs muss man aber auch wirklich alles aus der Nase ziehen.

»Du bist ja schlimmer als meine Mom!«, ruft Fynn mit gespielter Empörung, aber ich habe nicht vor locker zu lassen, was er scheinbar ahnt. »Du kennst sie. Es ist Lucy.« Erstaunt sehe ich ihn an. Die schüchterne Lucy aus dem kleinen Lebensmittelgeschäft? In meiner Vorstellung passt sie mit ihrer leicht traurig wirkenden Art überhaupt nicht zu dem schlagfertigen und lebenslustigen Fynn, den ich kennengelernt habe. Auf der anderen Seite ist sie wirklich hübsch und unter ihrer undurchdringlichen Fassade verbirgt sich ganz bestimmt mehr, als man denkt. Außerdem: Hatte ich nicht neulich, als ich mich mit ihr in ihrer Mittagspause unterhalten habe, das Gefühl, dass sie bei der Erwähnung von Fynns Namen irgendwie sonderbar reagiert hat?

»Sie ist Amys beste Freundin. Einen Sommer lang, vor ein paar Jahren, haben Amy, Josh, Lucy und ich viel zusammen unternommen. Sie ist wirklich sehr hübsch.«

Diese doch eigentlich offenkundige Tatsache versetzt mir einen leichten Stich, da sie aus Fynns Mund kommt. Das Ziehen in meinem Bauch ist nun zweifelsohne meiner Eifersucht zuzuschreiben.

»Wir waren für ein paar Wochen zusammen, aber ich denke, dass es vor allem Amy war, die sich uns als Paar gewünscht hat. Meine Cousine hat ein beängstigendes Kuppeltalent.« Fynn sieht zu mir rüber und wir müssen beide lachen. Bei dem Gedanken an Amy, so herzlich und lebensfroh, wie sie mir begegnet ist, kann ich mir das nur zu gut vorstellen.

»Lucy und ich haben uns in der Zeit viel geschrieben. Irgendwie hatte ich das Gefühl, dass es ihr auf diese Art leichter gefallen ist, sich mit mir zu unterhalten. Du hast vielleicht schon gemerkt, dass sie sehr schüchtern ist.«

Ich nicke abwesend. Das Bild von Fynn und Lucy zusammen will mir einfach nicht aus dem Kopf gehen. Und wieder ist da dieses Gefühl in meiner Magengegend, das ich mir einmal mehr als Eifersucht eingestehen muss.

»Sie ist wirklich toll, aber wir haben einfach nicht richtig zusammengepasst, denn …«

»Moment!«, unterbreche ich Fynn und hebe meine Hand, damit er aufhört zu sprechen. Jetzt erst wird mir richtig bewusst, was er eben gerade gesagt hat. »Ihr habt euch *geschrieben*?«

Einen Moment sieht Fynn mich irritiert an, als verstünde er die Frage nicht, dann hebt er vielsagend die Augenbrauen und muss sich offensichtlich auf die Lippen beißen, um nicht breit zu grinsen.

»Ach, Nelly!« Jetzt lacht er laut auf. »Hast du denn wirklich geglaubt, dass wir hier hinter dem Mond leben? Fast alle meine Freunde haben Internet. Es ist nicht immer einfach, aber wenn man als junger Mensch hier in Roseville aufgewachsen ist, kennt man die Tricks.« Er zwinkert verschwörerisch.

Doch anstatt auch nur einen Bruchteil der tausend Dinge zu sagen, die mir gerade durch den Kopf gehen, klappt mein Mund bloß auf und kurz darauf wieder zu. Ich bin gerade einfach nur sprachlos. Will Fynn mir allen Ernstes weismachen, dass ich all die Zeit hier nahezu internetlos vor mich hin vegetiert, ja sogar von einer Telefonzelle aus telefoniert habe, während er und offensichtlich alle anderen Unterdreißigjährigen fröhlich in der Gegend rumgesurft sind?

»Warum hast du mir nichts gesagt?«, stoße ich mit krächziger Stimme hervor. Kurz überlege ich ihn zu hauen, widerstehe dem Drang dann aber, da Fynn eine körperliche Auseinandersetzung ziemlich sicher gewinnen würde.

»So war es einfach viel witziger.«

Ungläubig schüttele ich den Kopf, während sich Fynn ganz offensichtlich prächtig amüsiert.

»Außerdem hatte ich das Gefühl, dass dir ein Entzug mal ganz guttun könnte!«

»So ... hattest du das«, murmele ich nach wie vor fassungslos. Die Tatsache, dass er damit vielleicht sogar recht haben könnte, ignoriere ich einfach mal, denn das ist gerade nicht der Punkt.

»Aber jetzt mal wieder zurück zum Thema! Wie sieht es bei dir in Sachen Jungs aus?« Fynn sieht mich nun neugierig an. So, als würde ihn die Antwort *wirklich* interessieren.

Prompt ist der schwere Internetbetrug vergessen. Zumindest fürs Erste. Ich muss wieder an Claire denken und was sie von der Autofahrt mit Fynn erzählt hat.

»Puhh, da gibt es eigentlich nicht viel zu erzählen«, starte ich einen zugegebenermaßen reichlich lahmen Ausweichversuch. Natürlich hat es in den letzten Jahren einige Jungs gegeben, die mein Herz haben höherschlagen lassen. Ein paar mehr oder weniger gute Küsse auf Geburtstagspartys und Klassenfahrten ebenfalls. Mit fünfzehn bin ich das erste Mal unglücklich verliebt gewesen und in der Oberstufe gab es die besagte »Knutschaffäre«. Aber darüber hinaus bin ich, was das männliche Geschlecht betrifft, eher unerfahren.

»Ich meine, wenn man eine Playstation hat, müssen die Jungs doch eigentlich Schlange stehen, oder?«, fragt Fynn, nachdem ich eine Weile geschwiegen habe.

Kurz rattern alle Zahnräder in meinem Kopf und versuchen Logik in seine Worte zu bringen. Dann plötzlich springe ich erschrocken auf und starre Fynn fassungslos an. »Das hat sie nicht gewagt«, sage ich, mehr zu mir selbst als zu ihm und wiederhole den Satz wie ein Mantra noch einmal. »Das kann sie nicht gewagt haben.« Doch eigentlich weiß ich es längst besser. Es gibt nicht viel, was meine beste Freundin nicht wagen würde, und offensichtlich haben Fynn und sie am vergangenen Wochenende viel zu viel Zeit gehabt, um sich über mich zu unterhalten.

»Zu meiner Verteidigung«, rufe ich aufgebracht und mit viel zu schriller Stimme. »Ich habe ihn wirklich gemocht und nachdem er mit meiner Playstation gespielt hat, hat er mir noch ein Eis ausgegeben.«

Fynn presst sich die Hand vor den Mund, um nicht laut loszulachen, und wenig später ist es auch um mich geschehen. Fynn umfasst mein Handgelenk und zieht mich wieder neben sich auf den Baumstamm. Vielleicht kommt es mir nur so vor, aber möglicherweise lässt er sich ein paar Extrasekunden Zeit, bevor er mich wieder loslässt.

»Also, wie du hörst, war ich in der Vergangenheit bei der Männerwelt äußerst erfolgreich.« Mit dem Handrücken wische ich mir eine Lachträne aus dem Augenwinkel.

»Kaum zu glauben.« Fynn sagt diese Worte gerade heraus und sieht mir dabei so intensiv in die Augen, dass ich kurz überfordert bin. »Vielleicht solltest du deine Haare öfter so offen und lockig tragen wie heute Abend. Ich bin mir sicher, dass dir so kein Mann widerstehen kann.«

Mit meiner Hand streiche ich mir verlegen eine rote Locke hinters Ohr. Wie schafft Fynn es bloß, dass ich plötzlich Teile von mir wie meine Sommersprossen oder meine Locken zu mögen beginne, die ich zu Hause mit Make-up, Glätteisen und ähnlich harten Bandagen wie selbstverständlich bekämpft habe?

»Es hat einfach noch nie so richtig geklappt«, fahre ich nach einem kurzen Räuspern fort und versuche dabei wenig erfolgreich so zu tun, als wären die letzten dreißig Sekunden nicht passiert, bevor mein Gehirn in typisch weiblicher Manie wieder zu Tausenden Interpretationsmöglichkeiten seiner Worte ansetzt. Und weil ich mir sicher bin, dass Fynn sowieso nicht locker lässt, bevor ich ihm nicht alles erzählt habe. »Ich träume halt nicht von einer Partybekanntschaft, die am nächsten Morgen schon gar nicht mehr so geheimnisvoll aussieht, oder von einem Polohemd tragenden Anwaltssohn aus den Geschäftskreisen meiner Mom, mit dem man es aus falschem Pflichtgefühl doch eigentlich mal probieren könnte«, versuche ich zu erklären, bevor ich mit beinahe flüsternder Stimme hinzufüge. »Ich träume von … Liebe.«

Das Wort klingt so gewichtig und scheint die Stille um uns herum komplett zu erfüllen.

Kaum zu glauben, wie ein Schwarm von Glühwürmchen einen auf das Kitschniveau einer Daily Soap befördern kann. Ich beiße mir auf die Lippen und schiele unsicher zu Fynn hinüber. Doch wider alle Erwartungen lacht er dieses Mal nicht.

21. Kapitel
Der Preis für den Erfolg

»Fynn, ich …«, beginne ich zu reden, als ich die Tür schwungvoll aufreiße, breche jedoch abrupt mitten im Satz ab, als nicht Fynn, sondern George vor der Tür auf mich wartet. Schnell beiße ich mir auf die Lippen. Gut, dass ich nicht die neckende Beleidigung ausgesprochen habe, die ich mir für Fynn überlegt hatte, denn diese zu erklären hätte peinlich werden können. »Ähm«, beginne ich zu stottern. Fynns Dad ist derjenige, mit dem ich hier auf dem Hof bisher am wenigsten Zeit verbracht habe. Schon bei unserer ersten Begegnung ist er mir auf Anhieb sympathisch gewesen, aber ich kenne ihn eben lange nicht so gut wie Fynn oder Elly. George lächelt mich freundlich an und auf einmal erkenne ich so viel mehr von Fynn in seinem Gesicht als noch bei meiner Ankunft. Das Grübchen auf seiner linken Wange ist exakt an derselben Stelle und seine Augen strahlen ebenfalls eine einnehmende Wärme aus.

»Fynn musste noch für seine Mutter in die Stadt«, beginnt er mit unsicherer Stimme zu erklären, wahrscheinlich weil ich seit bestimmt fünf Minuten schweige und ihn dabei anstarre, als versuchte ich in seinen Geist einzudringen. »Wenn es dir nichts ausmacht, würden *wir* heute zusammen die Kühe von der Weide holen.«

Schnell räuspere ich mich und beeile mich »Natürlich, gar kein

Problem« zu sagen. Dabei versuche ich angestrengt die Enttäuschung darüber zu verbergen, dass Fynn nicht da ist. Scheinbar mit mäßigem Erfolg, denn während wir uns in Richtung Weide in Bewegung setzen, sagt George mit einem vielsagenden Lächeln: »Ich soll dich übrigens von Fynn grüßen. Er war ziemlich traurig, dass er heute anderweitig beschäftigt ist.«

Peinlich berührt schaue ich zur Seite, während ich ein möglichst gleichgültiges »Oh, danke« murmele.

»Leider hatten wir beide ja noch nicht viel Zeit, um uns zu unterhalten. Aber so ziemlich jedem anderen Familienmitglied hast du ja gehörig den Kopf verdreht.« George lacht und seine tiefe warme Stimme nimmt mir augenblicklich mein Unbehagen.

In letzter Sekunde kann ich mich noch bremsen *»Irgendwem ganz besonders?«* zu fragen, obwohl ich irgendwie das Gefühl habe, dass George besser Bescheid weiß, als man vielleicht denken mag. Er scheint mir einer dieser ruhigen Menschen zu sein, die selten im Vordergrund stehen, aber die Situation ganz genau beobachten. Für den Moment bin ich froh, dass George nicht weiter nachfragt. Und das nicht nur, weil der Weg gerade ein Stückchen steil bergauf führt und ich einen leichten Sauerstoffmangel verspüre.

Als wir an der Kuhweide ankommen, öffne ich das Gatter. Beinahe jeden Abend in den letzten Wochen habe ich Fynn beim Eintreiben der Kühe geholfen, sodass die Handgriffe mittlerweile ziemlich gut sitzen. Die Routinen hier auf dem Land haben eine unerwartet beruhigende, ja beinahe meditative Wirkung auf mich. Ich habe das Gefühl, so viel ausgeglichener zu sein als zu Hause. Wie soll ich nur demnächst wieder ohne das alles hier leben?

Langsam schlendern wir auf die großen Tiere zu, die völlig ungerührt von unserer Anwesenheit genüsslich an den frischen Grashalmen mümmeln. Kuh müsste man sein. Das habe ich in letzter Zeit mehr als einmal gedacht. Zumindest Kuh auf Georges Farm. Sie dürfen im Sommer den ganzen Tag auf der Weide stehen und müssen sich keinerlei Einschränkungen gefallen lassen. Dass die Kühe den gesamten Tag fressen können, ohne dass ihnen der Appetit vergeht, finde ich dennoch ziemlich bemerkenswert.

Vorsichtig streichele ich Mary über das von der Sonne gewärmte Fell. Mittlerweile kenne ich beinahe jede Kuh beim Namen, und das, obwohl ich Fynn gegenüber anfangs beteuert habe, dass die Kühe doch alle gleich aussehen und ich sie niemals würde voneinander unterscheiden können. Meine Kuhphobie ist tatsächlich so gut wie geheilt. Noch gestern hat Fynn gescherzt, dass eine Kuhtherapie vielleicht noch eine lukrative Einnahmequelle wäre. An meinem Beispiel wäre der Erfolg ja bereits bewiesen. Auch wenn er es natürlich als Scherz gemeint hat, sind mir direkt eine Handvoll Leute eingefallen, die dafür eine Menge Geld bezahlen würden, wenn man es ihnen nur als den angesagten neuesten Trend präsentieren würde. Doreen ganz vorn dabei. Man müsste ihnen nur erzählen, dass irgendein A-B-C-Promi auch eine Kuhtherapie macht, und die Leute würden sich darum reißen.

»Und du bist Journalistin?«, fragt George mit einem ehrlichen Interesse in der Stimme, während sich die Kühe widerwillig von uns zusammentreiben lassen.

»Nein, ich habe ja noch nicht einmal angefangen zu studieren«, winke ich ab, aber sein Kompliment erzielt seine Wirkung und lässt mein Herz einen freudigen Hüpfer machen.

»Zurzeit mache ich ein Praktikum bei meinem Lieblingsmagazin.« Kurz halte ich inne, weil ich merke, dass *Shiny* bei mir lange nicht mehr auf so einem hohen Podest steht, wie es das noch vor meinem Praktikum getan hat.

»Und du bist hier, weil du einen Artikel über uns schreibst?«

George ist so lieb zu mir, dass es mir beinahe das Herz bricht, wenn ich an den Inhalt des Textes denke. »Mhm«, murmele ich darum, ohne ihn anzusehen.

»Läuft es nicht gut?«, fragt George, der meinen Stimmungswechsel offenbar bemerkt hat.

»Doch, schon. Meine Chefin ist begeistert.« Mein Blick ist nach wie vor zu Boden gesenkt. Auf einmal habe ich das Gefühl zu platzen, wenn ich nicht endlich mit irgendjemandem darüber spreche. Und auch wenn George zu diesem Thema wahrscheinlich genau der falsche Ansprechpartner ist, wirkt er doch ruhig und vertrauenswürdig. So, als wüsste er immer ganz genau, was zu tun ist und als hätte er womöglich sogar einen guten Rat für mich.

»Aber?« George lacht und sieht mich fragend an, während er das Gatter hinter uns schließt. Die Kühe traben selbstständig den kleinen Abhang hinunter. Sie kennen den Weg ganz genau. Wissen, wo sie zu Hause sind.

Ohne genau zu überlegen, was und wie ich es am besten sagen kann, sprudeln plötzlich die Worte einfach so aus mir heraus. Als hätten sie tief in mir geschlummert und genau auf diesen Moment gewartet.

»Gehört es zum Erwachsenwerden dazu, dass man Dinge tun muss, die man gar nicht tun möchte? Weil es sonst keine andere Möglichkeit gibt, das zu bekommen, was man will?«

Für den Bruchteil einer Sekunde sieht George mich verwirrt an, was ihm angesichts meines überraschenden Gefühlsausbruches ja auch nicht zu verübeln ist. Doch dann scheint er über meine Worte nachzudenken, während wir eine Weile schweigend nebeneinander hergehen.

»Manchmal hat man das Gefühl, dass das Leben einem das Messer auf die Brust setzt. Und wenn du ein bestimmtes Ziel vor Augen hast, musst du, um dort hinzugelangen, manchmal auch einen Weg nehmen, den du nicht gehen möchtest. Die eigentliche Frage ist doch, wie hoch der Preis ist, um an ein Ziel zu gelangen. Und ob er es zu zahlen wert ist.« George lächelt mich liebevoll an. Es liegt mindestens ebenso viel Verständnis in seinem Blick wie Weisheit in seinen Worten. »Auch wenn wir manchmal das Gefühl haben, dass sich die Messerspitze schon in unsere Brust bohrt. Du hast immer eine Wahl, Nelly!« In einer väterlich vertrauten Geste legt er mir tröstlich und ermutigend zugleich seine Hand auf die Schulter. »Und ich bin mir absolut sicher, dass du die richtige Wahl treffen wirst!«

Ich nicke. Nur schwer kann ich den Kloß hinunterschlucken, der sich in meinem Hals gebildet hat.

Den Rest des Weges verbringen wir in einvernehmlichem Schweigen. Unglaublich, wie nahe ich mich George nach so kurzer Zeit fühle. Seine Worte hallen in meinem Kopf nach wie ein Echo, während ihre Bedeutung langsam zu mir durchsickert.

Was ist eigentlich genau mein Ziel? Anerkennung von meiner Chefin? Die Veröffentlichung meines Artikels? Ein Job bei *Shiny*? Und was ist der Preis? Die unbeschwerte Erinnerung an meine Zeit hier in Roseville? Die Freunde, die ich hier gewonnen habe? Fynn?

Nach und nach wird eine Frage in meinem Kopf immer lauter. Was, wenn es gar nicht darum geht herauszufinden, welcher Weg der richtige ist, sondern darum, ob nicht vielleicht das Ziel das falsche ist? Eigentlich habe ich doch immer bloß Journalistin werden wollen. Brauche ich dieses Magazin dafür überhaupt, das sich doch plötzlich als gar nicht so golden schimmernd herausgestellt hat?

22. Kapitel
Kein Date

»Deine Mom hat erzählt, dass es am Samstag ein großes Fest gibt?«

Besonders konzentriert streiche ich die rostrote Farbe auf das Holz des Scheunentors und versuche möglichst beiläufig zu klingen. Gestern haben wir bereits den ganzen Tag in mühsamer Feinarbeit die alten Farbreste abgeschliffen. Heute ist das Auftragen der neuen Farbe dran.

»Ja, Samstagabend ist das jährliche Sommerfest auf dem Marktplatz. Dort kommen alle Bewohner aus Roseville und der näheren Umgebung zusammen. Es gibt viel zu essen und zu trinken, eine Liveband spielt und es wird getanzt.«

Fynn sieht mich nicht an, während er redet. All das weiß ich natürlich längst, denn seit Tagen ist das Dorffest das Gesprächsthema Nummer eins. Auf seiner rechten Wange hat er einen riesigen Farbklecks und auch sein Hemd ist nicht unverschont geblieben, woran ich nicht ganz unbeteiligt bin. Schließlich habe ich mich für den Klecks auf meinem Oberteil rächen müssen. Zum Glück hat Elly mir eins von Fynns alten T-Shirts gegeben, dessen vertraut wohligen Geruch nach seinem ehemaligen Eigentümer ich mehr oder weniger erfolgreich zu ignorieren versuche.

»Für jemanden wie dich ist es wahrscheinlich nichts Besonderes. Bei euch gibt es bestimmt ganz andere Partys.«

»Also ich finde, dass es aufregend klingt!«, beeile ich mich das Gesagte zu entkräften. Eine Stimme in meinem Kopf fleht ihn an mich zu fragen, ob wir zusammen hingehen wollen. Auch wenn ich nicht genau weiß, wo diese Stimme herkommt und was zum Henker sie sich dabei bloß denkt.

»Hättest du Lust mit mir zusammen hinzugehen?«, erhört Fynn schließlich mein stummes Flehen und ich kann nur mühsam einen kleinen Freudentanz unterdrücken.

»Also Amy will unbedingt, dass ich Joshs Cousine Jane begleite, aber die ist echt total gruselig.«

Vielsagend zieht er die Augenbrauen nach oben. Auch wenn ich für Klatsch und Tratsch immer zu haben bin und es mich brennend interessieren würde, warum diese Jane so gruselig ist, unterbreche ich Fynn dennoch nicht, weil ich so sehr will, dass er endlich weiterredet.

»Außerdem ist so ein Dorffest ja für deinen Artikel bestimmt auch nicht uninteressant.« Er versucht lässig und ungezwungen zu klingen, aber sein Gesicht ist angespannt zusammengekniffen, er spricht plötzlich viel schneller als sonst und quasi, ohne zwischendurch Luft zu holen.

Mein Herz macht einen irrationalen Sprung, für den ich mich am liebsten selbst ohrfeigen würde. Auch wenn mich augenblicklich das schlechte Gewissen einholt, sobald er meinen Artikel erwähnt. Wenn neben George, der mir sein Schweigen versprochen hat, noch irgendjemand hier wüsste, worüber ich wirklich schreibe, könnte ich direkt meine Koffer packen.

Tatsächlich könnte das Dorffest für meinen Artikel interessant sein. Aber leider nicht so, wie Fynn denkt, sondern eher, dass es ein paar Klischees bietet als Futter für noch mehr Gemeinheiten und Gehässigkeiten.

Was George gestern zu mir gesagt hat, beschäftigt mich noch immer. Aber trotzdem habe ich noch keine Lösung für das Dilemma gefunden, auch wenn ich weiß, dass ich das Thema nicht mehr ewig lange verdrängen kann. Die Deadline für den Artikel rückt immer näher. Und mit ihr meine Abreise aus Roseville. Auch wenn nach Hause zu fahren noch vor einigen Wochen mein sehnlichster Wunsch gewesen ist, kann ich mir momentan kaum vorstellen das Landleben hinter mir zu lassen.

Doch all diese Gedanken blende ich jetzt einfach aus. Schließlich passiert gerade Wichtigeres.

Tu es nicht, ruft mein Verstand, der natürlich erkennt, dass es nicht wirklich clever ist, mit Fynn auszugehen. »Sehr gern!«, sage ich mit dem Herzen wie gewöhnlich auf der Zunge und mit einem unpassend freudigen Lächeln im Gesicht.

Erleichtert strahlt Fynn mich an, was ich sofort erwidere. Wie soll man diesem Grübchen auch widerstehen? »Also selbstverständlich nicht als Date oder so etwas«, füge ich sicherheitshalber noch schnell hinzu. »Sondern für mich nur zu Recherchezwecken, quasi als eine rein berufliche Verabredung, und für dich als Ausrede, um nicht mit Joshs Cousine hingehen zu müssen.«

»Natürlich!« Fynn sieht aus, als käme ihm diese Deutung auch gelegen. Mittlerweile streicht er die bestimmt zehnte Farbschicht über ein und dieselbe Stelle. Dieses Stück Holz ist nun wirklich mehr als gründlich behandelt.

»Super. Am besten treffen wir uns so gegen sechs Uhr unten vor dem Haus. Dann können wir zusammen hinfahren.«

»So machen wir es!«

Einen Moment herrscht eine etwas unangenehme Stille, in der nichts weiter zu hören ist als das Geräusch, das unsere Pinsel auf dem alten Holz erzeugen. Aber es ist nicht unangenehm, sondern schön und irgendwie vertraut.

»Und diese Jane ist so gruselig, weil …?«, breche ich schließlich das Schweigen, woraufhin Fynn schallend laut zu lachen beginnt.

»Es war so klar, dass du zu neugierig bist, um diese Sache einfach auf sich beruhen zu lassen.«

***

Die ganze Zeit versuche ich mir einzureden, dass es kein Date ist. Allerdings nicht besonders erfolgreich. Denn wenn es kein Date ist, warum habe ich mir dann die ganze Nacht darüber den Kopf zerbrochen, was ich anziehen soll? Warum habe ich meine Haare mit einem Lockenstab aufgedreht und meine Nägel lackiert? Und vor allem, warum habe ich seit Stunden dieses nervöse Kribbeln im Bauch? All diese eindeutigen Anzeichen für ein Date sind leider selbst für mich nicht wegzudiskutieren, und für gewöhnlich kann ich mir selbst eine Maus für einen Elefanten verkaufen. In Sachen Verdrängung bin ich immer ganz vorn mit dabei.

Kurz überlege ich Claire anzurufen, entscheide mich dann aber dagegen, weil sie nicht eher Ruhe geben würde, bis ich ihr haarklein alles erzählt hätte, was in den Tagen nach ihrer Abreise zwischen Fynn und mir passiert ist. Seit sie selbst hier gewesen ist, kann ich ihr schließlich nichts mehr vormachen. Außerdem würde sie mir schonungslos bestätigen, dass es sich bei unserem Treffen ohne jeden Zweifel um ein Date handelt. Und das würde meine Nerven zusätzlich strapazieren und meine Aufregung nur noch potenzieren.

Um kurz vor sechs gehe ich nach unten und setze mich auf die Bank vor dem Haus. Normalerweise bin ich eher unpünktlich, aber heute bin ich schon seit einer halben Stunde fertig und oben in meinem Zimmer habe ich es einfach nicht mehr ausgehalten. Elly, George und die anderen sind schon vor einer Stunde gefahren, weil es nachmittags schon Kinderspiele gab, die Laura natürlich nicht verpassen wollte.

»Du fährst dann mit Fynn?«, hat Elly mich heute nach dem Mittagessen mit einem so eindeutig verschwörerischen Unterton gefragt, dass ich beim Tischabräumen beinahe den Stapel Teller hätte fallen lassen.

Unruhig wippe ich mit den Beinen, wie ich es immer tue, wenn ich nervös bin. Und auch das sanfte Abendlied der Vögel, das mich für gewöhnlich zu beruhigen vermag, tut heute seine Wirkung nicht. In keiner meiner gescheiterten »Männergeschichten« hat es jemals so etwas wie ein richtiges Date gegeben, wenn man von Mikes Trosteis mal absieht. Und auch wenn das hier ja gar keines ist, bin ich einem Date wahrscheinlich noch nie näher gewesen als heute.

Weil ich die Augen geschlossen und mein Gesicht in Richtung Himmel gestreckt habe, um die warmen Strahlen der Abendsonne zu genießen, bemerke ich Fynns Anwesenheit erst, als er sich leise räuspert.

»Hey!«, rufe ich gespielt empört und doch mit den Mundwinkeln verräterisch nach oben gezogen. »Hast du mich etwa beobachtet?«

Als Antwort bekomme ich nicht mehr als ein verschwörerisches Grinsen. Fynn kommt auf mich zu und ich stehe von der Bank auf. Nervös zupfe ich meinen Rock glatt, was wahrscheinlich wenig anmutig aussieht.

»Du siehst … toll aus«, sagt er, nachdem sein Blick quälend langsam von unten nach oben meinen Körper entlanggewandert ist.

»Danke«, sage ich, seltsam verlegen für meine Verhältnisse. Vor Fynn bin ich niemand gewesen, den die Gegenwart eines männlichen Wesens aus dem Konzept bringen konnte, und ich bin mir nicht sicher, was ich von dieser neuen Entwicklung halten soll.

Nach langem Hin und Her habe ich mich letztlich für ein chiclegeres Outfit entschieden: eine ärmellose Jeansbluse mit weißem Blümchendruck und ein High-waist-Tellerrock, der mir bis kurz über die Knie geht. Tatsächlich habe ich mittlerweile sogar ein ganz kleines bisschen Farbe bekommen, sodass ich jetzt nicht mehr kreideweiß, sondern nur noch weiß bin. Ich kann nur hoffen, dass niemand in meiner Abwesenheit mein Zimmer betritt, denn es ist nicht ausgeschlossen, dass jemand die Polizei benachrichtigen könnte, weil er die Kleidereskalation für die Folge eines Einbruchs oder einer Bombenexplosion hält.

»Du siehst auch gut aus«, gebe ich das Kompliment absolut ehrlich gemeint zurück. Und das tut er wirklich. Ein Gedanke, bei dem ich mich spätestens seit dem Baseball-Turnier erschreckend oft erwische. Er hat ein dunkelblaues Hemd und eine enge Jeans an. Dazu trägt er ganz lässig Turnschuhe. Das lässt ihn insgesamt eher wie die Jungs bei mir zu Hause aussehen und nicht so, wie man sich einen Typ vom Land vorstellt. Nur hat keiner in meiner Heimatstadt so leuchtende kastanienbraune Augen, so dichtes dunkles Haar oder so markante Wangenknochen. Beschämt beiße ich mir auf die Unterlippe. Ich muss wirklich aufhören Fynn so anzuschmachten. Wo soll dieser Abend bloß hinführen, wenn mein Gehirn schon jetzt nur noch rosa Zuckerwatte produziert?

»Wollen wir?«, fragt Fynn und hält mir seinen Arm hin.

»Gern.« Nervös hake ich mich bei ihm unter, versuche das feuerwerkartige Prickeln zu ignorieren, das seine Berührung auf meiner Haut hinterlässt, und lasse mich zu seinem Pick-up führen.

Es ist kein Date! Es ist kein Date! Doch je öfter ich diese Worte in meinem Kopf wiederhole, desto unglaubwürdiger klingen sie. Wem mache ich hier eigentlich etwas vor? Ich werde gerade zu meiner ersten richtigen Verabredung abgeholt, und sind wir mal ehrlich ... Ich kann es kaum erwarten!

23. Kapitel
Das Dorffest

»Und du bist sicher, dass wir es noch bis zum Marktplatz schaffen werden?«, frage ich skeptisch, als wir über die Feldwege ruckeln, als hätte die letzte Stunde des Pick-ups längst geschlagen.

»Klaro. Mein Baby lässt mich nicht im Stich!« Fynn tätschelt liebevoll das Armaturenbrett, woraufhin ich nur lachend den Kopf schütteln kann.

In jeder freien Minute schrauben Alex und er mit einer erstaunlichen Leidenschaft an dieser alten Rostlaube herum. Fynns Grandpa hat den Wagen wohl schon gefahren und er scheint so etwas wie ein Familienmitglied zu sein.

»Sonst könnten wir ja auch den Traktor nehmen«, schlage ich mit leuchtenden Augen vor, was Fynn in ein amüsiertes Lachen ausbrechen lässt.

»Ha, gib es zu!«, stichelt er. »Du bist schon ganz süchtig nach unserem Riesen geworden!«

Ertappt ziehe ich eine Grimasse, kann aber nicht verhindern, dabei ein bisschen glücklich auszusehen. »Das ist ja gar nicht wahr«, verteidige ich mich mit Nachdruck.

»Wohl wahr! Du wirst doch schon ganz rot, Nelly!«

Empört rufe ich: »Du bist doch blöd!«, was deutlich glaubwürdiger klingen würde, wenn ich dabei nicht ebenfalls lachen müsste.

Fynn löst eine Hand vom Steuer und dreht den Regler des Radios auf und ich bin dankbar für die Ablenkung. Altersbedingt hätte ich das Radio eher unter museumsreif als unter funktionstauglich eingestuft – es verfügt tatsächlich noch über einen eingebauten Kassettenspieler, etwas, das ich nicht mehr gesehen habe, seitdem Mom vor einigen Jahren trotz all meiner Proteste meine alten Hörspiele ans Kinderheim abgegeben hat – doch sofort erfüllt Musik den Raum. Vermutlich versucht Fynn dadurch bloß die besorgniserregend lauter werdenden Motorgeräusche zu übertönen, was nicht wirklich gut gelingt.

»Der Empfang ist hier nicht immer so super«, entschuldigt er sich für das leichte, aber permanente Rauschen und das gelegentliche Knacken.

Mit hochgezogenen Augenbrauen grinse ich ihn von der Seite an, denn die Tatsache überrascht mich nach den letzten Wochen in Roseville jetzt nicht mehr wirklich. Doch auf merkwürdige Art und Weise empfinde ich die ungewollten Begleitgeräusche eher als stimmungsvoll. Sie passen in den Innenraum dieses in die Jahre gekommenen Pick-ups und ich komme mir ein klein wenig so vor wie in einem dieser alten Liebesfilme von Claires Mom, die wir an verregneten Sonntagnachmittagen im Herbst so gern immer wieder ausgraben. Schweigend sehe ich eine Weile aus dem zur Hälfte heruntergekurbelten Fenster und betrachte die in der Abendsonne leuchtende Landschaft Rosevilles, die wegen der beängstigenden Geschwindigkeit verschwommen an uns vorbeizieht. Der lauwarme Wind weht mir ins Gesicht und anstatt mir, wie für mich eigentlich typisch, Gedanken über meine Haare zu machen, die wahrscheinlich gerade ihre ganz eigene Party feiern, schließe ich die Augen. Meinen Verdacht, dass Fynn extra einen Umweg fährt, weil man normalerweise von der Meadowlane bis zum Marktplatz nicht annähernd so lange braucht, behalte ich für mich. Stattdessen genieße ich das Spiel von Licht und Schatten, das durch die Bäume entsteht, die die Landstraße säumen, über die Fynn den kränkelnden Pick-up sicher schneller als erlaubt Meter für Meter jagt. Die Anspannung, die noch vor wenigen Minuten jeden Zentimeter meines Körpers beherrscht hat, ist für den Moment wie weggepustet. So gespannt ich auch auf das Dorffest bin, so sehr wünsche ich mir gerade diese Fahrt würde niemals aufhören. Die Atmosphäre ist wunderbar und ich bin in diesem Moment nirgendwo lieber als hier in diesem Pick-up auf den Landstraßen rund um Roseville ... mit Fynn.

Auf meinen Lippen liegt unbeabsichtigt ein zartes Lächeln und in meinem Bauch breitet sich ein wohlig warmes Gefühl aus. Glück, das ist es. Ich bin glücklich. Und ich kann mich nicht erinnern, wann ich mich das letzte Mal so gefühlt habe.

***

Kaum zu glauben, aber wahr, kommen wir bald darauf an unserem Ziel an. Fynn parkt den Pick-up und springt mit einem galanten Satz über die Motorhaube, um mir tatsächlich die Beifahrertür zu öffnen. Keine Ahnung, wie er das gemacht hat. Ich wäre hundertprozentig hingefallen.

Bei der Erinnerung an meine Ankunft hier in Roseville muss ich schmunzeln. Unglaublich, was in der Zwischenzeit alles passiert ist. Meine Überzeugung, es gäbe keine Gentlemen mehr, muss ich jedenfalls zurücknehmen.

Der Marktplatz sieht aus wie in einem Märchen und peinlicherweise fühle ich mich ein bisschen wie Cinderella auf dem Ball im Schloss. Aber wer ist dann der Prinz? Fynn? So viel zum Thema Zuckerwatte.

Auf einer kleinen Bühne spielt eine Band stimmungsvolle Musik. Davor ist eine freie Fläche zum Tanzen, auf der sich jedoch erst ein paar wenige Paare und hauptsächlich spielende Kinder zur Musik bewegen. Unter ihnen auch Laura, die mit Granny Luise das Tanzbein schwingt, als gäbe es kein Morgen, und mir lachend zuwinkt. Um die Tanzfläche herum stehen einige Tische und Stühle und ein großer Grill verströmt einen herrlichen Duft.

Außerdem ist alles mit Blumen und Lichterketten geschmückt, die für eine unglaublich gemütliche Stimmung sorgen. Es muss viel Arbeit gewesen sein, alles so wundervoll herzurichten. Elly, Amy, Lucy und viele andere sind schon tagelang wie Heinzelmännchen über den Marktplatz geschwirrt, aber mir wurde strengstens verboten zu helfen.

»Du sollst dein erstes Dorffest genießen dürfen, ohne zu arbeiten!«, hat Elly bloß lächelnd gesagt, als ich ihr vor ein paar Tagen meine Hilfe angeboten habe. Mit einem Zwinkern hat sie noch hinzugefügt: »Außerdem habe ich das Gefühl, dass deine helfenden Hände bei Fynn momentan unentbehrlich sind.«

»Und du hast so getan, als wäre es nichts Besonderes«, sage ich und lehne mich so in Fynns Richtung, dass ich ihm mit meiner Schulter einen kleinen Schubs verpasse.

»Also gefällt es dir?« Erwartungsvoll und fast ein bisschen verlegen sieht er mich an, was ich irgendwie echt süß finde.

»Es ist wirklich toll!«

Nach und nach füllt sich der Platz immer mehr mit Menschen und dieser sonst so ruhige Ort ist plötzlich voller Leben. Die meisten Gesichter kommen mir bekannt vor. Niemals hätte ich es für möglich gehalten, dass sich hier binnen kürzester Zeit alles so vertraut anfühlen würde.

Anne aus dem Lebensmittelgeschäft sitzt mit zwei anderen Frauen plaudernd an einem der Tische und füttert ein Baby, dessen Haare genauso hellblond leuchten wie ihre eigenen. Ich habe gar nicht gewusst, dass Lucys Schwester noch so klein ist.

Amy steht mit Josh und einem Mädchen, das auch ungefähr in meinem Alter ist, vor dem Getränkestand. Einen Augenblick beobachte ich die beiden. Dass sie quasi schon auf der Krabbeldecke ein

Paar gewesen sind, ist nun wirklich nicht schwer vorstellbar, so toll, wie sie zusammen aussehen. Wieder liegt Joshs Arm locker um Amys Taille, als würde er nur dort hingehören, und ich bin mir beinahe sicher, dass alle, die darauf gewettet haben, dass es demnächst eine Hochzeit geben wird, bald um ein paar Dollar reicher sind.

Amy winkt mir aufgeregt zu. Das Mädchen neben ihr muss die sagenumwobene Jane sein, denn sie wirft mir quer über den Platz einen Blick zu, als hätte ich gerade ein unschuldiges Einhorn getötet. Zweifellos ist sie nicht gerade erfreut darüber, mich an Fynns Seite zu sehen. Jetzt kann ich jedenfalls absolut verstehen, warum Fynn sie so gruselig findet. Ich sollte den Abend über unbedingt darauf achten, mein Getränk niemals unbeobachtet in Janes Nähe stehen zu lassen. Nur ihrem Blick nach zu urteilen, würde ich Jane einen Giftmord ohne Weiteres zutrauen.

Während Fynn von etlichen Freunden begrüßt wird, ziehe ich am Strohhalm meiner Limonade und genieße den süßen Geschmack, der sich in meinem Mund ausbreitet. Dabei lasse ich meinen Rock sanft im Takt der Musik hin- und herwippen.

Es sind keine Songs aus den Charts oder solche, die auf unseren Partys zu Hause gespielt werden. Tatsächlich kenne ich bis jetzt keinen einzigen, doch der leicht countrymäßige Sound passt perfekt zu der Atmosphäre, verbreitet gute Laune und gefällt mir ehrlich gesagt erstaunlich gut.

Immer mehr Menschen drängen sich auf die Tanzfläche und bewegen sich ausgelassen zur Musik, während der Himmel über uns dunkler und die Stimmung ausgelassener wird. Auch Elly und George entdecke ich schließlich irgendwo in der Menge. Elly winkt mir zu und ich ignoriere ihren vielsagenden Blick in Fynns Richtung, indem ich konzentriert an meinem Strohhalm ziehe und angestrengt versuche nicht rot zu werden. Zum Glück sind die Lichter eher gedimmt.

»Na du?«, flüstert Fynn mir von hinten ins Ohr und seine unerwartete Nähe lässt mir einen Schauer den Rücken hinunterlaufen. Wie macht er das bloß?

»Nie im Leben werde ich mir jemals all die Namen merken können«, sage ich lachend, nachdem wir beide mit einem geräuschvollen Klirren unserer Flaschen aneinandergestoßen haben. Mein Namensgedächtnis ist schon immer grottenschlecht gewesen. Dabei dürfte es doch in einem kleinen Dorf wie diesem wirklich nicht so schwer sein. In meiner Heimatstadt leben Tausende Menschen, dort ist es so anonym, dass es normal ist, sich nicht beim Namen zu kennen. Den meisten von ihnen bin ich noch nie begegnet.

»Deine Freunde müssen mich für die letzte Idiotin halten!«

»Sie finden dich toll, glaub mir!«

Fynn sieht mich so eindringlich an, dass ich schließlich wegsehen muss. Eine Weile stehen wir schweigend nebeneinander und betrachten das Geschehen.

»Möchtest du tanzen?«, fragt er unsicher und ich habe das Gefühl, dass ihn diese Frage einiges an Überwindung gekostet hat. »Selbstverständlich auf eigene Gefahr, denn ich bin ein grauenvoller Tänzer.« Er lacht verlegen und sieht dabei auf seine Turnschuhe hinunter. Seine plötzliche Schüchternheit ist irgendwie niedlich.

»Das musst du mir erst einmal beweisen!« Kurz entschlossen stelle ich meine Flasche auf einen Stehtisch hinter mir, greife nach Fynns Hand und ziehe ihn hinter mir her auf die Tanzfläche. Wir drängeln uns durch bis in die Mitte, denn außen zu tanzen, wo einen alle von den Tischen aus beobachten können, ist furchtbar.

Die Band spielt einen temporeichen Song, doch kaum stehen wir beiden uns startklar gegenüber, ist der Song zu Ende und die Violinistin stimmt eine gefühlvolle Schmusenummer an.

Kurz sehen wir uns irritiert zu den Pärchen um, die bereits eng umschlungen zu tanzen beginnen, dann treffen sich unsere Blicke und wir prusten beide laut los. Das ist ja schlimmer als in jedem Kitschfilm.

»Na dann«, sagt Fynn schließlich, nachdem wir uns wieder einigermaßen eingekriegt haben, legt seinen Arm um meine Taille und zieht mich sanft, aber bestimmt zu sich heran. Unsere Körper passen perfekt zusammen, als wäre Fynn der Rahmen und ich das Bild.

Dort, wo er mich berührt, kribbelt meine Haut wie elektrisiert. Langsam beginnen wir uns im Takt der Musik zu bewegen, die wie ein eigens für uns komponierter Soundtrack perfekt zu diesem Moment passt. Die Welt um uns herum ist wie verschwommen und es scheint nur noch uns zwei zu geben. Unsere Blicke sind dabei die ganze Zeit aufeinander gerichtet, als würde eine Anziehungskraft verhindern, dass sie sich je wieder voneinander lösen.

Als der letzte Ton des Liedes verklungen ist, treten wir beide einen Schritt auseinander. Schüchtern schiele ich zu Fynn nach oben, dessen Augen so strahlend hell leuchten wie noch nie. Irgendwie war das Gekabbel zwischen uns ein weitaus sichereres Terrain als das hier gerade.

»Jetzt musst du das schönste Mädchen des Abends aber auch mal freigeben!«, reißt uns einer von Fynns zahlreichen Freunden aus unserer Parallelwelt, der sich mir neulich am Badesee als Tom, John, Ron oder so ähnlich vorgestellt hat. Ich verkneife mir den Kommentar, dass er den ganzen Abend ein ziemliches Auge auf Amy geworfen hat, dafür dass angeblich *ich* das schönste Mädchen des Abends sein soll. Aber ich nehme mir vor Amy später nach ihm zu fragen. Der Dorftratsch ist besser als jede Zeitschrift bei meinem Lieblingsfriseur.

Fynn tritt sichtbar widerwillig einen Schritt zurück und gibt für seinen Freund den Weg frei, ohne mich dabei auch nur eine Sekunde aus den Augen zu lassen.

***

Während ich mich den Rest des Abends von der männlichen Hälfte Rosevilles über die Tanzfläche schwingen lasse, von denen der eine mehr und der andere deutlich weniger talentiert ist, habe ich das Gefühl, dass Fynns und meine Blicke sich in der Menge immer wieder treffen. Fast so, als wären wir zwei Magnete, die einander anziehen.

Schließlich bittet mich sogar George um einen Tanz und stellt sich überraschenderweise neben Josh als einer der besten Tänzer heraus.

»Wow, du tanzt echt super«, stelle ich beeindruckt fest, während er mich zu einer langsamen Nummer elegant übers Parkett führt.

»Ich habe schon immer unglaublich gern getanzt«, beginnt George daraufhin zu erzählen. »Leider hat man meine Frau bei der Verteilung von Taktgefühl vergessen. Für unseren Hochzeitstanz habe ich extra Schuhe mit Stahlkappen angezogen.« Diese Erinnerung lässt George laut auflachen und auch ich kann mir bei der Vorstellung ein Schmunzeln nicht verkneifen. Kaum zu glauben, wie vertraut wir beide miteinander umgehen, obwohl wir in meiner gesamten Zeit hier doch kaum eine Handvoll Gespräche miteinander geführt haben.

»Diese Geschichte hast du selbstverständlich nicht von mir.« George zwinkert mir verschwörerisch zu und ich nicke mit feierlicher Miene, nur um kurz darauf wieder in Georges Lachen einzustimmen. Jetzt ist auch klar, dass Fynn die Tanzgene mütterlicherseits geerbt hat. Wobei, so schlecht hat er sich eigentlich gar nicht angestellt.

Erst als sich der Platz bis auf einige wenige besonders ausdauernde Tänzer geleert hat und die Uhr der kleinen Kirche zwölfmal schlägt, hat man Erbarmen mit meinen Füßen. Keine Ahnung, wie Cinderella die ganze Tanzerei in gläsernen Schuhen ertragen hat, wo meine Füße sich schon in Ballerinas anfühlen wie nach einem Marathonlauf.

Ich kann mich nicht erinnern, wann ich das letzte Mal so viel Spaß gehabt habe wie heute Abend. Die Menschen, die mir begegnet sind, waren so offen und herzlich und die Stimmung war völlig ausgelassen und ungezwungen. In einer kurzen Tanzpause habe ich mich einen Moment mit Lucy unterhalten, die eher als stiller Beobachter am Geschehen teilzunehmen schien und sich nur für ein einziges Lied widerwillig von Amy auf die Tanzfläche hat schleifen lassen. Auch mit Fynns Bruder Alex habe ich ein wenig gesprochen. Wie aus der Kanone geschossen hat er mir einen Witz nach dem anderen erzählt, sodass ich mir hinterher meine vom Lachen schmerzenden Bauchmuskeln habe halten müssen. Seine Persönlichkeit strahlt eine angenehme Leichtigkeit aus und auch wenn er irgendwie ganz anders ist als Fynn, ist doch nicht zu übersehen, dass die beiden Brüder sind. Und auch, wenn jede Begegnung des heutigen Abends unterhaltsam und herzlich war, hat sich doch mit jeder Minute der Trennung eine kaum noch erträgliche Spannung zwischen Fynn und mir aufgebaut. Schließlich ist *er* doch mein Date und mit ihm habe ich am wenigsten Zeit verbracht.

Jetzt kommt Fynn auf mich zugeschlendert, die Hände in den Hosentaschen, und lächelt mich an. »Bereit für das Taxi nach Hause?«

Langsam hebt er seine Hand und streicht mir eine Haarsträhne hinters Ohr, die sich bei meinem letzten recht wilden Tanz aus dem Zopf gelöst hat. Noch vor wenigen Tagen wäre mir diese Geste seltsam intim vorgekommen und ich hätte seine Hand wahrscheinlich mit einem schlagfertigen Spruch einfach weggefegt. Doch seit heute Abend, eigentlich schon seit mehreren Tagen, habe ich das Gefühl, dass wir uns nähergekommen sind als in der gesamten Zeit zuvor – und das, obwohl wir heute nur wenige Minuten miteinander verbracht haben. Alles in mir hofft, dass dieser Abend noch nicht zu Ende ist.

24. Kapitel
Sternenhimmel

Der Pick-up beginnt heftig zu ruckeln, als würde er lautstark protestieren, weil er nun endgültig keine Lust mehr hat. Außerdem macht der Motor Geräusche wie kurz vor einem Raketenstart. Mühsam versuche ich mir ein Grinsen zu verkneifen, während Fynn wutschnaubend mit der flachen Hand auf das Lenkrad schlägt. Mit dem Spezialeffekt von Qualm, der dramatisch aus der Motorhaube dringt, kommt der Wagen einige Meter später lautstark zum Stehen. Unter meinem krampfhaft unterdrückten Lachen bleibt mir beinahe die Luft zum Atmen weg.

»So ein verdammter Mist!« Fynn steigt energisch aus, läuft um das Auto herum und hebt die Motorhaube an. Ich tue es ihm nach, lehne mich lässig an den Kotflügel und schaue ihm dabei zu, wie er leise vor sich hin fluchend nach des Übels Wurzel sucht.

»Sieht nicht gut aus, was?« Angestrengt presse ich meine Lippen zusammen, was jedoch nicht viel nutzt, da die Schadenfreude bereits in meinen Augen angekommen ist.

»Wehe, du lachst!« Fynn hebt drohend den Zeigefinger, was es irgendwie noch schlimmer macht. »Nelly, ich warne dich!« Doch jetzt kann auch er nicht mehr richtig ernst sein.

»Mist …« Fynn lässt die Motorhaube mit einem lauten Knall wieder zufallen, der in der Stille der Nacht widerhallt. Dann kommt er mit wenigen seiner langen Schritte auf mich zu, bis er so dicht vor mir steht, dass ich seinen warmen Atem in meinem Gesicht spüren kann. »Tja, da habe ich wohl auf voller Linie versagt. Das war bestimmt das miserabelste Date, das du jemals hattest.« Bei dem Wort »Date« macht mein Herz einen albernen Sprung, dabei dürfte ja mittlerweile klar sein, dass dieser Abend nicht bloß zur Recherche für meinen Artikel dient oder als Ausrede für ihn, nicht mit Giftmord-Jane ausgehen zu müssen. Aber es aus seinem Mund zu hören, bringt irgendwie die endgültige Gewissheit.

»Erst musst du dir den ganzen Abend von meinen bescheuerten Freunden und sogar von meinem Bruder auf den Füßen herumtrampeln lassen, wo doch Alex' tänzerisches Talent meines noch um Längen übersteigt …«

Ganz deutlich liegt ein Hauch von Eifersucht in seiner Stimme. Es hat ihn also auch gestört, dass wir den Abend über so wenig zusammen sein konnten.

»Und dann kriege ich es nicht mal hin, dich galant nach Hause zu bringen.«

»Na ja«, beginne ich und widerstehe dem peinlichen Drang, mit meinem Finger die Muskeln seines Oberarmes nachzufahren. »Ohne deinem ›Baby‹ zu nahe treten zu wollen.« Bei dem Wort »Baby« zeichne ich mit beiden Händen übertrieben große Anführungszeichen in die Luft. »Aber ich habe meine Bedenken hinsichtlich der Fahrtauglichkeit bereits auf dem Hinweg geäußert.«

»Ich stehe tief in Ihrer Schuld, Mylady!« Fynn tritt einen Schritt zurück und macht einen tiefen und unterwürfigen Diener, dabei zieht er einen imaginären Hut.

»Noch könntest du versuchen es wiedergutzumachen«, schlage ich vor, beiße mir allerdings direkt auf die Lippen, als mir die Mehrdeutigkeit meiner Worte auffällt, die rauszuhören es nicht viel Fantasie braucht. Wenn überhaupt möglich, kommt Fynn mir noch ein wenig näher und schlagartig verwandelt sich die ausgelassen lustige Stimmung in knisternde Spannung.

»Aha, und woran denkst du dabei genau?« Der Klang seiner rauen Stimme sorgt trotz der Wärme dafür, dass sich die kleinen Härchen auf meinen Armen aufstellen und mir ein wohliger Schauer den Rücken hinunterläuft. Außer dem Zirpen ein paar besonders mitteilungsbedürftiger Grillen und dem zarten Rauschen der Gräser um uns herum, umhüllt uns die wohlige Stille der Nacht.

»Lass dir was einfallen«, flüstere ich, aus Sorge, ich könnte, wenn ich zu laut spreche, zerstören, was auch immer das hier gerade zwischen uns ist. Mein ganzer Körper kribbelt so sehr, dass ich mich am liebsten schütteln würde wie eine Marionette, wäre ich nicht gleichzeitig zu völliger Bewegungslosigkeit erstarrt.

Als unsere Nasenspitzen sich berühren und unsere Lippen nur noch wenige qualvolle Zentimeter voneinander entfernt sind, vibriert das Handy in meiner kleinen Umhängetasche und ich fahre erschrocken zusammen.

Will das Universum mich eigentlich veräppeln? Seit meiner Ankunft in Roseville flehe ich permanent sämtliche Götter um ein bisschen Handyempfang an – Fynn hat mir den Internet-Trick der Dorfjugend nämlich leider noch immer nicht verraten – und ausgerechnet jetzt, in diesem Moment, werden meine Bitten erhört?

Bis auf wenige Kleinigkeiten bin ich doch immer ein guter Mensch gewesen. Kein größeres Verbrechen dieser Welt geht auf mein Konto. Beim Shoppen kaufe ich keine Plastiktüten, sondern benutze immer einen Jutebeutel, den ich in meiner Handtasche habe, und in der Schule habe ich nur ein einziges Mal versucht zu schummeln. Und das ist leider sogar schiefgegangen, weil mein Spickzettel in den Heizungsschacht gefallen ist.

Die Nachricht kann nur von Claire sein. Wüsste sie, dass sie gerade filmreif eine perfekte Kusssituation zwischen Fynn und mir verhindert hat, würde sie sich wahrscheinlich freiwillig und höchstpersönlich auf die Liste der miesesten besten Freundinnen ganz nach oben setzen. Warum habe ich dieses verdammte Ding überhaupt mitgenommen? Für viel mehr als zum Ablesen der Uhrzeit kann ich mein Smartphone hier sowieso nicht gebrauchen.

Ungläubig schüttelt Fynn den Kopf und tritt mit einem zaghaften Lächeln auf den Lippen wieder einen Schritt zurück. Der magische Moment von eben ist definitiv unwiederbringlich zerstört. Zerknirscht beiße ich mir auf meine Unterlippe, die doch eigentlich gerade kurz davor war, etwas viel Besseres zu schmecken als meine bodenlose Enttäuschung.

»Und jetzt?« Fragend sehe ich Fynn an, der sich unsicher mit der Hand durch die Haare fährt. Warum fällt mir erst jetzt auf, wie sehr ich es liebe, wenn er genau das tut?

»Ich schätze, wenn wir vor Einbruch des Morgens am Hof sein wollen, müssen wir von hier zu Fuß weiter.« Auch wenn ich das mit meiner Frage nicht gemeint habe, nicke ich zustimmend. Gut, dass ich mich nicht für meine Riemchensandaletten mit dem kleinen Absatz entschieden habe.

***

Die Getreideähren rascheln leise im zarten Wind. Ohne Fynn hätte ich mich längst verlaufen, denn hier ist die Dunkelheit irgendwie dunkler als zu Hause und alles sieht gleich aus. Während wir angenehm schweigend nebeneinander herlaufen, gehen mir Tausende Dinge durch den Kopf. Es kommt mir beinahe so vor, als würde die klare Nachtluft auch Klarheit in meine Gedanken bringen.

Definitiv habe ich mir diesen Sommer ganz anders vorgestellt. Aber wenn ich ehrlich zu mir bin, habe ich in Roseville so viele unglaubliche Erfahrungen gesammelt, die ich doch sonst niemals gemacht hätte. Ich meine, wer hätte jemals gedacht, dass Traktorfahren solch einen Adrenalinkick erzeugen kann? Und jetzt, da ich hier durch die Nacht laufe, Fynn neben mir, und mich so zufrieden und frei fühle wie lange nicht mehr, frage ich mich, wie dieser Sommer hätte besser laufen können. Alles andere, was ich zu versäumen geglaubt habe, kann ja noch kommen. Aber meine Zeit hier in Roseville ist einmalig.

In meinem Kopf spielen sich wie in einem Film all die Bilder der vergangenen Wochen ab. Und immer wieder taucht Fynns Gesicht auf, immer wieder bleibe ich in Gedanken an dem Beinahekuss von gerade eben hängen, der mich trotz des warmen Sommerabends frösteln lässt.

Als wir über einen Weg gehen, der mitten durch ein Weizenfeld führt, bleibt Fynn plötzlich stehen und nimmt meine Hand. Überrascht sehe ich ihn an, während mein Puls schon wieder verdächtig zu rasen beginnt.

»Schau mal nach oben!«, sagt er schließlich und widerwillig wende ich meinen Blick von ihm ab. Doch ich werde dafür belohnt.

Der Himmel ist übersät mit unzähligen Sternen. Manche scheinen näher und manche weiter entfernt. Bei genauerer Betrachtung erkenne ich sogar einige Sternbilder. Meine Astronomiekenntnisse halten sich zwar stark in Grenzen, aber den Großen Wagen und den Kleinen Bären kann sogar ich finden.

»Noch nie in meinem Leben habe ich so viele Sterne gesehen«, sage ich nach einer Weile, die ich einfach nur fasziniert dagestanden habe. Eigentlich müsste Fynn doch langsam alle seine Karten ausgespielt haben. Doch stattdessen zieht er nach Sonnenuntergängen und Glühwürmchen jetzt noch dieses Ass aus dem Ärmel. Es wird mir aber auch wirklich immer schwerer gemacht, dem Zauber des Augenblicks zu widerstehen.

»Das liegt daran, dass es in den Städten zu viele andere Lichtquellen gibt. Außerdem sind die Nächte selten so klar wie hier auf dem Land.«

»Es ist der Hammer!«

Als wir nach einer Weile unseren Weg weiter fortsetzen, vergisst

Fynn unabsichtlich oder vielleicht auch absichtlich meine Hand wieder loszulassen und ich vergesse unabsichtlich oder vielleicht auch absichtlich ihn daran zu erinnern.

25. Kapitel

Küss sie doch!

Am nächsten Morgen wache ich mit einem Grinsen von hier nach Timbuktu auf. Eilig ziehe ich mich an, weil ich gar nicht schnell genug nach unten kommen kann. Weil ich es nicht erwarten kann, Fynn zu sehen. Eigentlich müsste ich mir selbst eine Ohrfeige geben, um mich wieder auf den Boden der Tatsachen zurückzuholen. Aber die Aussicht von Wolke sieben ist gerade einfach zu schön.

Bevor ich aus dem Haus gehe, werfe ich im Flur noch schnell einen Blick in den Spiegel, der über der alten Kommode hängt, und überprüfe mein Outfit. Heute muss ich besonders gut aussehen, denn heute will ich Fynn verführen. Mittlerweile habe ich es endgültig aufgegeben, mir einzureden, dass ich nichts für ihn empfinde, denn auch als die Königin im Sich-selbst-etwas-vormachen könnte ich mich davon zum jetzigen Zeitpunkt wohl nicht mehr überzeugen.

Als wir heute Nacht wieder auf dem Hof angekommen sind, habe ich mir nichts sehnlicher gewünscht als einen Kuss. Der Moment wäre doch perfekt gewesen. Aber er hat keine Anstalten in diese Richtung gemacht, sondern hat sich bloß höflich für den schönen Abend bedankt und ist in seinem Zimmer verschwunden. Wenn es nach mir gegangen wäre, hätte er in diesem Moment ruhig ein bisschen weniger anständig sein können. Um mich ihm dennoch an den Hals zu werfen, war ich dann doch zu stolz.

Die Nacht hat die Sehnsucht nach diesem Kerl jedoch noch einmal so verstärkt, dass ich mich heute Morgen zu nahezu allem bereit fühle.

***

Den ganzen Tag über versuche ich immer wieder verzweifelt die perfekte Situation für einen Kuss heraufzubeschwören. Doch Fynn scheint das nicht einmal zu bemerken. Ich rekele mich neben ihm auf der Obstwiese, als er den vom Sturm abgeknickten Ast des alten Apfelbaumes schneidet. Während er den Rasenmäher repariert, beuge ich mich extra nah über seine Schulter, als würde mich der defekte Motor brennend interessieren.

Am Nachmittag ist meine Frustration sogar schon auf einem so hohen Level angelangt, dass ich einfach mal demonstrativ die Lippen in Fynns Richtung spitze. Leider springen keine Tiere disneymäßig aus dem Gebüsch und rufen »Küss sie doch!«, obwohl höchstwahrscheinlich nicht einmal das geholfen hätte. Zur Unterstützung ziehe ich heute mindestens drei Mal meinen Lipgloss nach, in der Hoffnung, meinen Lippen dadurch einen verführerischen Glanz verleihen zu können. Aber auch das bringt mich einem Kuss kein Stück näher.

Dass Elly mich nach dem Mittagessen mit vielsagendem Unterton gefragt hat, ob Fynn und ich denn einen schönen Abend gehabt hätten, hat meine Stimmung zusätzlich nicht gerade weiter aufgehellt.

»Ja, es war sehr nett«, habe ich darum nur knapp geantwortet und mir gerade noch rechtzeitig ein *»Wenn dein Sohn nicht so ein Mönch wäre, hätte es noch netter werden können«* verkneifen können.

Am Ende des Tages bin ich mit meinem Latein am Ende und komme mir einfach nur noch rasend unattraktiv, aufdringlich und armselig vor. Mit einem frustrierten Seufzer lasse ich mich rückwärts ins Stroh fallen.

»Alles okay bei dir?«, fragt Fynn, legt die Mistgabel zur Seite und sieht mich unsicher an.

»Nein!«, brumme ich wie ein trotziges Kind und halte mir die Hände vors Gesicht, als könnte ich so der peinlichen Wirklichkeit für ein paar Sekunden entfliehen.

Dann höre ich Fynn mit seinen Gummistiefeln langsam auf mich zukommen, bis er sich schließlich neben mich ins Stroh wirft.

»Was ist los?«, fragt er mit seiner warmen Stimme so nah an meinem Ohr, dass ich eine Gänsehaut bekomme.

Dass ich das überhaupt erklären muss. Es ist mir peinlich und irgendwie bin ich auch in meinem weiblichen Stolz verletzt.

»Nelly?« Fynn umfasst meine Handgelenke und zieht mir meine Deckung weg.

Angriffslustig stütze ich mich auf meine Ellenbogen und sehe ihn an. Wenn er es wirklich wissen will, was habe ich schon zu verlieren? Meine Würde hat sich sowieso spätestens bei der Lippenspitzaktion winkend verabschiedet.

»Warum konntest du mich nicht einfach küssen?«, fahre ich ihn wütend an und er wirkt sichtlich erstaunt.

»Wie bitte?« Verständnislos schüttelt Fynn den Kopf.

Er kann doch wohl nicht wirklich so schwer von Begriff sein.

»Ja! Den ganzen Tag habe ich mich vor dir zum Affen gemacht, indem ich versucht habe möglichst unwiderstehlich zu sein oder eine romantische Situation heraufzubeschwören – und du?« Halbherzig schubse ich ihn an der Schulter. »Du kapierst einfach gar nichts.«

Langsam ziehen sich Fynns Mundwinkel nach oben, bis er so breit lächelt, dass seine weißen geraden Zähne fast vollständig entblößt sind.

»Du bist echt süß, weißt du das eigentlich?«, fragt er und streicht mit seiner Hand liebevoll über meine vor Wut gerötete Wange.

»Na, schönen Dank auch!« Beleidigt wende ich mein Gesicht von ihm ab. Süß? Das ist wirklich genau das, was ein Mädchen hören möchte, das vergeblich versucht, einen Jungen zu verführen. »Ich komme mir vor wie eine komplette Idiotin«, rede ich mich in Rage und merke dabei gar nicht, dass ich der perfekten Kusssituation gerade so nah bin wie in meinem ganzen Leben noch nicht. Durch das halb geöffnete Scheunentor wirft die warme Abendsonne ihr goldenes Licht auf uns, während wir so dicht nebeneinander im Stroh liegen, dass kein Blatt Papier mehr zwischen uns passen würde.

Fynn umfasst mit seiner Hand mein Kinn, dreht meinen Kopf wieder in seine Richtung und beginnt meinen Hals zärtlich zu liebkosen.

»Wenn du gar keine Lust hast, mich zu küssen, dann muss ich dir leider sagen, dass du gestern Abend eindeutig zweideutige Signale gesendet hast!« Das Brett vor meinem Kopf ist unendlich dick. Claire würde mich wahrscheinlich gerade auslachen.

»Nelly«, haucht Fynn nun an mein Ohr, ohne auf meinen leidenschaftlichen Monolog einzugehen.

»Ich meine es ernst, du bist unmöglich …«

»Nelly, verdammt!«, unterbricht Fynn mich nun etwas nachdrücklicher und legt seinen Zeigefinger auf meine Lippen, um mich zum Schweigen zu bringen. Er hebt seinen Kopf so weit an, dass er direkt über meinem schwebt und ich gar nicht anders kann, als ihm in die Augen zu sehen.

Erst jetzt merke ich, dass er mittlerweile quasi halb auf mir liegt und augenblicklich durchströmt mich eine unbändige Hitze.

»Weißt du, was ich den ganzen Tag versucht habe?«, fragt er und seine Stimme ist kaum noch ein raues Flüstern.

»Den Rasenmäher zu reparieren?«, frage ich und zucke gleichgültig mit den Schultern, weil ich nicht verstehe, was diese Frage jetzt soll.

Fynn entfährt ein genervtes Knurren und er verdreht die Augen. »Ich habe den ganzen Tag versucht dir zu widerstehen.«

Mein Herz macht einen Sprung und der Gedanke, dass Fynn

mich unwiderstehlich findet, erfüllt mich augenblicklich mit prickelnder Aufregung. Seine Augen sprühen plötzlich so intensive Funken, dass ich Angst habe, das trockene Stroh um uns herum könnte in Flammen aufgehen.

»Wie du dich in der Wiese gerekelt hast, dass ich beinahe den falschen Ast abgesägt hätte. Wie du dich so nah über mich gebeugt hast, dass mich dein Duft so benebelt hat, dass ich plötzlich nicht mehr wusste, wie man den Motor repariert. Und deine Lippen.« Zärtlich fährt er mit seinem Zeigefinger die Konturen meines Mundes nach. »Keine Ahnung, woran es liegt, aber die haben noch nie so verführerisch ausgesehen wie jetzt in diesem Moment!«

Die Engelschöre in meinem Kopf stimmen ein *Halleluja* an und eine tonnenschwere Last fällt von mir ab. Dann sind meine ganzen Bemühungen also doch nicht umsonst und meine weiblichen Waffen nicht völlig wirkungslos gewesen?

Fynns Gesicht ist meinem nun so nah, dass ich am liebsten meine Hand gegen seinen Hinterkopf pressen würde, um endlich seine Lippen auf meinen zu spüren. Doch die Quasselstrippe in mir kann mal wieder nicht still sein. »Und warum hast du dann nicht einfach …«, beginne ich vorwurfsvoll, doch dieses Mal bringt Fynn mich endgültig zum Schweigen.

Warm und weich liegen seine Lippen auf meinen. Sie schmecken nach Sommer und ein klein wenig nach frischem Kirschsaft. Unsere Körper sind eng aneinandergeschmiegt und Fynns Hand fährt unentwegt durch meine Haare.

Mein Körper kribbelt und das liegt nicht nur am Stroh, das sich piksend in meine Haut bohrt.

Vor jedem ersten Kuss gibt es diesen Moment, in dem man Angst hat, es könnte nicht so gut sein, wie man es sich vorstellt. Und dann gibt es den Moment, in dem man erkennt, dass diese Angst lachhaft unbegründet war, weil die Wirklichkeit jede Vorstellung um Längen übertrifft.

Während der Kuss immer intensiver wird, frage ich mich unwillkürlich, warum wir das nicht schon den ganzen Sommer gemacht haben. Küsse dieser Art sind doch viel zu kostbar, um die Zeit mit anderen Dingen zu verschwenden.

Irgendwann lassen wir beide schließlich schwer atmend voneinander ab und mir fällt auf, dass ich die letzten Minuten kaum Luft geholt habe.

Fynn lässt sich neben mir ins Stroh fallen und eine Weile liegen wir beide einfach nur nebeneinander da und starren an die Scheunendecke. Wortlos schiebt Fynn seine Hand unter meine und unsere Finger verschränken sich miteinander wie zwei Puzzleteile, die erst zusammen ein Ganzes ergeben.

26. Kapitel
Wie ein neues Leben

»Na los, komm schon!«, rufe ich Darling aufmunternd zu, die unsicher auf der Schwelle zum Stall nach draußen steht, so, wie ich es an meinem ersten Tag hier auch getan habe, als ich mich nicht getraut hatte den Kuhstall zu betreten. Heute ist ein ganz besonderer Tag, denn heute darf Darling zum allerersten Mal den Stall verlassen und mit allen anderen Kühen die Sonne auf der Weide genießen. Fynn steht direkt hinter mir und beobachtet ebenfalls amüsiert, wie Darling die ungewohnte Umgebung mit einem skeptischen Blick mustert, als traue sie dem Braten noch nicht so ganz. Die anderen Tiere laufen bereits voraus, nur Alma ist ebenfalls ein Stück zurückgeblieben, den Blick nach hinten zu ihrem Kälbchen gerichtet, als wollte sie ihm sagen, dass es keine Angst haben muss und ihr folgen soll.

Schließlich setzt Darling einen ersten zaghaften Schritt auf den Hof und läuft auf noch leicht wackeligen Beinchen zu ihrer Mama. Stolz schaue ich den beiden hinterher, die schon bald zum Rest der Herde aufgeschlossen haben. Auch Fynn und ich setzen uns in Bewegung und folgen den Kühen in Richtung Weide. Unglaublich, wie groß Darling in den letzten Wochen geworden ist. Auch wenn sie noch immer viel kleiner ist als ihre Mama hat sie ihre Kindchen-Schema-Züge schon ein bisschen verloren und ähnelt den anderen

Kühen immer mehr. Auf seltsame Weise bin ich bewegt von Darlings Entwicklung, die ich Schritt für Schritt habe mitverfolgen können, und ein kleiner Kloß der Rührung bildet sich in meinem Hals. Vielleicht weil auch ich mich entwickelt habe und ebenso gewachsen bin. Als hätte Fynn meine Gefühlsregung gespürt, legt er lachend einen Arm um meine Schulter und drückt mich an sich.

»Es kommt der Zeitpunkt, da müssen Eltern ihre Kinder loslassen«, neckt er mich mit einem breiten Grinsen. Schnell verpasse ich ihm mit meiner Faust einen leichten Stoß in die Seite, lasse jedoch im nächsten Moment zu, dass er mir einen liebevollen Kuss auf den Scheitel drückt. Jeder Stein auf diesem Weg kommt mir so seltsam vertraut vor und es erscheint mir schier unvorstellbar, dass ich schon in wenigen Tagen nicht mehr hier sein werde. Dass dieses Ritual, das ich in der Zeit hier auf dem Milchhof so lieb gewonnen habe, schon bald nicht mehr Teil meines Alltags sein wird. Überhaupt wird mir so viel unglaublich fehlen. Wie soll mir je wieder die Milch oder Marmelade aus dem Supermarkt schmecken? Sicher wird Elly nicht davon abzubringen sein, mir ein gigantisches Vorratspaket zu packen, aber das wird auch nicht ewig halten. Außerdem gibt es in meinem Leben zu Hause viel zu wenige Vierbeiner. Meine Eltern sind immer gegen Haustiere jeder Art gewesen und auch in meiner neuen Studenten-WG wird es diesbezüglich wahrscheinlich eher schlecht aussehen. Aber an all das habe ich mich sehr schnell gewöhnt. Nun hoffe ich inständig, dass ich es nach genauso kurzer Zeit auch nicht mehr vermissen werde. Was mir jedoch viel mehr Bauchschmerzen macht, sind die Freunde, die ich hier in Roseville kennengelernt habe. Für gewöhnlich bin ich jemand, der fremde Menschen nur selten an sich heranlässt. Aber wenn sich einmal jemand den Weg in mein Herz gebahnt hat, dann ist es kaum möglich, ihn einfach wieder daraus zu verbannen. Langsam kreise ich meinen Kopf, als könnte ich auf diese Weise wie eine lästige Nackenverspannung auch all diese quälenden Gedanken loswerden.

Während die anderen Kühe in einer gemütlichen Routine ihren Weg ablaufen, schnuppert Darling an jeder Blume und schleckt an jedem Stein, der am Wegesrand liegt. Alles ist neu für die Kleine und muss ganz genau erkundet werden.

Als wir an der Weide ankommen, läuft Fynn vor, um das große Holztor zu öffnen, und lässt die Kühe hindurch auf die endlos grüne Fläche trotten.

Darling ist nun noch aufgeregter als vorher. Ganz offensichtlich fällt es ihr unglaublich schwer sich zu entscheiden, ob sie lieber einem Schmetterling nachjagen möchte, der vor ihr in der warmen Sommerluft tanzt, oder doch von dem tiefgrünen Gras probieren, das so herrlich frisch duftet. Jetzt weiß sie endlich wirklich, was Freiheit bedeutet. Muss es sich für Darling nicht anfühlen wie ein komplett neues Leben? Und es gibt noch so viel zu entdecken.

Unser ganzes Leben jagen wir dem Glück nach und sind dabei häufig so blind, dass wir gar nicht bemerken, wenn wir es längst abgehängt haben.

In meiner Zeit hier in Roseville habe ich eine innere Ruhe gefunden, von der ich vorher gar nicht wusste, dass ich sie so bitter nötig hatte. Unfreiwillig musste ich einen Gang runterschalten, die vertraute Richtung ändern. Wer hätte gedacht, dass mir das Glück dabei wie zufällig über den Weg läuft?

Von Freude durchströmt blicke ich *meinem* Kälbchen hinterher, dass seiner Mama und allen anderen weiter hinaus auf die Wiese der Sonne entgegen folgt.

»Alles in Ordnung bei dir?«, flüstert Fynn sanft in mein Ohr, während er seine Arme von hinten um meine Taille und sein Kinn auf meine Haare legt. Augenblicklich verschwimmt alles um mich herum und ich kann nur noch die zarten, aber dennoch fordernden Küsse wahrnehmen, die Fynn in meinem Nacken zu verteilen beginnt. Noch immer in seinen Armen drehe ich mich langsam zu ihm um.

»Mehr als bloß in Ordnung«, sage ich, wobei meine Stimme plötzlich unerwartet leicht klingt.

Fynn seufzt zufrieden, wodurch seine Lippen, die mittlerweile an meinem Schlüsselbein angelangt sind, ein Kitzeln auf meiner Haut hinterlassen. Als ich zu lachen beginne, verschließt er meinen Mund mit einem Kuss, der mich sofort verstummen lässt.

Hatte ich erwähnt, dass ich süchtig nach Fynns Küssen bin? Die letzten Tage konnten wir die Finger nicht voneinander lassen. Auch wenn ich es nicht für möglich gehalten hätte, hat der zweite Kuss den ersten noch um Längen übertroffen. Und der dritte erst und der vierte … Es war, als hätten sich unsere Lippen permanent gesucht und gefunden. Oder als Fynn mir unerwartet den Beerenkorb aus der Hand genommen hat, um mit mir mitten auf dem Erdbeerfeld in einen Kuss zu versinken, der uns die Zeit auf eine Weise hat vergessen lassen, dass wir zu spät zum Mittagessen gekommen sind. Oder als er mich in der Scheune einfach gepackt hat, um sich mit mir in den Heuhaufen zu werfen, sodass Alex mich später mit einem verschwörerischen Grinsen darauf hingewiesen hat, dass ich Heu im Haar hätte. Oder als er mich heute Morgen, als ich aus dem Badezimmer kam, bereits im Flur erwartet und mich küssend mit seinem Körper so leidenschaftlich gegen die Wand gepresst hat, dass ich danach kurzzeitig derartig desorientiert gewesen bin, dass ich den Weg in mein Zimmer nicht mehr gefunden habe.

Noch nie in meinem Leben bin ich *so* geküsst worden. Mike war wirklich nicht schlecht auf diesem Gebiet – wahrscheinlich war diese für mich günstige Eigenschaft auch der einzige Grund, warum ich ihn nicht eher in den Wind geschossen habe –, aber erst Fynn hat mir gezeigt, was ein wirklich guter Kuss ist.

Elly ist ganz aus dem Häuschen gewesen, als sie von Fynn und mir erfahren hat. Ein begeistertes »Ich hab's ja gewusst!« konnte sie sich natürlich nicht verkneifen. Und auch alle anderen haben nicht wirklich überrascht gewirkt.

Claire hat vorgestern Abend so laut in den Telefonhörer gequietscht, dass ich danach ein mindestens fünfminütiges tinitusartiges Fiepen im Ohr verspürt habe. Als sie sich wieder einigermaßen beruhigt hatte, musste ich ihr alles bis ins kleinste Detail erzählen. »Oh, Nelly, du bist ja wirklich richtig verliebt!«, hat sie gekreischt, nachdem ich nicht mehr herausgebracht hatte als: »Ich weiß auch nicht, es ist einfach irgendwie … perfekt.«

Und sie hat recht. Ich bin verliebt. Bis über beide Ohren. Und ebenso, wie es mich wahnsinnig macht vor Glück, macht es mir unendlich große Angst. Denn ich habe keine Ahnung, wie es zwischen Fynn und mir weitergehen soll, wenn ich in wenigen Tagen meine Koffer packen muss. Unsere beiden Leben sind so was von überhaupt nicht kompatibel und allein der Gedanke an die Trennung treibt mir schon wieder Tränen in die Augen.

Fynn nimmt sanft meine Hand in seine und ich drücke sie fest. Für den Augenblick wünsche ich mir nichts sehnlicher, als einen Knopf drücken zu können, um die Zeit anzuhalten.

27. Kapitel
Ein unschöner Abschied

Doch natürlich bleibt die Zeit nicht stehen. Ganz im Gegenteil kommt es mir so vor, als würden die nächsten Tage wie im Zeitraffer ablaufen. Der Abschied von Roseville und all meinen neuen Freunden rückt bedrohlich näher.

Auch wenn es mir völlig unwirklich vorkommt und ich mir nicht im Entferntesten vorstellen kann, wie mein Herz das Ganze heil überstehen soll, ist morgen tatsächlich schon mein Abreisetag.

Gedankenverloren starre ich in den Badezimmerspiegel, während die elektrische Zahnbürste mit einem monotonen Summen über meine Zähne schrubbt.

Das heißt, dass heute mein letzter Abend hier in Roseville ist. Mein letzter Abend mit Fynn.

Die vergangene Woche war einfach unbeschreiblich. Mit Fynn an meiner Seite ist alles noch einmal viel intensiver geworden. Jede freie Minute haben wir miteinander verbracht und nicht nur küssend – anfangs hatte ich wirklich befürchtet, dass ich gar nicht mehr in Fynns Nähe sein könnte, ohne dem Drang nachzugeben, meine Lippen auf seine zu pressen –, sondern mit vielen Gesprächen oder auch einfach mal schweigend.

Und doch hatten wir einen Feind, der leider übermächtig war. Die Zeit. Warum muss ich ausgerechnet etliche Kilometer von zu Hause entfernt und auch sonst so unendlich weit weg von meinem eigentlichen Leben das erste Mal jemanden treffen, der mir wirklich etwas bedeutet? Jemanden, der es nicht nur auf meine Playstation abgesehen hat oder auf ein bisschen Knutscherei in der großen Pause.

Während ich mir den Mund ausspüle, versuche ich verzweifelt die Tränen wegzublinzeln, die sich bei dem Gedanken an den morgigen Abschied schon seit Tagen ungebeten immer wieder in meine Augen schleichen.

Heute Abend möchte ich nicht traurig sein. Ich möchte nicht daran denken, was morgen ist, sondern jede noch verbleibende Sekunde mit Fynn genießen. Darum habe ich mir überlegt ihn zu überraschen. Mit Ellys Hilfe habe ich einen kleinen Picknickkorb mit Brot, Käse, Trauben und dem köstlichen Kirschsaft zusammengestellt, dessen herrliche Süße ich zu Hause bestimmt mindestens genauso vermissen werde wie Fynn. Na ja, okay. Fast.

Wenn Fynn mit seiner Arbeit für heute fertig ist, können wir vielleicht zu unserer Bank auf dem Hügel gehen und dort zusammen sein, bis die Nacht dem neuen Tag weicht. Keine einzige Sekunde dieser letzten Nacht möchte ich ohne Fynn sein. Wir beide haben noch so viel gemeinsam zu erleben.

***

Mit unbändiger Vorfreude auf die gemeinsame Zeit und einem Lächeln vom linken bis zum rechten Ohr komme ich aus dem Badezimmer. Als ich Fynn erblicke, bleibe ich abrupt stehen und meine Gesichtszüge versteinern. Jetzt bin ich plötzlich die, die überrascht wurde. Und zwar nicht positiv. Denn Fynn steht über meinen aufgeklappten Laptop gebeugt, den Blick verkrampft auf den Bildschirm gerichtet. Mit einem leicht verwirrten und ungläubigen Gesichtsausdruck hebt Fynn schließlich den Kopf. Er wirkt müde, erschöpft. Aber in seinem Blick, der nun meinen trifft, liegt noch etwas viel Schlimmeres.

Enttäuschung.

Schweigend sehen wir einander an. Es kommt mir vor, als wären wir in einer Art Blase gefangen, abgeschirmt von der wirklichen Welt um uns herum, die doch noch vor wenigen Sekunden so schön war. Das eigentlich leise Ticken meines Reiseweckers erfüllt den gesamten Raum, viel lauter, als ich es je zuvor empfunden habe, und dröhnt in meinem Kopf. Die Zeit scheint stillzustehen, während in meinem Kopf zahllose Bilder wie ein kleiner Film über meine Zeit hier in Roseville abgespielt werden. Ich sehe Szenen meiner Ankunft. Meine anfängliche Kratzbürstigkeit lässt mich heute schmunzeln. Ich sehe jede einzelne Begegnung, die ich in den letzten Wochen erleben durfte. Jede einzelne Situation, in der ich über mich hinausgewachsen bin, mich selbst ganz neu oder vielleicht auch zum ersten Mal wirklich kennengelernt habe. Ich sehe Fynn, die gemeinsame Zeit. Doch vor allem sehe ich all die Momente, in denen ich mit der Wahrheit hätte rausrücken sollen. Jeden Einzelnen davon habe ich einfach verstreichen lassen und jetzt ist es zu spät.

»Fynn, ich kann dir das alles erklären«, beginne ich so ruhig wie möglich, doch meine Stimme zittert bei jedem Wort ein wenig mehr.

Doch Fynn lässt mich gar nicht weitersprechen. »Ich dachte, dass es dir hier gefällt. Aber scheinbar lag ich damit ja völlig daneben.« Er deutet auf den Bildschirm, auf dem noch immer das Worddokument mit meinem Artikel zu sehen ist, den ich gerade noch einmal durchgelesen habe. Schließlich steht morgen nicht nur meine Heimreise, sondern auch mein schwerer Gang in die Redaktion an. Wie hätte ich auch darauf kommen können, dass Fynn plötzlich in meinem Zimmer steht? Und wie kann ich ihm glaubhaft machen, dass absolut nichts von dem, was er da gerade gelesen hat, der Wahrheit entspricht? Dass ich gestern Abend entschieden habe, den Artikel nicht abzugeben. Egal welches Donnerwetter von Doreen ich deswegen auch immer ertragen muss?

Dieser verfluchte Artikel. Dieses verfluchte Magazin.

»Ist es hier wirklich so schlimm für dich?« Fynns Stimme klingt wütend, aber noch viel mehr trifft mich der Schmerz, der nun ganz eindeutig durchklingt.

»Na ja«, beginne ich zu erklären und mache hastig einen Schritt auf ihn zu. »Anfangs war es das. Aber jetzt nicht mehr. Ich habe mich in Roseville verliebt. Ich habe mich in dich verliebt, Fynn.« Die letzten Worte sind kaum mehr als ein Flüstern und hastig schlucke ich den Kloß vom Ausmaß eines Felsens hinunter, der sich in meinem Hals gebildet hat und scheinbar vorhat dort noch ein bisschen zu bleiben. Es ist das erste Mal, dass ich ihm diese Worte sage. Dass ich sie überhaupt zu jemandem sage. Und auch wenn sie absolut wahr sind, wie viel lieber hätte ich sie bei einem schönen Anlass gesagt und nicht aus Verzweiflung. Vorsichtig versuche ich meine Hand auf Fynns Arm zu legen, aber er weicht vor meiner Berührung zurück.

»Und warum schreibst du dann diesen Artikel?«

Herausfordernd sieht er mich an und erwartet ganz offensichtlich eine Antwort von mir, die ich ihm nicht geben kann. Denn selbst wenn ich wollte, ich kenne sie nicht. Warum habe ich den Artikel so geschrieben? Warum habe ich nicht viel eher auf mein Herz gehört und Doreen meine Meinung gesagt? Und vor allem, wie konnte ich es dazu kommen lassen, dass Fynn all diese unwahren Worte lesen muss?

Seine Augen sind nun zu schmalen Schlitzen verengt.

»Meine Chefin will es so. Sie meint, ein solcher Artikel wäre gut für die Verkaufszahlen«, starte ich einen zugegebenermaßen kläglichen Versuch, mein Verhalten zu erklären, wenn ich es schon nicht entschuldigen kann. Fynn lacht verächtlich auf und er hat so recht. Was sind schon Verkaufszahlen, gemessen an Freundschaft und Liebe?

»Na, dann wünsche ich viel Erfolg!«

Kopfschüttelnd dreht er sich um und geht ohne ein weiteres Wort zur Tür. Wie sehr wünschte ich mir ein bisschen was von seiner Schlagfertigkeit und Angriffslustigkeit zurück, denn sein Schweigen ist so viel schlimmer zu ertragen.

»Fynn, warte doch!«, rufe ich verzweifelt.

Wütend dreht er sich zu mir um. »Nein, Nelly! Ich werde nicht warten. Du hast mich belogen. Und noch viel schlimmer: meine Familie und all die Menschen hier, die *mir* wichtig sind.«

Die Verachtung in seiner Stimme fühlt sich an wie Messerstiche mitten in meinen Bauch hinein, sodass ich instinktiv die Arme um meine Mitte schlinge, um nicht zu zerreißen. Doch dann spüre ich noch ein anderes Gefühl aufkommen. Wut.

»Ha«, lache ich verächtlich auf und mache mit erhobenem Zeigefinger einen Schritt auf Fynn zu. »Das sagt ja der Richtige!«

»Wie bitte?«

»Du bist kein bisschen besser als ich. Du belügst hier auch alle, weil du dich nicht traust zu sagen, dass du gern studieren möchtest!«

Fynn schnaubt. »Das ist doch nun wirklich etwas ganz anderes.«

»Nein, ist es nicht«, fauche ich. »Du lügst, weil du glaubst keine andere Wahl zu haben – und um niemanden zu verletzen. Etwas anderes habe ich auch nicht getan.« Sofort bereue ich meine Worte. Schon immer habe ich um mich geschlagen, wenn ich mich in die Enge getrieben fühlte. Außerdem weiß ich, dass es nicht stimmt. Es ist *nicht* das Gleiche.

Einen Moment steht Fynn da und sieht mich schweigend an. Dann dreht er sich einfach um, zieht die Tür hinter sich zu und lässt mich allein zurück.

Es ist so furchtbar erschreckend, wie sich das Leben innerhalb von wenigen schicksalhaften Sekunden um hundertachtzig Grad wenden kann.

Am liebsten würde ich Fynn hinterherlaufen und ihn so fest

umarmen, dass alles wieder gut wird. Ihm sagen, dass mir alles furchtbar leidtut und dass wir es zusammen schaffen können. Doch stattdessen stehe ich bloß regungslos da und spüre, wie warme Tränen meine Wange hinunterlaufen. Und diesmal versuche ich nicht, sie aufzuhalten.

***

Noch nie in meinem ganzen Leben hat sich mein Herz in der Brust so schwer angefühlt. Beinahe habe ich Angst, es könnte mich mit seiner Last zu Boden ziehen. Und momentan bin ich mir nicht sicher, ob ich genug Kraft hätte, um wieder aufzustehen, oder nicht doch einfach am Boden liegen bleiben würde. Mit fünfzehn habe ich mich Hals über Kopf in Luke, einen Jungen aus der Parallelklasse, verknallt, der leider so gar keine Gefühle für mich gehabt hat. Ohne jeden Zweifel habe ich es für Liebe gehalten. Doch ich habe nicht gewusst, was Liebe ist, bis ich Fynn begegnet bin. Dieses Mal war es ganz anders. Keine Liebe auf den ersten Blick, sondern eine, die langsam und leise zuschlägt. Mit Fynn zusammen war alles so leicht. Ich kann mich nicht daran erinnern, wann ich zuletzt so viel gelacht habe wie in den letzten Wochen. Und jetzt ist die Seifenblase, in der ich durch diesen Sommer geschwebt bin, einfach zerplatzt und ich bin unsanft wieder auf dem staubigen Boden der Realität gelandet.

Vorsichtig trage ich meinen schweren Koffer die Stufen ins Erdgeschoss hinab. Es kommt mir so vor, als wäre es erst gestern gewesen, dass ich ihn wutschnaubend hinaufgeschleppt habe.

Auf dem Hof haben sich Elly, George, Granny Luise, Alex, Susan, Laura und sogar Amy versammelt. Alle sind zu meinem Abschied zusammengekommen. Alle, außer Fynn. Scheinbar hat er seiner Familie nichts von meinem Artikel erzählt. Sie müssen denken, dass wir uns getrennt haben und Fynn darum nicht zu meinem Abschied kommt, auch wenn ich mir sicher bin, dass Elly ihn eindringlich zu überreden versucht hat. Jetzt, wo ich Fynn wirklich kennengelernt habe, denke ich, dass es ihm ähnlichsehen würde, das ganze Drama vor seiner Familie zu verbergen. Wahrscheinlich könnte ich ihre Wut über den Artikel sogar besser ertragen als ihre absolut bedingungslose Zuneigung.

Seit Fynn gestern Abend aus meinem Zimmer gestürmt ist, hat er sich nicht mehr blicken lassen. Aber ich habe ihn auch nicht gesucht. Alles, was ich ihm hätte sagen können, hätte nichts mehr geändert. Tief in mir flüstert mein Verstand, dass es vielleicht sogar besser so ist. Heute muss ich Roseville sowieso verlassen. Möglicherweise ist der Schmerz unserer unsanften Trennung leichter zu ertragen als die Sehnsucht nach ihm. Doch wie soll der Verstand in einem Streit jemals gegen das Herz gewinnen? Sicherlich hat er die besseren Argumente, aber es gibt nun mal kein Argument, das die Liebe entkräften kann.

Auf einmal kommt mir die Geschichte von Sonne und Mond wieder in den Kopf, die Fynn mir neulich erzählt hat und die mir mit einem Mal so passend erscheint. Zwei Liebende, die nicht füreinander bestimmt sind. Deren Leben nicht zusammenpassen und denen nichts bleibt als unerfüllte Sehnsucht.

»Hier, das ist für die Fahrt, Liebes.« Elly drückt mir ein in Butterbrotpapier eingeschlagenes Päckchen in die Hand. Außerdem legt sie noch ein Ei oben drauf. »Von Josy, heute Morgen frisch gelegt.« In meinem Koffer habe ich schon ein XXL-Lebensmittelpaket verstaut, von dem meine ganze Familie ein Jahr lang satt werden kann.

Elly zwinkert mir zu und zieht mich dann in ihre Arme. Anschließend verabschiedet sich einer nach dem anderen von mir, bis ich zu Alex in den Wagen steige.

Als wir über den Kies vom Hof weg und in Richtung Bahnhof fahren, rollt mir eine Träne die Wange hinunter. Unglaublich, wie man fremde Menschen binnen kürzester Zeit so ins Herz schließen kann, dass man das Gefühl hat, sie schon immer zu kennen. Natürlich freue ich mich auf zu Hause, auf meine Eltern und meine Freunde. Aber ein Teil meines Herzens wird wohl hier in Roseville bleiben. Hier bei Fynn.

28. Kapitel
Jeansshorts

Vorsichtig ziehe ich die Tür des Altbaus zu, in dem sich meine neue Studenten-WG befindet. Fröstelnd schlage ich den Kragen meiner Jeansjacke nach oben, denn die Luft ist nun bereits merklich kühler als noch vor wenigen Wochen. Auch die Bäume haben mittlerweile ihr grünes Sommergewand gegen das wunderschön bunte Kleid des Herbstes getauscht, das jedes Jahr den bitteren Beigeschmack des Abschieds hat. Und dieses Jahr fällt es mir besonders schwer, den Sommer endgültig ziehen zu lassen. Denn mit ihm scheine ich so viel mehr loslassen zu müssen als nur eine Jahreszeit. Der Sommer kommt nächstes Jahr wieder, aber meine Zeit in Roseville ist mit Beginn des Herbstes endgültig vorbei.

Heute ist der erste Tag meines Studiums. Der erste Tag meines neuen Lebens, auch wenn es sich überhaupt nicht so anders anfühlt als gestern Abend. Irgendwas fehlt, bremst die übliche Euphorie aus, die sich normalerweise einstellt, wenn etwas Neues beginnt. Und tief in mir weiß ich auch, was es ist.

Der Umzug vor ein paar Tagen war schwieriger, als ich gedacht hatte. Claire hat Sturzbäche an Tränen geweint, dabei werden wir uns schon nächstes Wochenende wiedersehen, wenn sie mich besuchen kommt, damit wir zusammen auf die Semesterstartparty gehen können. Vielleicht kann ich sie ja dazu überreden, sich nach ihrer ausgiebigen Findungsphase doch noch hier an der Uni einzuschreiben. Eine meiner neuen Mitbewohnerinnen ist jedenfalls nach diesem Semester mit ihrem Studium fertig, sodass ein Platz in meiner WG für Claire frei würde.

Selbst meine Mom hat ein für sie völlig untypisches Tränchen verdrückt, nachdem meine letzte Umzugskiste in unserem Auto verstaut worden ist. Dad und sie sind stolz auf mich. Auch wenn sie mir das nie sagen würden, konnte ich es in diesem Moment spüren.

Als ich die Treppenstufen vor dem Haus hinunterhüpfe, verharre ich auf einmal wie versteinert mitten in der Bewegung. Erst halte ich ihn für eine Fata Morgana. Für einen fiesen Streich meines Unterbewusstseins, das ja doch noch immer jeden Tag an ihn denkt.

Doch dann beginnt die Fata Morgana mir schüchtern zuzuwinken und ruft: »Nelly, hey!«

»Fynn!«

Ungläubig gehe ich ein paar Schritte, bis ich ihm gegenüberstehe. Er sieht gut aus in seinem dunkelblau und weiß gestreiften Grobstrickpullover. Noch viel besser, als ich ihn in Erinnerung habe. Verzweifelt versuche ich mein wild pochendes Herz unter Kontrolle zu halten, was durch sein vertrautes Lächeln und das Strahlen seiner kastanienbraunen Augen nicht gerade gut funktioniert.

Nach der anfänglichen Freude zieht es sich schmerzhaft zusammen. Auch nach all den Wochen tut es noch weh, Fynn zu sehen. Alles in mir schreit danach, ihm um den Hals zu fallen, mein Gesicht in seinen Pullover zu schmiegen, ihn zu küssen. Aber die Dinge haben sich nun mal verändert. Es ist zu viel passiert. Oder besser gesagt, es ist zu viel *nicht* passiert. In wie vielen schlaflosen Nächten habe ich mir gewünscht Fynn würde mich anrufen, einfach mal *Hallo* sagen, nur damit ich seine Stimme hören könnte.

Elly hat mir schon zwei Briefe geschrieben, auf die Claire furchtbar neidisch war. »Mir schickt niemand Briefe!«, hat sie sich lautstark beklagt. »WhatsApp ist doch langweilig.«

Aber über Fynn hat Elly zu meinem Bedauern nichts geschrieben. Irgendwann dann habe ich mir eingeredet, dass es vielleicht besser so ist. Dass es andernfalls nur noch schmerzhafter werden würde.

»Fynn, was machst du hier?« Die Frage brennt mir schon auf der Zunge, seit dem Moment, in dem ich ihn entdeckt habe, und ich kann sie nun nicht länger zurückhalten.

»Na ja«, er räuspert sich und setzt dann eine feierliche Miene auf. »Ab heute darf ich mich offiziell ›Student der Agrarwissenschaften‹ nennen!«

Einen Moment bin ich sprachlos. Tatsächlich habe ich mit allem gerechnet, aber nicht damit. »Wow! Na dann herzlichen Glückwunsch«, gratuliere ich ihm leicht stotternd. Doch auch, wenn ich mich ehrlich für ihn freue, ist doch ein erschreckend großer Teil von mir enttäuscht, dass er nicht wegen mir hier ist.

»Danke. Meine Familie und ich haben wirklich eine super Lösung gefunden.« Begeisterung klingt aus jedem seiner Worte. »Im Wintersemester werde ich hier studieren, denn da gibt es auf dem Hof erheblich weniger Arbeit. Während des Sommersemesters bin ich zu Hause in Roseville, um auf dem Hof zu helfen. Von der Uni aus geht das klar und für mich und meine Familie ist es einfach perfekt.«

»Das freut mich für dich, Fynn.«

Es tut gut, ihn so glücklich und zufrieden zu sehen. Und es tut gleichzeitig weh, dass er mich für sein Glück nicht zu brauchen scheint. Während ich die letzte Zeit überwiegend unserem gemeinsamen Sommer nachgetrauert habe, hat Fynn sein Leben in die Hand genommen und einen Weg gefunden, seinen Traum zu verwirklichen.

Eine Weile stehen wir uns schweigend gegenüber. Es gibt so viel, was ich gern sagen würde, und doch kann ich nichts davon in Worte fassen.

»Übrigens, vielen Dank für den Artikel.«

Ich nicke, bin bei der Erwähnung des Artikels plötzlich ganz aufgeregt. Nachdem ich mit dem Schreiben fertig war, habe ich kommentarlos eine Kopie an Fynn nach Roseville geschickt. Auch wenn es zwischen uns vorbei war, war es mir doch wichtig, dass er liest, was am Ende aus dem Artikel geworden ist. Dass ich nicht der schlechte Mensch bin, für den er mich gehalten hat.

»Er wurde leider nicht abgedruckt.« Die Enttäuschung in meiner Stimme ist sicher nicht zu überhören. Auch wenn ich es mir eigentlich vorher hätte denken können. »Meine Chefin hat gemeint, dass keine unserer Leserinnen etwas von überarbeiteten Bauern und zu niedrigen Milchpreisen hören möchte.« Solche langweiligen Themen seien einfach nicht *shiny* genug für das Magazin, hat sie bloß mit einem herablassenden Lächeln gemeint. Und damit war die Sache erledigt.

»Tja, vielleicht hat sie recht. Aber das ist doch auch nicht wichtig.« Fynn legt seine Hand unter mein Kinn und hebt meinen Kopf so an, dass ich ihn ansehen muss.

Seine unerwartete Berührung versetzt meine Sinne in einen Ausnahmezustand. Beinahe hätte ich vergessen, wie gut es sich anfühlt. »Alles, was zählt, ist, dass du den Artikel so geschrieben hast, wie du es für richtig gehalten hast.«

»Das sieht meine Chefin aber anders.« Bei dem Gedanken an das unangenehme Abschlussgespräch nach meiner Rückkehr aus Roseville kann ich nur müde lächelnd den Kopf schütteln. Es hat seine Zeit gedauert, aber jetzt bin ich über meinen unsanften Absturz von der Karriereleiter zumindest einigermaßen hinweg.

»Sie war bestimmt sauer, oder?«

»Na ja, sagen wir mal so. Eine Festanstellung bei *Shiny* werde ich in diesem Leben wohl nicht mehr bekommen.« Zerknirscht sieht Fynn mich an. »Tut mir leid für dich.«

Lässig winke ich mit der Hand ab. »Das muss es nicht.« Als ich die

Worte ausspreche, merke ich zum ersten Mal, dass es stimmt. Ein Job bei *Shiny* ist all die Jahre mein Traum gewesen. Aber alte Träume gehen und neue Träume kommen. Und das ist auch gut so.

»Alle vermissen dich ganz schrecklich, Nelly«, wechselt Fynn ohne Vorwarnung das Thema.

Konzentriert versuche ich die Tränen wegzublinzeln, die bei dem Gedanken an all die lieben Menschen in Roseville meinen Blick verschleiern.

»Ich übrigens auch«, fügt er leise hinzu.

Warum sagt er mir so etwas? Habe ich nicht gerade erst notdürftig die Scherben zusammengesetzt, in die mein Herz an jenem Tag vor einigen Wochen zersprungen ist?

»Auch wenn die weiblichen Hobbypsychologen in der Familie für diese Erkenntnis ganze Arbeit leisten mussten.«

Fynn grinst und ich muss unweigerlich sofort an Elly und Amy denken.

»Ach, bevor ich es vergesse, ich habe ja noch ein Geschenk für dich!« Verwundert starre ich die kleine Tüte in Fynns Hand an, die ich vorher gar nicht bemerkt habe. Als ich sie zögerlich annehme, den Inhalt heraushole und vor mir in die Luft halte, traue ich meinen Augen nicht.

Jeansshorts?

»Mein Anwalt scheint das irgendwie versäumt zu haben. Darum ist er jetzt endgültig gefeuert und ich habe die Sache selbst in die Hand genommen.« Er grinst sein schelmisches Grinsen, das ich so sehr vermisst habe, und auch meine Mundwinkel ziehen sich unweigerlich nach oben.

»Ich weiß, dass Mom deine Hose geflickt hat … Aber mit dem schlechten Gewissen, dass wegen mir eine erfolgreiche Journalistin in spe mit einer geflickten Hose herumläuft, konnte ich einfach nicht mehr leben!«

Während ich Fynn unentwegt anschaue, spüre ich, wie mir eine

Träne warm die Wange hinunterläuft. Hastig wische ich sie mit meinem Handrücken weg.

»Nelly, hör zu«, beginnt Fynn plötzlich so ernst, als würde er eine wichtige politische Rede halten. »Ich habe mich wie ein Idiot benommen und es tut mir unendlich leid.«

Sofort setze ich an, um etwas zu erwidern, aber Fynn lässt mich nicht zu Wort kommen.

»Dich einfach so abreisen zu lassen, war ein riesiger Fehler, den ich nicht wiedergutmachen kann. Obwohl du das Geschenk als Bestechungsversuch werten darfst.«

Er zwinkert mir so schelmisch zu, dass ich lachen muss. Dann macht er einen Schritt mir entgegen und ich halte gespannt den Atem an. Sein Geruch umnebelt mich und katapultiert mich wie eine Zeitmaschine zurück nach Roseville. Erneut hole ich Luft, um etwas zu sagen, doch dieses Mal sind es nicht seine Worte, die mich unterbrechen, sondern es ist ganz allein seine physische Existenz keine Handbreit von mir entfernt. Behutsam lehnt er seine Stirn gegen meine und schließt mit einem tiefen Seufzer die Augen.

»Nelly, würdest du heute Mittag zusammen mit mir in der Mensa essen?« Erstaunt weiche ich ein Stück zurück und sehe in Fynns kastanienbraune Augen, die erwartungsvoll auf mir ruhen.

Mit allem habe ich gerechnet. Mit einem Kuss oder einem Liebesgeständnis, aber nicht damit. Eine Weile sage ich nichts, dann schleicht sich ein Lächeln auf meine Lippen und mein Herz beginnt unkontrolliert zu pochen. Doch nicht auf die schmerzhafte Art und Weise wie in den letzten Wochen, sondern so, dass man Angst hat, alle Menschen um einen herum könnten es hören.

»Na gut«, antworte ich betont gleichgültig, als würde in meinem Bauch nicht gerade ein gewaltiges Feuerwerk der Gefühle explodieren.

»Sehr gut!« Zufrieden grinst Fynn mich an. »Denn jetzt muss ich echt los. Meine erste Vorlesung beginnt in einer halben Stunde und ich habe keinen Plan, wo genau ich hinmuss.«

»Kommt mir irgendwie bekannt vor.«

Als wir nebeneinander zur U-Bahn-Station laufen, verschränkt Fynn seine Finger mit meinen. Und auch wenn es sich neu und aufregend anfühlt, ist es gleichzeitig so vertraut, als wäre es schon immer so gewesen – und als müsste es genau so sein.

»Dir ist schon klar, dass du keine andere Wahl hast, als ab jetzt jeden Sommer in Roseville zu verbringen?«

Das goldene Herbstlicht bringt Fynns Augen besonders intensiv zum Leuchten. Vielleicht verspürt er aber auch die gleiche Aufregung wie ich, weil gerade für uns beide etwas ganz Neues beginnt.

»Und ist dir denn dann auch klar, dass du ab jetzt nie wieder ein anderes Mädchen zum Dorffest einladen kannst und mir Personenschutz besorgen musst, weil durchaus die Gefahr besteht, dass Jane mich aus diesem Grund loszuwerden versucht?« Fynn lacht laut auf. »Also vorausgesetzt, du versprichst mir, dass du mich nicht wieder mit dem Traktor anfährst«, füge ich mit gespielt ernster Miene hinzu. »Seit ich meinen Eltern davon erzählt habe, halten sie Roseville nämlich für ein ziemlich gefährliches Pflaster.«

»Dann müssen sie wohl selbst mal hinfahren und sich eines Besseren belehren lassen. Außerdem war das ja auch nicht meine Schuld. Wer läuft bitte mitten auf der Straße und hört dabei mit Ohrstöpseln Musik?«

Kaum zu glauben, dass er jetzt wirklich wieder damit anfängt. »Pass du mal lieber auf, dass du bei deinem ersten Mensa-Date nicht direkt versetzt wirst!«

»Also ist das dann wirklich ein richtiges, echtes Date?«

»Fynn!«, rufe ich warnend und schubse ihn im Gehen ein Stück zur Seite.

Und dann rennen wir Hand in Hand lachend die Treppe der

U-Bahnstation hinunter, um nicht die letzte Bahn zu verpassen, die uns noch pünktlich zu unseren ersten Vorlesungen bringen kann.

Ende

Danksagung

Eine Danksagung zu schreiben ist immer eine merkwürdige Angelegenheit. Als könnte man in wenigen Sätzen jeden bedenken, der einen Dank und noch so viel mehr als bloß das verdient hätte. Ich versuche es trotzdem:

Zuerst möchte ich all den lieben Menschen bei Impress danken, die mich mit meiner Geschichte so herzlich aufgenommen haben, dass ich mich vom ersten Augenblick an pudelwohl gefühlt habe. Ich freue mich so sehr, nun ein Teil eures Teams zu sein!

Ein ganz besonderer Dank geht an meine Lektorin Julia Feldbaum. Es hat mir viel Spaß gemacht, mit dir zusammen die letzten Ecken der Geschichte rund zu schleifen!

Außerdem möchte ich mich bei all meinen lieben Freunden, Verwandten, Bekannten, Bloggern, Lesern und Co. bedanken. Es bedeutet mir so viel, dass ihr meine Bücher kauft, lest, rezensiert, weiterempfehlt, tolle Fotos postet und mir liebe Nachrichten schreibt. Danke für eure Unterstützung!

Danke auch an meine Autorenfreundinnen. Besonders an dich, liebe Katja, und dich, liebe Anna. Es ist so schön, dass man in der großen weiten Autorenwelt nicht allein dasteht!

Und last but definitely not least: Ein großer Dank an meine Familie. Dafür, dass ich euch bei allem immer an meiner Seite weiß, und für so viel mehr! ♥

Playlist

Where The Heart Is – Johanna Rau
Summer – Cassadee Pope
Crazier – Taylor Swift
Freedom – Kygo feat. Zak Abel
Kiss Me – Sixpence None the Richer
Salvation – Madeline Juno
Million Bucks – Cimorelli
Higher Love – Steve Winwood
Lovestruck – Izzy Marie Hill
Riptide – Vance Joy
Dancing In The Moonlight – King Harvest
Brighter Than Sunshine – Aqualung

Lies dich rein!

Leseprobe aus »Star meets Girl«, der filmreifen Liebesgeschichte von Emma S. Rose

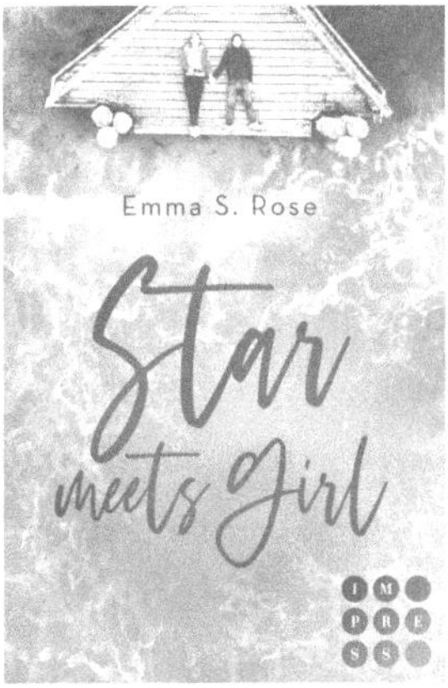

314 Seiten

ISBN 978-3-551-30376-9

Herzklopfen und Blitzlichtgewitter

Seit sie denken kann, lebt die achtzehnjährige Nele auf der kleinen Nordseeinsel Nütjeoog, wo jeder jeden kennt und kein Geheimnis sicher zu sein scheint. Noch nicht bereit, fürs Studium die Vertrautheit ihrer Heimat zu verlassen, genießt sie als Aushilfe im Laden ihrer Tante die idyllische Abgeschiedenheit. Doch als plötzlich ein Fremder auf der Insel auftaucht, gerät Neles Leben aus den Fugen: Der wortkarge junge Mann strahlt eine Anziehungskraft aus, der sie sich einfach nicht entziehen kann. Unbeirrt von seinem verschlossenen Verhalten, versucht Nele hinter seine Fassade zu blicken – bis ein gemeinsamer Ausflug aufs Festland mit einer Horde kreischender Fans endet. Denn Jasper Kaiser ist zufällig Hauptdarsteller einer bekannten Telenovela und damit ein Star …

Zitternd blicke ich auf die aufgewühlte See. Der Wind reißt an meiner Kapuze, dröhnt in meinen Ohren und versucht mit aller Macht mich mit sich zu ziehen. Ich kenne die Urgewalt der Natur, bin mit ihr aufgewachsen, und doch überrascht es mich immer wieder aufs Neue, wie rau die Wetterextreme sein können. Ich stehe breitbeinig hier, meine Schuhe fest vergraben im nassen, schweren Sand – und genieße es.

Wenn andere sich in ihre Häuser verkriechen, den Ofen anheizen und darauf warten, dass sich die Lage bessert, werfe ich mir nicht selten meinen Mantel über und wage mich nach draußen. Das hier ist mein Element. Ich weiß, worauf ich mich einlasse, wenn ich mich gegen den reißenden Wind stemme und den Deich erklimme. Und mir ist klar, dass ich vorsichtig sein muss. Ich halte immer ausreichend Abstand zum Meer, wenn es zu aufgewühlt ist. Dann, in diesen wenigen Augenblicken, in denen ich stocke, mein Gesicht in den Regen halte, die kalten Tropfen schwer auf meinem Gesicht spüre und erschaudere, weiß ich, dass ich lebendig bin.

Ich bin ein Inselkind durch und durch, erkenne die Natur als Teil meines Lebens an, nicht als meinen Feind, bin dankbar für das Leben, das ich führen darf … dankbar und demütig.

Auch heute halte ich inne, beobachte die Schaumkronen auf den Wellen, die sich am Strand brechen und rauschend zurückziehen, nur um erneut anzugreifen. In der Ferne sehe ich ein riesiges Containerschiff, das beinahe mit dem Horizont verschmilzt. Auch dort geht das Leben weiter, selbst wenn es stürmt und wie aus Kübeln schüttet. Froh, wenigstens sicheren, ruhigen Boden unter den Füßen zu haben, winke ich dem Schiff zu, obwohl ich weiß, dass mich keiner sehen wird.

Ich lächle. Meine Haut prickelt, so kalt ist mir mittlerweile, und mein Schal ist zwar fest um meinen Hals gewickelt und in die Kapuze gestopft, aber ich merke doch, wie der Wind daran zerrt. Es wird Zeit zu gehen. Zeit, die nassen Sachen loszuwerden und eine heiße

Dusche zu nehmen, ehe ich mich dem Rest dieses verbliebenen Tages widme.

Ich komme regelmäßig hierher, nicht nur, wenn es stürmt. Das hier ist mein kleiner Strandabschnitt. Er gehört nicht wirklich mir, aber ich fühle mich ihm besonders verbunden. Seit Jahren schon nehme ich mir hier beinahe täglich einen Moment Zeit für mich, erinnere mich daran, wie dankbar ich für mein Leben auf der kleinen Nordseeinsel sein kann, das sicherlich nicht für jeden geeignet ist, und erde mich dadurch immer wieder aufs Neue.

»Bis morgen«, flüstere ich, komme mir dabei nicht einmal sonderlich dämlich vor. Manche reden mit ihren Haustieren oder sich selbst, ich rede mit der Nordsee.

Schließlich wende ich mich ab, um mich wieder den Deich hochzukämpfen.

Auf der Spitze ist der Sturm noch schlimmer; ich klammere mich an dem eiskalten Geländer fest und eile die ausgetretenen Steinstufen hinab. Beinahe gerate ich ins Straucheln, aber mit jedem Schritt, den ich weiter nach unten gelange, wird es leichter.

Als ich am Fuß der Treppe ankomme, atme ich kurz durch und hebe einmal mehr mein Gesicht in Richtung Himmel. Auch hier ist der Regen eisig kalt, aber der Wind wenigstens eine Spur schwächer. Keine Menschenseele befindet sich auf der schmalen Straße, die sich in sanften Kurven Richtung Inselinneres schlängelt. Das flache Gras beugt sich dem Wind, die knorrigen Büsche werden durchgeschüttelt. So wie ich. Vermutlich bin ich wirklich die einzige Bewohnerin Nütjeoogs, die sich gerade freiwillig draußen aufhält. Morgen werde ich mir bestimmt wieder ein paar Sprüche anhören müssen. Aber das ist okay. So bin ich – und so ist mein Leben auf der kleinen friesischen Insel vor der Nordseeküste.

Ein breites Lächeln erhellt meine Züge, während ich mich gegen den Wind stemme und den kurzen Fußmarsch Richtung Zentrum hinter mich bringe. Angst vor Autos, die mir plötzlich entgegenkommen, muss ich nicht haben. Die Insel ist Kfz-frei, man begegnet maximal Fahrradfahrern, und selbst die halten sich in Grenzen. Insbesondere an Tagen wie diesen.

Diejenigen von uns, die auf dem Festland arbeiten, lassen ihren Wagen am Hafen stehen, an dem es dafür extra Langzeit-Parkplätze gibt. Ich selbst habe nicht einmal einen Führerschein, obwohl meine Tante mich letztes Jahr praktisch dazu nötigen wollte. Bisher sehe ich darin keinen Sinn. Irgendwann wird sich das vielleicht ändern … sollte ich die Insel verlassen. So richtig verlassen.

Ich erschaudere, schiebe diesen bedrückenden Gedanken eilig beiseite, ergänze meinen Plan um eine Tasse heißen Kakao und freue mich auf das prickelnde Gefühl, das einsetzt, sobald die eisige Kälte weicht.

Bin ich seltsam, weil ich so etwas mag? Weil ich mich in solchen Momenten besonders lebendig fühle? Weil ich es nicht für nötig erachte, die weite Welt zu erobern? Weil mich mein kleiner Inselfleck auf der riesigen Landkarte mehr als glücklich macht? Manche würden das vielleicht behaupten. Ich jedoch bezeichne mich eher als genügsam, lebensbejahend und »glücklich im Moment verweilend«. Schon früh habe ich mich dazu entschieden, den positiven Blick aufs Leben zu bewahren. Das Glas ist halb voll, nicht halb leer, der Sturm gehört ebenso zu unserem Leben wie die Sonne. Und wann immer ich mich gegen die raue Naturgewalt stemme, flutet mich ein pures Glücksgefühl – wohlwissend, dass schon bald die Sonne folgen wird und ich sie umso mehr zu schätzen weiß.

Die Endorphine halten noch an, als ich das Haus erreiche, in dem ich mein bisheriges Leben verbracht habe.

Es liegt am Rand des Zentrums. Eingehüllt von einem natürlichen Zaun aus Büschen und flacher Hecke erhebt sich das alte Kapitänshaus mutig gegen die Urgewalten. Es gehört zu den ersten Bauten, die überhaupt auf Nütjeoog errichtet wurden, weshalb es noch den traditionellen Charme ausstrahlt: rote Backsteine, ein Reetdach mit spitzem Zwerchgiebel mittig über der Eingangstür, eher flach gebaut, dafür lang gezogen. Früher befanden sich im östlichen Teil Stallungen, doch die wurden schon vor einiger Zeit zu Wohnraum umgebaut. Wir besitzen keine Tiere, auch wenn ich mir als Kind über Jahre verzweifelt einen Hund gewünscht habe – oder Ziegen. Mittlerweile verstehe ich die Entscheidung meiner Eltern, auch wenn meine Sehnsucht nach einem Vierbeiner ungebrochen ist. Irgendwann, wenn ich diese Entscheidung allein treffen kann, werde ich es tun. Bis dahin begnüge ich mich mit den zahlreichen Tieren, die unsere Insel bevölkern.

»Nele?«

Die klare Stimme meiner Mutter ertönt aus der Küche, sobald ich unser Haus betrete. Es riecht nach deftigem Eintopf und Zimt, und die angenehme Holzofenwärme überzieht meine nasskalte Haut mit dem erwarteten Prickeln.

»Ja, ich bin's«, erwidere ich, während ich Mantel und Stiefel abschüttele und im Eingangsbereich zurücklasse. Dann tapse ich durch den breiten Flur und wende mich nach rechts, wo sich die riesige Wohnküche befindet. Wie erwartet steht meine Mutter am Herd, rührt in einem großen Topf, der bestimmt ausreichend Essen für eine ganze Schiffsbesatzung beinhaltet, und lächelt mich milde an.

»Du warst schon wieder am Strand.« In ihren Worten klingt kein Tadel mit. Meine Eltern haben früh aufgehört mir ausreden zu wollen, dass ich mich bei Wind und Wetter rausschleiche. Vielleicht weil sie begriffen haben, dass ich stets vorsichtig bin und Unwettern mit Respekt begegne. Vielleicht aber auch, weil sie es schlicht und ergreifend aufgegeben haben – in dem vollen Bewusstsein, dass ich den Dickschädel meiner Tante Maren geerbt habe.

Ich trete neben sie, schiebe meine Hand unter den Saum ihres Fleecepullovers und entlocke ihr einen schrillen Schrei. Grinsend wackle ich mit den Augenbrauen. »Jepp, zumindest kurz. Ist echt windig draußen, aber wir hatten es schon schlimmer.«

Die Augen meiner Mutter funkeln. Sie sind ebenso sturmgrau wie das Meer vorhin, und ich liebe es zu wissen, dass ich diese schöne Schattierung geerbt habe. Neugierig werfe ich einen Blick in den Topf – und seufze zufrieden. Möhren-Kartoffel-Eintopf gehört zu meinen liebsten Gerichten und passt perfekt zu einem Tag wie heute.

Schritte ertönen hinter mir. Im ersten Moment überrascht es mich, tagsüber ist mein Vater selten daheim, doch dann verdrehe ich grinsend die Augen. Klar: Ihn hat das Wetter mehr in die Knie gezwungen als mich oder die restlichen Bewohner der Insel. Er arbeitet für die Werft, die einen Großteil der Fähren in dieser Gegend stellt. Normalerweise ist er für den Pendelverkehr von Nütjeoog zum Festland zuständig, springt auch mal auf anderen Strecken ein. Aber da unsere Insel bei Wetterlagen wie dieser hier vom Festland abgeschnitten ist, muss er wohl oder übel einen Tag Urlaub einlegen. Für einen Mann wie meinen Vater nicht gerade einfach. Er wirkt gehetzt, so als bräuchte er dringend eine Aufgabe. Bestimmt hat er den halben Tag in seiner Werkstatt verbracht, wo er alte Möbel restauriert oder andere kleinere Holzarbeiten erledigt, wenn er mal etwas Zeit findet.

»Hey, Papa«, begrüße ich ihn.

Er nickt mir zu, seine Mundwinkel zucken. Dann lässt er sich schwer seufzend auf die Eckbank sinken.

Ich wende mich lächelnd ab. Das war seine Version friesischer Herzlichkeit.

Meine Tante kommt zur Tür reingeschneit. Sie wohnt in einer gemütlichen, aber winzigen Wohnung über dem Inselladen, den sie seit bald zehn Jahren führt, und wenn sie nicht gerade hinter der Kasse steht, hält sie sich häufig bei uns auf. Sie behauptet, es liege an der großen Auswahl an Büchern. Ich weiß, es liegt daran, dass wir einen Kamin haben und meine Mutter besser kocht.

Wie immer, wenn Maren da ist, wird es laut und fröhlich. Sie ist die ältere Schwester meiner Mutter, aber wenn man deshalb vermutet, dass sie die vernünftigere ist, hat man sich geschnitten. Wo meine Mutter eher still und zurückhaltend ist, ist Maren laut und forsch. Sie hat ihr Haar flammendrot gefärbt, seit ich denken kann, und die wilden Locken umfliegen ihren Kopf wie Feuer, nur ab und an gebändigt durch ein buntes Tuch, das sie sich wie ein Stirnband umbindet. Meist trägt sie eine Latzhose, auch wenn die ihrer rundlichen Figur nicht unbedingt schmeichelt, und dazu karierte Hemden und Stiefel. Sie befindet sich irgendwo zwischen burschikos und superweiblich und es gibt keinen Menschen, zu dem ich mehr aufsehe als zu ihr. Auch wenn ich meine Eltern liebe und sie mir viel mitgegeben haben – Maren ist es, die meine lebensbejahende Einstellung gefördert hat. Meine Liebe zur Natur, zu den Selbstverständlichkeiten des Lebens, die gar nicht so selbstverständlich sind. Und zu Büchern.

Meine Tante ist einfach spitze.

Gerade gibt sie wieder ihre Anekdoten des Tages zum Besten. Auf Nütjeoog wohnen aktuell 97 Menschen. Urlauber verirren sich so gut wie nie zu uns, obwohl wir für den unwahrscheinlichen Fall ein paar einfache Ferienwohnungen zur Verfügung haben. Das hat zur Folge, dass die Leute, die ihren Laden frequentieren, immer dieselben sind, und so sieht es auch mit den Anekdoten aus. Und doch schafft sie es, sie so zu verpacken, dass wir alle lachen müssen – genauer gesagt: leichtes Schmunzeln im Falle meines Vaters –, ohne dass sie irgendjemanden blamiert. So ist sie, mein Sonnenschein von Tante.

»Wie sieht es mit deinen Studienplänen aus, Nichtchen?«, wechselt Maren so plötzlich das Thema, dass all meine Zuneigung für sie kurzfristig verpufft.

Meine Mutter hebt fragend die Augenbrauen, mein Vater brummt leise. Beide widmen sich weiterhin ihrem Eintopf, während ich mich augenblicklich in die Ecke getrieben fühle. Hitze schießt mir in die Wangen, als ich Marens Blick begegne. Sie lächelt mich offen an.

»Alles beim Alten«, gebe ich zurück, klinge dabei etwas atemlos.

»Nele …«

»Maren!« Entschlossen falle ich ihr ins Wort, deute mit dem Löffel auf sie und schüttle den Kopf. »Nicht heute, okay? Seit wir uns das letzte Mal unterhalten haben, hat sich nichts Wesentliches geändert, und ich kann deine Argumente mittlerweile im Schlaf herunterbeten. Wenn wir das nächste Mal im Laden stehen, kannst du mich gern wieder bearbeiten. Aber heute Abend will ich einfach nur mein Leben genießen.«

Obwohl ich sie darum gebeten habe, kann sie nicht klein beigeben. Natürlich nicht. Marens Augenbrauen treffen sich in der Mitte, ihre Nase wird kraus. »Du tust so, als wäre es dein Untergang fortzugehen. Dabei ist es genau das, was du willst. Leben. Du weißt, dass Nütjeoog nicht alles ist …«

»Jepp, weiß ich. Und ich werde auch fortgehen … irgendwann.« Eilig widme ich mich wieder meinem Eintopf, der plötzlich einiges an Geschmack eingebüßt hat. Dennoch schiebe ich mir eine riesige Menge in den Mund, um erst einmal nicht mehr reden zu müssen.

Obwohl Maren sich offenbar damit zufriedengibt und wieder völlig abrupt das Thema wechselt, ist der Schaden angerichtet. Seufzend lasse ich meinen Blick durch die urige Küche schweifen. Unsere Sitzecke ist durch offenes Gebälk eingerahmt. Die Fliesen sind terrakottafarben, einige von ihnen haben schon Sprünge – Zeugen all der Jahre voller Leben in diesem Haus. Die Küche ist ebenfalls alt, aber robust und mit neuen Geräten ausgestattet. Während die Wand hinter mir nur von einem riesigen Ölgemälde beherrscht wird, das die raue See an einem Sturmtag wie diesem darstellt, sind die anderen über und über mit Fotos bedeckt. Schwarz-weiß, bunt, sepia. Die Vorfahren meiner Eltern, wir, Momentaufnahmen einer traditionsreichen Familie, die hier schon lebt, seit Nütjeoog besiedelt wurde. Hier fühle ich mich zu Hause. Das hier ist der Inbegriff von Heimeligkeit. Wann immer ich daran denke, die Insel verlassen zu müssen, um zu studieren, wird mir ganz mulmig zumute. Ich kann mir einfach nicht vorstellen, wie das Leben anderswo sein wird. Ich liebe es hier, habe alles, was ich brauche. Allein die Vorstellung, mich vom Meer zu entfernen, stresst mich bereits. Und wie soll ich da mit dem Leben in einer Stadt zurechtkommen?

Seit meinem Schulabschluss im vergangenen Jahr liegt meine Tante mir damit in den Ohren, dass ich »die Welt erobern soll«. Das will ich ja auch. Grundsätzlich. Aber ich will auch den richtigen Zeitpunkt dafür abpassen, und tief in meinem Innersten spüre ich, dass ich noch nicht so weit bin. Es hat mich einiges an Überzeugungskraft gekostet sie dazu zu überreden, mich in ihrem Laden arbeiten zu lassen. Ich habe es geschickt angestellt, habe begründet, dass ich mir so einen finanziellen Puffer für den Start ansparen und ein wenig erwachsener werden will. Letzteres Argument hat sie zum Lachen gebracht – in ihren Augen bin ich das bereits viel zu sehr für mein Alter –, aber am Ende hat sie sich geschlagen gegeben, wenn auch nur unter der Bedingung, dass ich es im kommenden Jahr angehe. Seitdem löchert sie mich regelmäßig mit Fragen: Wo soll es hingehen? Welche Studienrichtung? Wie sind deine Pläne?

Es macht mich jedes Mal ganz nervös. Wie soll ich bloß entscheiden, wie ich mir den Rest des Lebens vorstelle, wenn ich gar keine Ahnung habe, was mir fehlt?

Zum Glück sind meine Eltern in dieser Hinsicht entspannter. Solange ich bleiben will, kann ich bleiben. Wenn ich gehen will, kann ich auch das tun. Sie sind mit meinen Entscheidungen einverstanden, egal wie sie ausfallen. Allerdings hege ich den Verdacht, dass sie mich besser verstehen können als Maren. Während meine Mutter zwar ebenfalls zum Studieren fortgegangen ist, nur um dann direkt wieder zurückzukehren, hat sich mein Vater nur ein einziges Mal weiter als einhundert Kilometer von Nütjeoog entfernt, und zwar, um meine Mutter wieder auf die Insel zurückzuholen.

Ich persönlich finde das sehr romantisch, Marens Meinung gebe ich lieber nicht wieder. Schon seltsam eigentlich, dass sie diejenige ist, die mich in meiner charakterlichen Entwicklung so begleitet und meine Inselliebe gefördert hat, und nun will ausgerechnet sie mich verscheuchen.

Nach dem Essen kümmere ich mich um den Abwasch, während Maren und mein Vater rüber ins Wohnzimmer gehen. Es ist noch größer als die Küche und zweigeteilt. Es gibt einen Bereich mit Sofa und Fernseher und dazu noch einen Lesebereich – deckenhohe Regale, zwei samtbezogene Ohrensessel und ein kleines Tischchen, auf dem man Teetassen und Gebäck abstellen kann. Oder, wie in diesem Fall, Whiskeygläser. Offenbar ist wieder einer dieser Abende. Mittig im Raum steht der alte, aber voll funktionstüchtige Kamin mit dem riesigen, rußverschmierten Sichtfenster. Feuerholz ist ein gewisser Luxus auf Inseln wie dieser, weshalb der Ofen nur an kalten, ungemütlichen Tagen feuert – so wie heute.

***

Als ich eine Weile später zu ihnen stoße, haben sich Maren und mein Vater schon in einvernehmlichem Schweigen arrangiert, während meine Mutter es sich mit ihrem Nähzeug auf dem Sofa bequem gemacht hat. Leise Musik von »Grobschnitt« spielt im Hintergrund, wird aber immer wieder vom scharfen Rütteln des Windes übertönt, der scheinbar an Intensität zunimmt, so wie es der Wetterbericht angekündigt hat.

Ich zögere nicht allzu lange, schnappe mir mein aktuelles Buch und kuschle mich in die andere Ecke des breiten Sofas. Meine Mutter lächelt mir flüchtig zu, ehe sie sich wieder ihrem Projekt widmet. Und ich? Erschaudere, weil ich mich so geborgen fühle.

Das hier ist es, was mir gefällt. Familienleben. Wortlose Kommunikation. Prasselnde Kaminwärme, während draußen ein Wintersturm tobt. Und wenige Hundert Meter weiter die Nordsee – das Tor zu Freiheit und Sehnsucht. Wieso sollte ich das frühzeitig hinter mir lassen?

Mir fällt keine Antwort ein. Also schiebe ich meine Vereinbarung mit Maren beiseite und konzentriere mich auf den Moment. So ist das Leben doch viel schöner.

***

Die Uhren auf Nütjeoog ticken anders, irgendwie langsamer. Der Dorfladen öffnet erst um neun Uhr, Beschwerden hat es deshalb noch nie gegeben, auch wenn ein Großteil der Inselbewohner sicherlich schon deutlich früher wach ist. Seit ein paar Jahren haben wir eine kleine Backstube, die im Großen und Ganzen von Milla betrieben wird. Sie verkauft meist schon etwas früher ihre Waren durch ein kleines Fenster, das zur Gasse führt. Erst wenn Maren die große Eingangstür öffnet, verschließt Milla das Fenster und tritt an den Tresen. Wer früher frische Brötchen haben möchte, backt sie selbst. So einfach ist das hier. Und es hat nie für Probleme gesorgt.

Als ich an diesem Morgen den Laden betrete, winkt Milla mir lächelnd zu. Sie ist zehn Jahre älter als ich, lässt mich das aber nie spüren. Ich freue mich jeden Tag sie zu sehen, und das nicht nur, weil sie wie immer bereits einen Kaffee und ein Schokobrötchen für mich bereithält.

»Deine Tante ist hinten im Büro. Scheinbar gab es ein paar Lieferschwierigkeiten. Der Sturm hat alles etwas durcheinandergebracht.«

»Oh, okay. Weißt du, worum es geht?« Mit gerunzelter Stirn lasse ich meinen Blick durch den weitläufigen offenen Raum schweifen. Erst einmal sieht es nicht so aus, als würde etwas fehlen. Die meisten Regale sind befüllt, wenn auch nicht voll.

Milla zuckt mit den Schultern. »Sie wirkte nicht allzu beunruhigt. Wird also halb so wild sein.«

Wieder einmal versuche ich, Milla einen Fünfer zuzuschieben, und wie jedes Mal wehrt sie ihn ab. Es ist zu unserer lieb gewonnenen Routine geworden, eine, mit der ich nicht brechen will, auch wenn ich mittlerweile mehr als begriffen habe, dass dieser erste Kaffee und das Brötchen aufs Haus gehen.

»Danke«, rufe ich ihr zu, schnappe mir den Mehrwegbecher, in dem ich meinen Kaffee hier immer trinke, sowie das Brötchen, und marschiere zur Kasse, um es mir dort für den Fall bequem zu machen, dass ein erster Kunde den Laden betritt, während Maren noch hinten ist. Da uns nach wie vor nur wenige Meter trennen, plaudern Milla und ich weiter, als würde ich immer noch neben ihr stehen. Nur eben ein bisschen lauter. Zunächst geht es um den Sturm, dann über das Wochenende. Milla hatte offenbar geplant, ihre neue Flamme auf dem Festland zu besuchen, woran das Unwetter sie gehindert hat. Nun macht sie sich Sorgen, er könnte das Interesse verloren haben.

In Sachen Männern und Beziehung habe ich nicht allzu viele Erfahrungen, wenn man von Ben absieht, mit dem ich in der achten Klasse Händchen gehalten und heimlich geknutscht habe. Dennoch gebe ich mein Bestes, beruhige Milla und spiele die Allwissende. Sie ist freundlich genug, mich nicht darauf hinzuweisen, oder vielleicht sehnt sie sich auch nur ganz verzweifelt nach meinen Worten. Scheinbar mag sie den Typ ziemlich gern.

Als würden ihr meine Pseudoberuhigungen reichen, wechselt sie plötzlich abrupt das Thema. »Hast du mitbekommen, dass wir einen Neuzugang haben?«

Ich hebe fragend eine Augenbraue. Da ich gerade eben in das Schokobrötchen gebissen habe, ist mehr nicht drin.

Milla lacht auf. Ihre Augen funkeln.

Was? Wir haben doch eben noch von ihrer Flamme auf dem Festland gesprochen? »Er muss direkt vor dem großen Sturm angekommen sein. Wohnt in der kleinen Ferienwohnung bei den Richters.« Obwohl niemand sonst da ist und sie es dadurch viel schwerer macht, sie zu verstehen, senkt sie verschwörerisch ihre Stimme. »Er sieht gut aus und niemand weiß so recht, was er will. Scheinbar hat er die Wohnung gestern nur verlassen, um eine Weile an den Strand zu gehen. Bei dem Wetter!«

Nun ist es an der Zeit, auch meine zweite Augenbraue zu heben. Zum einen, weil Milla mir gegenüber so tut, als wäre das so abwegig – ausgerechnet! – und zum anderen, weil sie offenbar so beeindruckt von ihm ist, obwohl es vorher noch die ganze Zeit über ihren Freund vom Festland ging. Zugegeben, hier passiert selten etwas Aufregendes. Wenn wir also einen »Neuzugang« haben, wie sie es so schön bezeichnet hat, wird das für Aufsehen sorgen. Aber verglichen mit dem, was außerhalb der Insel geschieht, handelt es sich da immer noch um einen Sturm im Wasserglas. Ich grinse bei diesem Gedanken, leere meinen Mund und setze zu einer Antwort an. »Er scheint ja zumindest hart im Nehmen zu sein. Gut so, denn das geht ja hier nicht anders.« Bedeutungsvoll lege ich den Kopf schräg, wofür Milla mir die Zunge herausstreckt. Lachend nehme ich einen Schluck Kaffee.

Als kurze Zeit später meine Tante in den Verkaufsraum tritt, wirkt sie zum Glück nicht ganz so gestresst wie befürchtet. Dennoch eilt sie auf direktem Weg zu mir, legt mir eine Hand auf die Schulter und seufzt.

»Was fehlt?«, frage ich sie ohne Umschweife.

Sie schüttelt den Kopf. »Eigentlich nichts Dramatisches. Ein paar Drogerieartikel werden knapp, außerdem Margarine und einige Gewürze. Alles Dinge, die wir meist länger auf Vorrat haben. Grundsätzlich ist das Lager relativ leer, aber alles noch im grünen Bereich. Normalerweise wäre die Nachlieferung für vorgestern terminiert gewesen. Ich dachte, das würde sich auf heute verschieben, aber scheinbar hat unser Zulieferer es einfach als ›ausgefallen‹ abgehakt. Unser Lagerbestand reicht aber nicht für die nächsten Wochen. Es war ziemlich viel Telefoniererei nötig, aber ich konnte ihnen Feuer unter dem Hintern machen. Jetzt kommen die Sachen spätestens Freitag.«

»Es geht aber nicht um Klopapier, oder?«, witzele ich – und erstarre, als Marens Miene ernst wird. »Ehrlich? Das könnte zu einem echten Problem werden …«

Meine Tante lacht so abrupt auf, dass mir sofort mein Fehler bewusst wird: Ich bin ihr wieder einmal auf den Leim gegangen. Grummelnd ramme ich ihr meinen Ellenbogen in die Seite, just als das helle Glöckchen am Eingang ertönt. Augenblicklich richte ich mich auf, wohlwissend, dass jeder Bewohner der Insel mich und meine Tante ausreichend kennt, um unsere Kabbelei richtig einzuordnen. Gerald schlurft näher, einer der ältesten Bewohner der Insel, und wenn ich es richtig erkenne, trägt er noch seinen Pyjama.

Maren und ich wechseln einen fragenden Blick. Nicht zum ersten Mal befürchte ich, seine Verwirrtheit könnte mehr sein als eine pure Alterserscheinung. Da er aber nicht sonderlich durcheinander wirkt – zumindest nicht mehr als sonst –, verkneife ich mir jeden Kommentar und tue so, als wäre es absolut normal, ihn in einem hellblau-weiß gestreiften Zweiteiler zu begrüßen.

Lustigerweise kauft er ausgerechnet Klopapier, dazu ein Rätselheft und eine Tafel Schokolade. Während Maren und er schnacken, suche ich Millas Blick, doch die ist in der Backstube verschwunden. Gerald ist ihr Nachbar. Ich sollte mich später mal genauer nach ihm erkundigen. Früher hatte er einen Hund namens Jockel, auf den ich ein paar Mal aufpassen durfte, wenn er aufs Festland gefahren ist. Dafür hat er mir immer einen Fünfer zugesteckt. Gott, was kam ich mir groß und zuverlässig vor! Erst viel später habe ich herausgefunden, dass sein Hund auch problemlos hätte allein bleiben können.

Der alte Mann wollte mir einfach einen Gefallen tun, weil ich Hunde so sehr liebte – und dafür hat er mich auch noch bezahlt! Auch wenn unser Kontakt wieder geringer wurde, als der arme Jockel starb, ist er mir doch ans Herz gewachsen, und ich werde es ihm nie vergessen, wie gut er mir damals getan hat. Hoffentlich ist alles in Ordnung bei ihm.

***

Der Vormittag verläuft unspektakulär. Die nächste Lieferung frischer Waren kommt erst morgen früh mit der ersten Fähre, die auch meinen Vater abholen wird; ich habe also nichts zu tun. Nur gelegentlich plätschern die Bewohner herein, die meisten von ihnen gehen zu Milla. Obwohl wir massig Zeit haben, um zu plaudern, umgeht Maren das Thema Studium. Stattdessen beobachte ich, wie sie zwischendurch stöhnend in ihre Nasenwurzel kneift.

Ich grinse. »Na, war wohl doch ein Whiskey zu viel gestern, hm?«

Maren verdreht die Augen. »Zwei Gläschen. Mehr nicht, du vorlautes Ding. Das sollte ich vertragen können.«

Ich zucke mit den Schultern. »Der Kater fragt nicht nach der Menge, er kommt einfach angeschlichen.«

»Sagt das Mädchen, das ja schon soooo viel Erfahrung mit Alkohol hat.«

Ich nehme ihre Worte nicht persönlich, im Gegenteil. Mir ist klar, dass Maren meine Entscheidung, wenig bis gar nichts zu trinken, respektiert, auch wenn hier gern mal eine Menge Hochprozentiger fließt, sobald die Inselgemeinschaft Gründe dafür findet.

Und wenn man es darauf anlegt, findet man sehr viele davon.

Ich klopfe ihr tröstend auf die Schulter und mache mich auf, das Innenleben der Regale zu ordnen, die Produkte alle nach vorn zu ziehen und nach ihrer Haltbarkeit zu überprüfen. Nicht gerade eine erfüllende Aufgabe, aber immerhin eine Beschäftigung an diesem Tag, der wesentlich schleppender verläuft als erwartet. Eigentlich hätte ich gedacht, dass sie alle in den Laden eilen und sich darüber austauschen, was der Sturm angerichtet hat. Aber wie auch bei mir geht für viele das normale Tagesgeschehen weiter, und das führt einige von uns aufs Festland, wo sie ihren geregelten Jobs nachgehen, sofern das Wetter es zulässt.

Am frühen Nachmittag kommen ein paar mehr Bewohner vorbei, um Kleinigkeiten einzukaufen, vor allem aber, um zu plaudern. Milla hat schon vor einer Weile zwei Stehtische vor ihren Tresen gestellt, die meiste Zeit finden sich dort ein paar Leute ein, um bei Kaffee und einem süßen Teilchen zu quatschen. Ich lausche mit halbem Ohr den Gesprächen, die sich alle um Alltägliches drehen, kassiere ab, wann immer jemand mit seinem Einkauf zu mir kommt, während Maren entweder im Büro sitzt oder sich zu den anderen an den Stehtisch stellt. Es ist ruhig und gemütlich, ohne besondere Vorkommnisse, wenn man von dem Pyjamabesuch heute Morgen absieht, und genau das Richtige, um in eine neue Woche zu starten …

Bis um kurz nach vier einmal mehr das Glöckchen läutet und von einem zischenden Laut aus Millas Richtung untermalt wird.

Milde interessiert hebe ich den Blick – und halte erstaunt inne. Augenblicklich weiß ich, dass es sich um »den Neuzugang« handeln muss, dafür braucht es nicht Millas Augenakrobatik, mit der sie mir auffällig unauffällige Botschaften zusenden will. Ich kann gar nicht anders, als den Mann anzustarren, obwohl es mir peinlich ist, aber mit einem Mal verstehe ich Millas Reaktion. Verdammt, ich tue es ihr gleich, spüre, wie mir Hitze in die Wangen steigt.

Der Fremde sieht verdammt gut aus.

Normalerweise bin ich alles andere als oberflächlich. Für mich liegt die Qualität eines Menschen nicht in seinem Äußeren. Aber wer schaut nicht gern hin, wenn er einen hübschen Anblick präsentiert bekommt? Und dieser Fremde fällt definitiv in diese Kategorie.

Seltsamerweise spüre ich, wie mein Puls sich beschleunigt und meine Handinnenflächen feucht werden. Auch etwas, das ich nicht von mir kenne. Ich hatte nie große Probleme im Umgang mit Männern, ob gut aussehend oder nicht, und ich wüsste nicht, wieso ausgerechnet dieses Exemplar mich auf die Probe stellen sollte. Dennoch trockne ich meine Hände an der Jeans ab, fahre mir anschließend eilig durch meine Haare, um die Strähnen aufzulockern – und fange Millas Blick ein. Er besagt klar und deutlich: »Habe ich es dir nicht gesagt?« Und, untermalt von ihren wackelnden Augenbrauen: »Erwischt!«

Ich seufze auf.

All das scheint der Fremde jedoch nicht zu bemerken. Ohne die kleine Versammlung an den Stehtischen zu begrüßen, wendet er sich abrupt nach links und verschwindet in den Tiefen des Verkaufsraums. Nicht ein einziges Mal verliere ich ihn aus den Augen. Er ist so hochgewachsen, dass er jederzeit zwischen den Regalen aufragt, trägt eine Strickmütze, doch am Saum ringeln sich dunkelbraune Locken, die feucht wirken, als würde es draußen regnen – oder als wäre er eben erst der Dusche entsprungen.

Wieso auch immer ich überhaupt einen Gedanken daran verschwende?

Obwohl es maximal fünf Grad warm ist, trägt er nur einen dicken schwarzen Hoodie, der einen seltsamen Kontrast zu der Wollmütze bildet – dann fällt mir ein, dass er bei den Richters wohnt, und deren Haus steht nur zwei Straßen weiter. Offenbar handelt es sich bei dem Fremden um einen besonders harten Kerl.

Milla zischt – ich wende mich ihr widerstrebend zu und begegne ihrem breiten Grinsen.

Verdammt! Offenbar hat sie mich wieder beim Starren ertappt. Eilig wende ich mich ab, konzentriere mich für einen kurzen Moment auf den Tresen und die Zeitschrift, in der ich zwischendurch blättere. Die Buchstaben verschwimmen vor meinen Augen, also schiebe ich sie beiseite – und zucke zusammen, als plötzlich eine dunkle, volltönende Stimme direkt vor mir erklingt. Mein

Blick ruckt in die Höhe und ich erkenne, dass der gut aussehende Fremde vor mir steht. Nun, aus direkter Nähe, jagt mein Puls neuen Rekorden nach. Es fällt mir schwer, mich auf meinen eigenen Namen zu konzentrieren, geschweige denn auf eine freundliche Erwiderung, als ich in seinen Augen versinke, die sich irgendwo auf der Farbskala zwischen braun und grün befinden. Sein Gesicht, eingerahmt von der dunklen Strickmütze und den feinen Locken am Saum, ist markant und von einem Dreitagebart bedeckt, den ich erstaunlicherweise sexy finde, obwohl ich es normalerweise glatt und weich mag. Aber am schönsten ist sein Mund. Dürfen Männer überhaupt so volle Lippen haben? Ist das nicht uns Frauen vorbehalten? Und wieso wirkt es an ihm so attraktiv?

Ja, er ist definitiv neu hier. Ich könnte mich auf jeden Fall erinnern, wenn ich ihm schon einmal über den Weg gelaufen wäre. Plötzlich bin ich unsicher, ob ich mir wünschen sollte, dass er länger bleibt oder lieber doch direkt wieder verschwindet.

»Hallo?«

Er spricht schon wieder … mit dieser rauen Stimme. Allerdings wirkt er jetzt irritiert, und seine Augenbrauen verschwinden fast unter der Mütze. Oh, richtig. Ja. Ich habe immer noch nicht reagiert, ihn nur angestarrt. Kann es noch peinlicher werden?

»Moin«, erwidere ich schwach und senke meinen Blick auf seine Einkäufe. Unwillkürlich lache ich auf.

»Gibt es ein Problem?«, meint er.

Wieder treffen sich unsere Blicke. Diese Tiefe in seinen Augen … ich atme durch, konzentriere mich auf das Wesentliche – freundlich sein, Nele! – und zucke mit den Schultern. »Nein. Was ist verkehrt an Gummibärchen, Fanta, Chips und Ravioli?«

Für einen Moment wirkt er so, als müsste er mich abschätzen und wäre unsicher, ob ich seinem Urteil standhalte oder nicht – dann breitet sich ein so charmantes Grinsen in seinem Gesicht aus, dass es mir buchstäblich den Atem nimmt. Wieso genau muss ich mich ausgerechnet jetzt in einen solchen Deppen verwandeln? »Richtig erkannt. Freut mich, dass wir einer Meinung sind.«

Mühsam weiche ich seinem Blick aus, weil ich dadurch wesentlich konzentrierter bin, doch meine gerade erlangte Souveränität gerät einmal mehr ins Wanken, als er die knapp fünf Euro mit einem Hunderter bezahlen will. Ich zögere minimal, vermeide aber nach wie vor einen direkten Blick in sein Gesicht, und als er kurz darauf das Wechselgeld nimmt, die Gummibärchen und die Flasche in seine Bauchtasche schiebt und den Rest so davonträgt, spüre ich, wie mir eine verräterische Schweißperle über die Stirn läuft.

Der Fremde macht noch einen Halt bei Milla. Während ich mich von diesem seltsam peinlichen und intensiven Moment erhole, komme ich in den Genuss zu beobachten, wie auch Millas Fassung ins Wanken gerät. Mein Puls rast immer noch übertrieben schnell und erst jetzt, wo uns einige Meter trennen, nehme ich den leicht würzigen Geruch wahr, den er zurückgelassen hat. Als wäre er wirklich direkt aus der Dusche gesprungen, um sich seine »gehaltvolle« Mahlzeit abzuholen.

Verwirrt beobachte ich, wie er sich ein paar Brötchen einpacken lässt und dann auf direktem Weg verschwindet. Kein Plausch mit den Anwohnern, die ihn alle mehr oder weniger verstohlen anstarren, kein Abschiedsgruß. All das stempelt ihn ziemlich deutlich als »den Neuen« ab, nicht als Teil der Gemeinschaft mit ihren eigenen Regeln.

Ich atme tief durch, sacke auf meinem Stuhl zusammen und kneife die Augen zu. Insgesamt war der Fremde nicht länger als zehn Minuten hier, und doch fühlt es sich so an, als hätte er stundenlang meine Aufmerksamkeit beansprucht.

Witzigerweise scheinen die alten Herrschaften am Stehtisch ihn bereits wieder vergessen zu haben, Milla und ich tauschen jedoch einen leidgeprüften Blick.

Kurzerhand überprüfe ich den Verkaufsraum. Er ist leer gefegt, also verlasse ich meinen Platz hinter der Kasse und schlendere zu meiner Kollegin hinüber, den Mehrwegbecher in der Hand. Sie erkennt meine Absicht, schnappt sich ein Mandelhörnchen und nimmt den Becher wortlos entgegen. Während die Kaffeemaschine lautstark mahlt, seufzt sie verzückt auf. »Er ist unglaublich, oder?«

»Das trifft es nicht einmal ansatzweise«, murmle ich, immer noch einigermaßen durcheinander. »Ich habe mich total blamiert.«

»Ach, Quatsch!« Mitfühlend reicht sie mir den Kaffee.

Ich puste in die dunkle Flüssigkeit. »Doch. Ich habe noch nie so blöd auf einen Mann reagiert. Keine Ahnung, was mit mir los war. Du hättest mich vorwarnen sollen.«

»Was denn?« Milla grinst mich unschuldig an. »Das kann man nicht in Worte fassen. Wie hätte ich dich darauf vorbereiten sollen? Ausgerechnet dich?«

Ein Außenstehender würde diesen Kommentar vielleicht falsch auffassen. Ich jedoch weiß, wie sie es meint. Wie schon gesagt, ich gebe normalerweise nicht viel auf Äußerlichkeiten, das geht in beide Richtungen. Verlegen zucke ich mit den Schultern und breche die schokoladenüberzogene Spitze vom Hörnchen ab. »Tja, es gibt immer die berüchtigte Ausnahme. Du hast gesagt, er wohnt bei den Richters? Dann ist er sowieso bald wieder weg.« Meine Gedanken schweifen zu seinem Einkauf und meine Mundwinkel zucken. Dafür, dass er so groß und schlank ist, ernährt er sich ziemlich mies. Ein weiterer Hinweis darauf, dass er sich lediglich Urlaub gönnt? Er wäre nicht der Erste, der in dieser Zeit sämtliche Vorsätze ziehen lässt.

»Ja, vermutlich.« Milla klingt, als würde sie diesen Umstand sehr bedauern, und seltsamerweise stelle auch ich fest, dass ich nichts dagegen hätte, dieses hübsche Gesicht wiederzusehen. Trotz meines peinlichen Aussetzers.

Das Glöckchen an der Tür läutet, und ich wende mich eilig ab, um zur Kasse zu schlendern. Hörnchen und Kaffee nehme ich mit – ausnahmsweise ohne zu versuchen, Milla dafür zu bezahlen. Sie hat mich praktisch ins offene Messer laufen lassen. Was mich betrifft, sind wir damit quitt.

***

Im Laufe der Woche kommt der Fremde noch ein paar Mal in den Laden. Jedes Mal wirkt er gehetzt, trägt die Mütze oder eine Kapuze tief ins Gesicht gezogen und kauft ein paar Kleinigkeiten ein. Mal Tiefkühl-Fast-Food, mal Obst oder Aufschnitt, aber immer nur gerade so viel, dass er es problemlos ohne Tasche nach Hause tragen kann. Beim dritten Mal weise ich ihn darauf hin, dass er auch mit Karte bezahlen kann, wenn er das will, denn ehrlich gesagt ist das für uns auch am einfachsten, aber er geht gar nicht darauf ein und bezahlt weiter bar.

Also lasse ich ihn gewähren.

Maren fängt sich einen Infekt ein, weshalb ich sie komplett im Laden vertrete. Einerseits vermisse ich die Gesellschaft meiner Tante, andererseits freue ich mich, dass ich für eine Weile komplett mit dem Studienthema verschont bleibe.

Gerald taucht noch zweimal auf, beide Male normal gekleidet und geistig klar, weshalb ich die Eskapade mit dem Pyjama wieder verdränge. Jeder von uns hat mal einen schrägen Tag. Ich bin die Letzte, die dafür kein Verständnis hat.

Meine Tradition, nach Ladenschluss einen Abstecher an den Strand zu machen, halte ich auch in dieser Woche ein, obwohl ich wesentlich später als sonst Feierabend mache. Die Verantwortung, mich um die Kasse zu kümmern, lastet schwerer auf meinen Schultern als gedacht, gleichermaßen erfüllt es mich mit Stolz, dass Maren mich mit dieser Aufgabe betraut hat. Früher habe ich ab und an im Laden ausgeholfen, seit nunmehr einem halben Jahr arbeite ich fest an fünf Tagen in der Woche hier. Mittlerweile kenne ich nahezu alle Arbeitsschritte, kann sogar die Warenlieferung begleiten. Die Vorstellung, das hier einfach für immer zu machen, ist ebenso reizvoll wie der Gedanke, dadurch die Insel nicht mehr verlassen zu müssen. Gleichzeitig ist es jedoch total unrealistisch. Maren wird niemals zulassen, dass ich meine berufliche Zukunft so ausrichte, selbst wenn es mein tiefster Wunsch wäre. Und selbst ich bin nicht in der Lage zu verdrängen, dass ich mich gerade einfach in eine bequeme, sichere Vision hineinsteigere, weil mir die anderen Optionen so viel Respekt abringen.

***

Donnerstag ist es wieder fast dunkel, als ich den Laden hinter mir absperre. Müdigkeit steckt mir tief in den Knochen. Auch heute war kein Tag mit übermäßigem Andrang, und doch spüre ich, wie sehr sich die Last der Verantwortung auswirkt. Für einen kurzen Moment überlege ich sogar, ob ich den Ausflug zum Strand zugunsten eines ausgiebigen Schaumbads verschieben sollte, straffe dann aber meine Schultern und ziehe mir die Kapuze über den Kopf.

Nein, ich will mir den Kopf freipusten lassen, und wenn es nur für einen kurzen Moment ist. Baden kann ich im Anschluss immer noch.

Im Vergleich zum Sturm vergangener Woche geht heute nur ein laues Lüftchen, aber dafür herrscht ein feiner Niederschlag, wie Sprühregen, der unangenehm auf jedem Zentimeter Haut prickelt, der dem Wetter ausgesetzt ist. Es kann nicht viel wärmer als fünf Grad sein und ich bohre meine Fäuste tief in die Jackentaschen, während ich den kurzen Fußmarsch zum Deich antrete.

Einer der Vorteile, wenn man auf einer kleinen Insel wohnt? Die Wege sind nie weit, egal welche Richtung man einschlägt. Innerhalb weniger Minuten habe ich das Zentrum hinter mir gelassen. Nur vereinzelte Höfe säumen die kleine Straße, allesamt mit weitläufigen Grundstücken, auf denen Schaukeln quietschend in der

Brise wiegen oder flache Stallungen den Tieren Schutz für die Nacht bieten. Nütjeoog weist eine erstaunliche Menge an Kühen und Hühnern auf, weshalb wir weder Milch- noch Eiermangel haben. Egal wann.

Ich kuschle mich tiefer in die Jacke. Niemand sonst ist auf den Straßen unterwegs, obwohl es noch nicht einmal sechs Uhr ist. Dafür sind die Fenster der Häuser hell erleuchtet und strahlen Heimeligkeit aus.

Anstatt mich deshalb isoliert zu fühlen, muss ich lächeln. Ich fühle mich nie einsam, auch wenn sich ein Großteil meiner Schulfreunde über das gesamte Land ergossen hat und daher Maren und Milla am ehesten als meine engsten Sozialkontakte bezeichnet werden können. All die Inselbewohner gehören zu meinem Bekanntenkreis, es gibt niemanden, den ich nicht kenne.

Außer den Fremden.

Augenblicklich macht mein Herz einen Satz, sobald meine Gedanken sich in seine Richtung vortasten. Ich schüttle über mich selbst den Kopf, froh den Deich erreicht zu haben. Eiligen Schrittes erklimme ich die groben, lang gezogenen Stufen. Um diese Uhrzeit ist leider Ebbe, aber auch der Anblick des endlosen Strandes hat eine beruhigende Wirkung auf mich. Der Sand strahlt förmlich in der Dämmerung, und die salzige Luft erinnert mich an die endlose Weite, die sich vor mir erstreckt. Für einen Moment bleibe ich auf der Spitze des Deiches stehen und blicke in die Ferne. Ich befinde mich auf jener Seite der Insel, die nicht dem Festland zugewandt ist, was bedeutet, dass es keinen Fixpunkt am Horizont gibt. Wäre ich auf der anderen Seite, würde ich blinkende Lichter auf dem Festland erkennen – Zivilisation, die sich tief bis ins Landesinnere zieht. Jetzt verliert sich mein Blick in der Dämmerung, die tintenschwarz wird, ehe sie den Horizont küsst. Langsam schreite ich den Deich hinab, ein falscher Schritt könnte mich direkt auf den Hosenboden befördern. Aber ich komme schon so lange hierher, ich kenne die

Gegend blind, weiß, wo die Stufen ausgetreten oder sogar weggebrochen sind und wo ich einen größeren Schritt machen muss.

Dieses Wissen ist beruhigend und einlullend zugleich.

Langsam löse ich mich vom Deich und betrete den Sandabschnitt. Manchmal reicht es mir, nur einen Blick in die Ferne zu werfen. Obwohl ich müde bin und der Sprühregen unangenehm, zieht es mich heute dennoch weiter. Eigentlich seltsam, wenn man bedenkt, dass ich ursprünglich mit dem Gedanken gespielt habe, den kleinen Abstecher ausfallen zu lassen. Aber ich habe schon früh gelernt, mich auf mein Bauchgefühl zu verlassen – und das rät mir weiterzugehen.

Es dauert einen Moment, ehe ich realisiere, was sich da vor meinen Augen auftut. Erst ist es nicht mehr als ein Schatten, der sich kaum merklich von der Dämmerung abhebt. Doch je näher ich komme, desto deutlicher erkenne ich eine zusammengekauerte Gestalt, die etwa zehn Meter weiter am Boden sitzt.

Ich atme überrascht ein.

Zögerlich trete ich näher. Es ist nicht das erste Mal, dass ich hier auf andere Menschen treffe, wieso auch nicht. Dieser Abschnitt ist schließlich nicht für mich allein vorgesehen. Dennoch ist es seltsam, ausgerechnet jetzt jemandem zu begegnen. Die Dunkelheit wird immer dichter, und es ist kalt und ungemütlich. Wer, bitte schön, sitzt dann gern am Strand?

»Moin. Dir ist klar, dass du dir wahrscheinlich eine Blasenentzündung holst, oder?«

Keine Reaktion.

Ich hebe fragend die Augenbrauen und wäge meine Optionen ab. Eigentlich geht es mich nichts an, wenn jemand beschließt, sich am frühen Abend hier niederzulassen. Andererseits denke ich an Gerald. Was, wenn er wieder einen seiner seltsamen Momente durchlebt und beschlossen hat, dem Wetter zu trotzen? Eine Verkühlung wäre in diesem Fall noch die harmloseste Konsequenz. Unschlüssig balle ich meine Hände in den Taschen – dann trete ich vor und lasse mich kurzerhand neben der Gestalt zu Boden sinken. Erst im letzten Moment bemerke ich die Decke, auf der er sitzt. Oder sie.

»Hey.«

Die Gestalt zuckt heftig zusammen – und wendet sich mir zu. Die Lichtverhältnisse sind mehr als katastrophal, aber es ist weniger sein Gesicht als vielmehr der Geruch, der ihn verrät. Ich realisiere meinen Fehler, als es bereits zu spät ist. Erschrocken zucke auch ich zusammen, während mir klar wird, dass ich mich gerade total grenzüberschreitend und naiv ausgerechnet neben den Fremden habe fallen lassen.

Wie oft muss ich mich in seiner Nähe eigentlich noch blamieren?

Er macht eine Bewegung, die ich als Entfernen von Kopfhörern deute. Erst jetzt nehme ich die leise Musik wahr, ehe sie abrupt verstummt. Deshalb also hat er nicht reagiert.

»Entschuldige«, plappere ich eilig drauflos. »Ich habe dich für jemand anderen gehalten.«

Etwas leuchtet in seinem Schoß auf – sein Smartphone. Nur kurz erhasche ich einen Blick auf den Sperrbildschirm, irgendein schrillbuntes, bildschirmfüllendes Graffiti, dann konzentriere ich mich ganz auf sein Gesicht, das nun dank der spärlichen Lichtverhältnisse halb im Schatten liegt. Sein Bart ist ein wenig dichter geworden, seine Stirn in tiefe Falten gelegt. »Machst du so etwas häufiger?«

Obwohl mir seine Irritation nicht entgeht und ich nach wie vor entsetzt über die Größe des Fettnäpfchens bin, in das ich mich kopfüber gestürzt habe, wage ich die Flucht nach vorn. »Was genau meinst du? Mich zu Fremden zu gesellen und so zu tun, als wären wir beste Freunde?«

»Ich hoffe sehr, dass du deine besten Freunde anders behandelst. Aus heiterem Himmel aufzutauchen und ihnen beinahe einen Herzinfarkt einzujagen ist nicht gerade eine wertschätzende Art und Weise, Zuneigung auszudrücken.«

Ich kann nicht anders – und pruste los. »Vielleicht solltest du die Musik ein wenig leiser stellen. Dann sind solche Schockmomente wesentlich unwahrscheinlicher.«

Darauf hat er offenbar nichts zu erwidern.

Ich setze lächelnd nach. »Das Geräusch des Meeres ist sowieso viel schöner.«

»Ja, klar.« Er lacht leise auf. »Wenn nicht gerade Tiefstand herrscht.«

Da hat er allerdings recht. Meine Gedanken rasen fieberhaft. Nun, da sich mein Schock etwas legt, erkenne ich das Potenzial der Situation. Die Lichtverhältnisse spielen mir in die Karten, der Zauber seiner intensiven Augen hat hier keine Wirkung. Vielleicht ist das der perfekte Moment, um ihn etwas besser kennenzulernen. Zumindest so weit, dass er für mich nicht mehr der ominöse Fremde ist.

»Was tust du hier?«, beginne ich wenig diplomatisch. Natürlich erhalte ich nicht mehr als ein Schnauben zur Antwort. »Sorry, das war ein wenig forsch. Ich meine nur …«

»Schon gut«, fällt er mir beinahe schroff ins Wort. Ich bilde mir jedoch ein, etwas aus seiner Stimme herauszuhören. Was genau, kann ich nicht sagen. »Ich sitze am Strand.«

Wow! Diese Antwort ist … vermutlich genau richtig auf meine unverschämte Frage, gleichermaßen empfinde ich sie als beinahe beleidigend für meine Intelligenz. Plötzlich höre ich ein schwappendes Geräusch – und dann sehe ich, wie er eine Flasche ansetzt und einen tiefen Schluck nimmt.

Vermutlich handelt sich nicht um Fanta.

Meine Alarmglocken schrillen los. Weniger von der Art »Sieh zu, dass du von hier verschwindest«, eher auf die soziale »Was ist los mit dir«-Weise. Einer der Nachteile, wenn man auf einer friedlichen Insel aufwächst: Man hat einen naiven Glauben an das Gute im Menschen. Während andere die Hände über dem Kopf zusammenschlagen würden, wenn sie wüssten, dass ich allein mit einem Fremden im Dunkeln am Strand sitze, der offensichtlich Alkohol zu sich nimmt, frage ich mich, was ihn eigentlich antreibt. Plötzlich kommt er mir sehr einsam vor.

»Und du trinkst«, stelle ich also fest. Gott sei Dank klingt keine Missbilligung in meiner Stimme mit.

»Gut erkannt, Sherlock.«

Wieder dieses Schweigen, aber plötzlich spüre ich ausreichend Motivation, um nicht nachzugeben. »Also gut, noch mal von vorn. Wieso sitzt du hier im Dunkeln allein am Strand? Du kannst weder das Meer als Ausrede vorschieben noch das Wetter.« Passenderweise erschaudere ich im richtigen Moment, weil die Kälte wellenförmig durch meine Klamotten dringt. Das Schaumbad habe ich dringender nötig denn je.

Ein Teil von mir erwartet keine Antwort, weshalb ich umso überraschter bin, als er sich leise räuspert.

»Was interessiert es dich? Bist du auf der Jagd nach einer guten Story?«

Von dieser seltsamen Reaktion fühle ich mich augenblicklich vor den Kopf gestoßen. Leise zischend rücke ich ein Stück von ihm ab. »Wie bitte? Nein! Wir haben selten Urlauber auf der Insel. Vielleicht ist es mein Fehler, dass ich es gewohnt bin die Menschen zu kennen, mit denen ich das Leben teile. Ich bin ganz sicher nicht auf der Suche nach irgendeiner Story oder einer anderen Möglichkeit, mir das Maul zu zerreißen. Hier kümmert man sich umeinander. Entschuldige bitte, wenn ich dich automatisch eingeschlossen habe.«

Stille. Ohrenbetäubende Stille. Eine Windböe zerrt an meiner Kapuze, und erst jetzt bemerke ich, dass sie mir längst vom Kopf gerutscht ist. Feuchtigkeit sickert mir den Nacken hinab, aber all das spielt kaum eine Rolle, weil die Hitze, die mich erfüllt, vordergründig ist. Einmal mehr fühle ich mich seltsam in seiner Gegenwart. Während ich zuvor meine Nervosität kaum einordnen konnte, bin ich jetzt erstaunlich irritiert. Eine Gefühlsregung, die ich so intensiv gar nicht von mir kenne.

Es dauert einen Moment, aber schließlich kommt Bewegung in seine Gestalt – der seltsame Kerl wirft den Kopf in den Nacken und lacht. Keine Ahnung, ob es das wirklich besser macht. Gereizt presse ich meine Lippen aufeinander und mache Anstalten aufzustehen, doch urplötzlich legt sich seine Hand um meinen Arm.

»Nein, warte. Bleib. Bitte!«

»Wieso sollte ich?«, erwidere ich langsam. »Du erweckst nicht gerade den Eindruck, als wäre dir meine Gesellschaft recht.«

Er atmet tief durch, aber sein Griff lockert sich nicht ein bisschen. »Stimmt. Mist, es tut mir leid. Du bist die erste Person seit längerer Zeit, mit der ich mehr als ein paar Worte gewechselt habe. Scheint, als hätte ich meine Manieren endgültig vergessen.«

Etwas in seinem Tonfall lässt mich innehalten. Er klingt gequält und es scheint so, als hätten seine Worte noch eine ganz andere Bedeutung. Augenblicklich beruhigt sich die sengende Hitze in meiner Magengrube und ich sacke in mich zusammen. »Na gut. Einen Moment bleibe ich noch, obwohl ich diejenige bin, die nun eine Blasenentzündung riskiert. Du kannst mir ja beweisen, dass du doch Manieren besitzt.«

»Und wie genau soll ich das anstellen?«

Ich wende mich ihm zu – und erstarre beim Anblick seines markanten Kiefers. Seine vollen Lippen haben sich zu einem hinreißenden kleinen Lächeln gekräuselt, und es juckt mir in den Fingern, durch die dunkelbraunen Löckchen zu fahren, die seinen Kragen berühren. Diese seltsamen Anwandlungen nehmen mir eine gute Portion meiner Selbstsicherheit. Kurzerhand schiebe ich meine Hände unter meinen Po. »Ich weiß nicht. Du könntest dich vorstellen. Wenn wir schon so viel miteinander reden, wäre es nett, dich gedanklich nicht mehr als ›den Fremden‹ bezeichnen zu müssen.«

»›Der Fremde‹, ja?« Er lacht auf, es klingt seltsam ironisch. »Du weißt nicht, wer ich bin?«

Was stimmt nicht mit ihm? »Okay, du bist ein Urlauber. Ich halte dir zugute, dass du nicht wirklich weißt, wie das Leben auf einer kleinen Insel funktioniert. Vermutlich kommst du aus einer größeren Stadt und kennst diese Art von Zusammenleben nicht. Ja, es wurde bereits über dich geredet, weil es eben selten vorkommt, dass sich ein Urlauber hierher verirrt.« Und noch dazu so ein gut aussehender, füge ich gedanklich hinzu, verkneife mir diesen Kommentar aber wohlweislich. »Dennoch können wir alle keine Gedanken lesen und mit den Richters hast du dir noch dazu eher zurückgezogene Vermieter gesucht. Also nein, es tut mir leid. Meine Insel-Superkräfte reichen nicht aus, um deinen Namen zu erraten.«

Wow! Ich atme tief durch. Woher kam das denn jetzt? Meine Mundwinkel zucken, ich schüttle den Kopf, um die Hitze loszuwerden, und rede bedeutend langsamer und ruhiger weiter. »Ich mache mal den Anfang – ich bin Nele. Und du?«

Verspätet recke ich ihm meine Hand entgegen, rechne gar nicht damit, dass er sie ergreift – und atme erleichtert auf, als er genau das doch tut. Seine Finger sind erstaunlich heiß, sein Druck angenehm fest. Für einen kurzen Moment schütteln wir einander förmlich die Hände und als wir damit aufhören, hält er mich einen Moment länger gefangen als nötig, ehe meine Hand zwischen uns ins Leere plumpst.

»Ich bin Jasper.« Es klingt zögernd, beinahe fragend.

Ich lächle ihn an. »Ein schöner Name.«

»Meine Eltern haben ein Faible für Norddeutschland«, erwidert er zu meiner großen Überraschung. »Eigentlich meine gesamte Familie. Ich habe früher oft hier oben Urlaub gemacht.«

Das erstaunt mich noch mehr. »Hier? Auf Nütjeoog?« Ich würde mich doch an jemanden wie ihn erinnern, oder etwa nicht?

Er lacht leise auf. »Nein. Nicht auf dieser Insel, obwohl meine Großeltern das immer geplant hatten. Aber die anderen kenne ich alle. Auf Norderney waren wir besonders oft …«

Ich unterbreche ihn mit einem lautstarken Schnauben. »Am besten fängst du jetzt auch noch von Sylt an. Das ist eine komplett andere Welt.«

»Ich weiß.« Er klingt so ernst und aufrichtig, dass mein Einwand einfach so in der Dunkelheit verpufft. »So viel habe ich mittlerweile festgestellt.« Ich will nachhaken, als er plötzlich einfach so auf die Beine springt und mir seine Hand entgegenreckt. Oder zumindest deute ich den Schatten so, der dicht vor meinem Gesicht auftaucht. »Ebenso stelle ich fest, wie spät es geworden ist. Komm, Zeit nach Hause zu gehen. Ehe du wirklich eine Blasenentzündung bekommst und der Laden daher morgen geschlossen bleibt. Du scheinst diese Woche ja allein zu sein.«

Etwas an seinen Worten berührt mich. Nach nur wenigen Sekundenbruchteilen des Zögerns ergreife ich seine Hand und lasse mich schwungvoll in die Höhe ziehen. So schwungvoll, dass ich gegen ihn stolpere.

»Hoppla«, murmelt er mit seiner tiefen Stimme und stabilisiert mich.

Erstaunt schnappe ich nach Luft. Er ist wirklich groß, mindestens einen Kopf größer als ich, und außerdem kräftig gebaut.

Außerdem riecht er gut, ganz anders, als ich es je an einem Mann wahrgenommen habe. Und das, obwohl unverkennbar der scharfe Hauch von Alkohol in seinem Atem mitschwingt.

Ein tiefes Schaudern erfasst mich, während er sich bückt und die Decke vom Boden klaubt. Wie merkwürdig es sich anfühlt, hier neben ihm zu stehen, merkwürdiger noch, als neben ihm auf dieser klammen Decke zu sitzen.

Schweigend machen wir uns auf den Weg zum Deich. Mittlerweile ist es stockdunkel, aber Jasper verwendet sein Handy nicht, um uns den Weg zu leuchten. Ich bräuchte sowieso keine Navigation, auch wenn meine Sinne durch seine Anwesenheit leiden. Und obwohl er getrunken hat, sind auch seine Schritte fest und sicher. Nicht ein Mal gerät er ins Straucheln.

Woran ich es bemerke? Er geht so nahe neben mir, dass sein Arm immer wieder meinen streift. Jedes Mal durchfährt mich dabei ein heftiges Schaudern.

Noch immer schweigend erklimmen wir den Deich. Wie üblich bleibe ich auf der Spitze stehen, wende mich noch einmal dem Meer zu und atme tief durch. Jasper kommentiert es nicht, wartet aber auf mich, ehe wir uns gemeinsam wieder an den Abstieg machen.

Hier hinter dem Deich ist die Dunkelheit weniger dicht, aber immer noch dicht genug, um kaum die Hand vor Augen zu sehen. Nun startet Jasper doch die Taschenlampenfunktion seines Handys, und wir schreiten die schmale Straße hinab in Richtung Zentrum. Erst als wir die ersten Höfe erreichen und die Lichter aus den Fenstern uns den Weg leuchten, steckt er sein Handy beiseite. Und erst, als wir den ersten Lichtschein einer der wenigen Laternen erreicht haben, bleiben wir wieder stehen. Plötzlich bin ich unschlüssig, wie wir uns voneinander verabschieden sollen.

»Da vorn wohne ich«, murmle ich und deute vage hinter mich, obwohl es ihn vermutlich nicht einmal interessiert.

Zum ersten Mal, seit wir wieder mehr Licht haben, wage ich einen direkten Blick in sein Gesicht, und sofort spüre ich dieses seltsame Prickeln an meiner Wirbelsäule. Wieso genau muss er so attraktiv sein? Und warum muss mein hormongesteuerter Körper mich permanent darauf hinweisen?

»Okay, gut. Ich habe auch nur noch ein paar Meter vor mir.« Er fährt sich über den Wollmützen-Kopf und blickt mir intensiv in die Augen, so als müsste er etwas in ihnen suchen. Nur was? Ich schlinge meine Arme um meinen Oberkörper, ignoriere die Kälte, die immer intensiver wird, und begegne seiner Musterung mit gerecktem Kinn.

»Also ... bis morgen?«

Es dauert, aber dann erhellt ein Lächeln seine Züge. Augenblicklich wirkt er jungenhaft – und deutlich entspannter als zuvor. »Klar, bis morgen. Das Wochenende steht vor der Tür, ich muss also richtig eskalieren.«

»Lass mich raten, morgen gibt es Cola und Erdnussflips?«

Seine Augen blitzen. »Lass dich überraschen. Meinem Appetit sind keine Grenzen gesetzt.«

Mit diesen Worten wendet er sich abrupt ab, läuft mit federnden Schritten davon und lässt mich einigermaßen aufgewühlt und so durchgefroren zurück, dass ich meine extradicken Wollsocken bereits lautstark nach mir schreien höre.

Ende der Leseprobe

Impress

Die Macht der Gefühle

Unser Versprechen für mehr Nachhaltigkeit
- Klimaneutrales Produkt
- Papiere aus nachhaltiger Waldwirtschaft
- Hergestellt in Europa

FSC www.fsc.org
MIX
Papier aus verantwortungsvollen Quellen
FSC® C083411

Impress
Ein Imprint der Carlsen Verlag GmbH
Juni 2021

Lektorat: Julia Feldbaum
Umschlagbild: shutterstock.com / © Doucefleur / © Syda Productions
Umschlaggestaltung: formlabor, Giessel Design
Satz und Umsetzung: readbox publishing, Dortmund
ISBN 978-3-551-30312-7
www.impressbooks.de